暗月传奇之天火降临

穆沙 著

新星出版社 NEW STAR PRESS

楔子

深夜，一个穿黑色风衣的修长身影从黑暗的街头走来。黑影很高大，身形魁梧，浑身散发着一种邪恶和强壮的气息。他走得不快，一边走，一边通过月光辨认街道两旁房屋的门牌号。终于，他在一栋房子面前停下了脚步，再次确认了门牌号后，伸手想要推开栅栏的大门。

突然，黑衣人的背后响起一声压抑而狂怒的狗叫，他回头一看，一只路过的流浪狗正在他背后呲牙咧嘴。这只狗体型巨大，眼睛里满是红色的血雾，一丝丝口水顺着口中参差而锋利的牙齿向下淌着，嘴角不时地出现连它自己也不能控制的快速抽动——这是一条危险的、很可能患有狂犬病的狗。

黑衣人毫无畏惧地直视着恶犬，眼中闪过一丝冰冷的光芒。霎那间，从他原本应该是右手的地方突然闪出一条像鞭子一样的长影，用一种鬼魅般的速度向恶犬扑了过去。恶犬一声惨叫，随即被"鞭子"重重地裹缠住。它暴怒地想要用自己的牙齿和利爪去撕碎自己身上多出的束缚，但越收越紧的"鞭子"让它明白自己面对的是一个力量比自己大得多的敌人。"鞭子"越收越紧，恶犬挣扎的动作也越来越无力。无数根细小的白森森的骨刺从"鞭子"中伸了出来，向着恶犬的身体慢慢刺了进去，恶犬已经无力再挣扎，它惊恐万分，用尽全身力气也只能从口中发出几乎微不可闻的哀鸣，它的眼中已经没有了方才的狂躁，取而代之的是恐惧和凄惨的哀求。

黑衣人面无表情地看着流浪狗，右手突然一紧，“鞭子”上的骨刺瞬间深深扎进流浪狗的体内，流浪狗来不及有任何反应就被吸成了一具干尸。黑衣人右手一松，“鞭子”飞快地收回到衣袖之中，接着黑衣人抬手整了整自己的衣领，用舌头舔了一下自己的右手，然后推开栅栏门走了进去……

一阵风吹过，卷走一丝淡淡的血腥。

第一章 离奇谋杀

1990年，美国，弗吉尼亚州，落霞镇。

“无论怎么看，这里都不像是一个谋杀现场。”德罗警官心里想。

正是傍晚时分，明亮的阳光从紧闭的窗口斜斜洒进，桃木镶嵌的地板和屋中的银器泛出安详的微光，房间和走廊中镶嵌宝石的黄金盔甲和阿留申群岛土人编制的围裙被随意地陈列着。这栋维多利亚风格的老建筑可以追溯到弗吉尼亚最早的一批泊来者。而房间中随处摆设的形形色色的古董也昭示着它们刚刚死去主人的身份。德罗一边看着身边乱哄哄忙成一团的本地警员们，一边回忆着来之前看过的死者资料：皮特•比利，63岁，考古学家。独居，有一女。

几乎每一个路过的警员都会对凶案现场突然出现这样一位身材高大魁梧、皮肤黝黑、有着迷人双眼和笑容的年轻人感到好奇，不少人都略带诧异地朝他的胸牌看上一眼，看看这是不是一个原本应该去电视台主持“俊朗小子”或是“热辣沙滩”一类娱乐节目的帅哥走错了地方。

不过看到德罗比他们高出一大截的头衔后，每个人都赶紧收回自己好奇的目光，匆匆离开。

州检察官首席助理，离州首席检察官只有几步之遥的职位。

陪同德罗的当地女警官长相精明，非常扼要地为德罗介绍了案情：单身老年男性，深居简出，仅有一个钟点工定期来做家务，但案发现场发现了除死者和钟点工之外的两个青年男性的脚印。死法诡异，非常诡异，具体情况很难用语言描述，请德罗检察官自己去看。

非常好，德罗很喜欢当地警官的工作风格。德罗注意到大厅正中有一尊奇怪的雕像：一个体态丰盈的女神踩在一条凶恶的大蛇上，四只手上分别握着奇怪的法器。看起来这好像是印度的梵天女神，主管黑暗、毁灭、再生和光明，不过印象里梵天女神脚下应该是一个代表着愚昧的侏儒。德罗一边从自己被中情局东亚文化教官硬塞的古文化知识中努力回忆着，一边不禁为这栋房子的主人居然在门厅中摆这么一个奇怪的玩意儿而啧啧称奇：这个死掉的怪老头的审美品位果然不是一般的差。

向女警道过谢，德罗按照她的指示踏着吱吱作响的木质楼梯上了楼，走到走廊尽头，推开一扇沉重考究的橡木门，进入了案发的房间。一个警员正在屋内从不同的角度进行拍照——按照行话来说，是在固定现场。警员动作麻利地拍完，然后向德罗敬了一个礼，离开了房间。德罗将橡木门轻轻关上，随着一声咔嗒轻响，所有声音都被隔在了门外，屋内一下子显得安静而空旷，仿佛到了另一个空间。

很显然，这是一间融书房、卧室与工作室于一体的房间。屋子正中间，一个巨大的工作台上堆满了乱七八糟的书籍和尚待修复的文物，一支没有抽完的雪茄和一副老花镜摆在工作台的一头，好像还在等待着主人的召唤。房间的一角，一张床已经被先前来到的警员们用黄色的塑料条醒目地围标了出来——毫无疑问，皮特•比利就死在这个地方。

德罗走上前，向床上看去。他有些吃惊，轻轻扬了一下右边眉毛，刚才那个女警官还真是没有说错。毫无疑问，这也是德罗迄今为止看过的最诡异的死亡现场。

皮特在自己的床上被烧成了一堆灰烬，而他睡着的床却完好无损！

皮特的床在房间的最西头，由于已经是秋季，阳光在床前三米的位置戛然而止，明亮的光柱中灰尘轻轻地上升回旋。阴影中，白色的被单下，皮特还保持着死去时的形状——他的头发和胡须还保持着生前的原状，但是身体已经完全炭化成为灰烬。死者的表情很安详，微闭的嘴唇和弥合的双眼看起来就好像正在一场甜蜜的梦中。一点都没有德罗在其他火灾受害者脸上看到的惊恐和痛苦的表情，晦暗的光线下，尸体看起来好像还在发出诡异的笑。

最奇怪的是，房间里面居然没有发现任何火灾的痕迹，天花板上、地板上、墙壁上都没有任何火灾现场应该出现的烧灼痕迹。什么都没有，没有烧灼斑，没有烟熏，甚至就连尸体下面的床单都没有任何被火烧的迹象，唯一和火灾有关的只有尸体被单上一个小小的、三英寸直径大小的洞，还有死者床下一支已经燃尽熄灭的雪茄。

要是这个品味古怪的老家伙床边遗落下的不是一支无害的、就连头发都不能很快燃烧的半段雪茄，而是一支十五英尺长的、可以在瞬间产生上千度高温的太空火箭推进器，那么他的死因倒是很好解释了，德罗有些郁闷地想。

这里毫无疑问是死亡发生的第一现场——没有人能够将一堆灰烬移走而不破坏它们原来堆积的形状。但是这里又偏偏没有任何可以证明曾经发生过一场足以将一个成年男子烧成灰烬的火灾的痕迹。

绝对没有。

德罗以往曾有过很特殊的际遇，所以他的视觉和嗅觉比一般人灵敏上千倍。但就是德罗，也不能在房间中找到任何火灾的痕迹，甚至连一丝烟味都闻不到。不过德罗也不是没有收获，他在房间里闻到一股很淡的香味，气味厚重而又有几分辛辣，充满浓郁的东方韵味。

正在这时，房门“砰”的一声被猛然推开了，一股喧嚣随之涌了进来，屋中静谧的气氛顿时消失得无影无踪。一丝不快随即涌上心头，德罗恼火地转过头，却见一位身高约五英尺十英寸，体态健美的女子不顾两名警察的阻拦闯了进来。她上身穿一件乳白色劳拉•阿什那牌最新款的运动短上衣，下身穿一条合身的灰色法兰绒长裤，脚蹬一双新百伦最新款的棕色鹿皮慢跑鞋，虽然身材高挑，但看起来很灵活。漂亮的黑色马尾辫，炯炯有神的绿色眼眸以及明显是遗传自她父亲的爱尔兰式的翘鼻子和倔强下巴，让德罗立刻想起了她是谁：碧利斯•比利——皮特•比利的女儿。

前来现场的路上德罗看过她的档案：35岁，未婚，哈佛大学医学院生物化学与流行病学双料博士，牛津罗兹奖学金获得者，1988年度生物科学学科总统奖获得者，现受雇于北卡罗莱纳州某国防部基地研究所，爱好登山和其他运动，独身。

德罗面无表情地看着碧利斯，这可怜的姑娘在进入房间后猛然呆住，吃惊地张大嘴巴看着她父亲惨不忍睹的尸体，身体一阵摇晃，好像马上就会跌倒。德罗抢上前去，在碧利斯跌坐在地上之前和其他警察一起将碧利斯扶到了隔壁房间中坐下。

德罗什么也没有说，只是递给碧利斯一张纸巾，然后静等自己意料中的嚎啕大哭，或者，歇斯底里。这种情形德罗经历过很多，虽然他到现在还是不舒服，但是对碧利斯的任何行为都会报以理解，毕竟父亲过世这种事情每个人都不会有太多的机会去练习适应，而且——按照资料上的说法——碧利斯“和其父感情甚好”。

出乎德罗预料，虽然脸色变得非常难看，但碧利斯只是用手飞快地抹去了眼角的泪水，没有嚎啕大哭，也没有歇斯底里，她用带着一丝嘶哑的声音问道：“有什么我能做的吗？”

真是一个要强的姑娘，德罗不禁对面前这位看起来纤细的姑娘萌生一丝敬意：“您好，我是检察官德罗•尚，负责你父亲的案子。亲爱的碧利斯小姐，我对于令尊的不幸遭遇深感遗憾。但我希望你能够用坚强的心来面对上帝赐给我们世人的一切，帮助我们警方尽快查出真相，让你父亲在天国得到安息。”

碧利斯安静地哭完，轻轻抹去眼角的泪水，对德罗点了点头。她的嗓音已经变得有点沙哑：“谢谢你，德罗警官，你需要知道什么东西？”看起来她已经在恢复了，言语中不知不觉带上了一股子干净利落。

一桩谋杀案中，最关键的因素就是动机。再扑朔迷离的案件，只要找到了动机，那么离找到凶手也就不远了。

看着已经缓和下来的碧利斯，德罗单刀直入地问道：“碧利斯小姐，你父亲手上可有什么特别贵重或者是重要的东西？”

“重要的东西？我不明白你说的是什么。”

“嗯，是这样。我们的调查人员发现整个房间有很多地方都有被仔细翻动的痕迹，但是房间中现金和宝石首饰这些东西却又好好地摆放在原处，加上令尊是以那样离奇的方式死去。所以我认为也许……你父亲手中有一些很特别的东西——或者是一些名贵异常的财宝，或者是一些关系重大的文件，或者是其他一些我现在说不上来的东西，但确实很重要。”

“我父亲是一名普通的考古学家，从来不卷进任何政治和商业行为，而且除了这栋祖传的房子和房间里面的考古收集品之外，他也没有什么特别的财产。”

“那么他的考古收集品里面有什么特别的器物吗？”

“让我想想……哦，对了，或者有一件，不过，不过我不是很确定。我只见过那东西一次，嗯，但是真的给我印象非常深刻，因为那件东西太漂亮了。它是如此不同凡响，所以我永远也忘不了。”

“碧利斯小姐，请你详细告诉我，那到底是什么东西？”德罗不由自主地追问。

“是一尊哭泣少女的雕像。”

第二章 密道入口

“哭泣少女的雕像？它现在在什么地方？”德罗眼睛一亮。

“对不起警官，我不知道。甚至我连我是不是真的见过这个雕像都不能肯定。那天的事情太离奇，那个雕像又太美了，美得像是梦幻一样，所以我后来不禁无数次地问自己，我那天看到的一切都是真的吗？”

“你能够详细地把你那天的经历讲给我听听吗？如果不介意的话，我想对你下面的话进行录音，以作为这个案件资料的一部分。”

“录音？”碧利斯皱皱眉头，不过还是没有反对。碧利斯端过一杯咖啡，一饮而尽，看着德罗拿出一个模样古怪的微型录音机摆在桌上，打开。

这里德罗对碧利斯撒了两个谎：第一，他拿出的不只是录音机，还是一个微型实时测谎仪——中情局的最新成果，可以从检测对象说话声波频率模式的变化中识别可能的谎言。第二，他不是现在才将这部机器打开的。他早已经将这部机器打开，记录下了碧利斯平时说话的声波特性作为一会儿机器进行分析时的参考样本。

按理说一个小小考古学家的死亡案件完全用不着这些东西，毕竟在这个国家中每天因为各种各样原因死掉的考古学家就算不多，但也肯定不比伊拉克那些倒霉的大兵们来得少。就算这个倒霉的皮特死法很有创意，也不用堂堂中情局这样煞有介事吧。难道这个品位古怪的老头身上还真是有一些古怪？

不过来之前头儿确实是很严肃地这样要求的：“将那个考古学家朋友和女儿的一切谈话都做一个实时分析，绕过他们的一切谎言，拿到最接近事实的证词。”

那个只会坐在意大利皮椅上偷偷看女职员屁股的胖狗屎！

德罗不为人注意地挑了一下右眉，长期执行任务已经让他养成了不去问不该问的事情的习惯。

德罗是一张“花牌”。也就是说，他是一个以其他公开身份做掩护的高级特工，就像是扑克中的花牌一样，上下都有人头。不过他的公开身份是联邦高级警探，倒也让他在明暗两个身份之间切换少了不少的麻烦。虽然有时候也要做一些偷偷在警署高级官员办公室中放窃听器，或者放走某个在黑帮中做卧底的同事这类讨厌的事情，但至少他不用像有些倒霉的家伙一样被派到外国大使馆去做园丁，弄到后来拿枪的功夫还不如拿园艺剪。偶尔想要出去吃一顿和自己薪水相称的豪华大餐还要偷偷摸摸；更倒霉的一些家伙则被派到南美丛林去冒充毒贩子，每天晚上最大的娱乐就是猜想明天捅着自己头的手枪又会是什么外面见不到的稀奇型号。

“在我家中，我从记事起就知道，有一个房间是不能随便进去的。”碧利斯已经开始讲了，德罗赶紧集中精神。

“虽然我父亲对我很好很和蔼，基本上我提出的任何要求都会得到满足，但是在这一点上却从来没有半点通融。那是这栋房子二楼最靠东面的一个房间，平时都是牢牢锁着，所有的窗户也都被封得死死的，不能打开。只有父亲需要进入的时候，他才会用自己保管的钥匙进入，有时候他的朋友戴维斯和罗伦斯叔叔来了他们也会进入这个房间。我父亲是一个大大咧咧的人，有一天他把这个房间的钥匙弄丢了，折腾了好久才找到。为了防止钥匙再次丢失，他又配了一把备用钥匙，偷偷放在他书房的花瓶里。他没想到的是，他有一个好奇心很重而且很细心的女儿。我看到了这一切，所以有一天早上，我趁他出去，偷偷溜进那个房间，想要看看那个神秘的房间里到底有些什么东西。

“我开门之后，因为房间里面没有灯，窗户也全部是被封死的，所以我什么也看不见。我试着打开手中的手电查看整个房间，一抬头，从手电筒的余光中我突然看见一条可怕的黑色大蛇正凌空向我扑来。”

“蛇？”

“是的，一条十分可怕的大蛇。它看起来是那么邪恶和可怕，凶狠的眼睛将我死死地盯着，身上的鳞片在我的手电的光线下闪出冷冰冰的光。我当时就吓坏了，死死地攥着手电，想要尖叫但是却叫不出来，全身绷得紧紧的，就像是看过了美杜沙脸庞的石人一样，不能挪动分毫。

“就这样过了几分钟，这条大蛇却始终保持我刚刚看到的姿势一动不动，我也慢慢缓过来，可以动弹了。于是我一边慢慢向门边挪动，一边拿电筒沿着大蛇的蛇头向它全身小心翼翼地照去。这时候我才发现原来这不过是一个一人多高的逼真雕塑。

“你知道我的胆子是很大的。一旦发现这不过是一座雕塑，心一下就安稳了，我还上前摸了这个雕塑一下，发现它全身冰凉。当时是夏天，我也被这个雕塑冻得不由自主抖了一下。玩过一阵之后，我觉得没什么意思，所以开始探索这个房间其他的部分。我发现这个房间没有我想象得那么大，比从外面看起来小多了。房间的四面墙都是书架，上面摆满了我父亲从印度带回来的羊皮书本。那个可怕的大蛇雕像就在房间中正对着门的位置，紧靠着墙壁摆放。大蛇的旁边是一个很明显被废弃的壁炉。房间里面有一种很奇怪的气氛，让我觉得又压抑又恐怖，我由于好奇心而激发的勇气很快就消失得无影无踪。我一分钟也不想在这个黑暗的房间与那只丑陋的家伙多待哪怕一秒钟。于是我走向房门，准备偷偷溜出门，再将我父亲的钥匙若无其事地放回原处。

“但是，就在我刚刚将门打开一条缝的时候，却突然听到外面传来一阵脚步声和说话声。我父亲和他的朋友戴维斯还有罗伦斯正说着话向这个房间走来。因为这个房间的隔音效果极好，所以我先前根本没有听到他们回来和上楼的声音。这个时候我溜出去已经来不及了，我害怕被我爸爸发现自己偷偷进来，所以情急之下我一闪身躲进了壁炉。幸运的是里面很干净，没有像我担心的那样让我被埋在一堆灰里面。

“我父亲很快和他的朋友们一起进来了。他们显然为了什么事情正在争执，加上房间中没有灯，只有他们进来后点燃的一支蜡烛，所以他们都没有发现缩在壁炉黑暗角落中的我。

“他们进来以后就不停地小声说话，后来好像是变成了争吵，我爸爸是一边，戴维斯叔叔和罗伦斯叔叔一边，他们说得又快又小声，但我还是从中听到了‘哭泣少女像’这个字眼不停地出现。他们争吵了好久，然后我爸爸突然向我的藏身之处走来，他咚咚的脚步越来越近，后来我听到一阵奇怪的声音，然后我藏身的壁炉的后壁传来很轻微的咚咚声，再然后我爸爸就不见了，只有戴维斯叔叔和罗伦斯叔叔在房间中小声而严肃地说话。又过了大半个小时，我爸爸的声音再次出现了。这个时候，一阵绚烂之极的光芒在房间里面出现，在原本晦暗的房间中出现这样一阵光芒，我感到眼前一阵眩晕。我再也忍不住了，悄悄露出半个头想要看到底是什么东西。

“就是在这个时候，我看到了那尊美丽无比的雕像，雕像不大，一英尺的样子，不知道是用什么金属做的，好像是黄金，但是却又可以在黑暗中发出金黄色圣洁的光芒。少女栩栩如生，表情十分哀伤，好像是在为世人的苦痛而真诚地难过，她悲痛而坚贞的眼神楚楚动人，让我看到之后都想要落泪。虽然知道我这样随时都有被发现的危险，但是我还是忍不住看了一眼又一眼。所幸我父亲他们好像也被这尊雕像深深地吸引，没有一个人向旁边看上哪怕一眼。这个时候我父亲对他们说了很多话，但我一句也没有听进去。我的心思全都被这尊雕像吸引过去了。

“后来，我终于还是又躲了回去。又过了一会儿，我又一次听到刚刚听到过的奇怪声音，我父亲的声音也再次不知所踪，然后再次出现。后来他们说了一会儿话，就离开了。我也乘机偷偷地溜了出去。

“以后的日子里，我父亲经常将自己关在那间屋子里就是一天，紧紧锁着门，任是谁喊也充耳不闻。不过奇怪的是，好几次我明明没有看到他下楼，却在傍晚的时候看到他从屋外走回来。

“我后来再也没有找到机会进入那个房间，也再也没有看到那尊哭泣的少女雕像，慢慢地那天的一切在我脑中变得模糊。随着回忆的淡去，一切也越来越像是一个离奇的梦境。如果不是你今天问起，我早就将它忘记了。”

德罗一边听，一边用眼角的余光看测谎仪上的指示灯。始终是绿光，没有提示撒谎可能的红光。也就是说他刚刚听到的这个离奇的故事在很大程度上是真的。

德罗收起桌上的测谎仪：“碧利斯小姐，您能现在带我去那个可能放有哭泣少女雕像的房间看看吗？”

如果它真的像她说的那么神奇，那倒是一个谋杀的好理由。

碧利斯站起来点点头：“好的，警官先生，请你等一下，我去找找钥匙。”

虽然先前碧利斯的叙述已经让德罗有了心理准备，但手中的电筒突兀地照到那个硕大凶狠的蛇头的时候，德罗还是不由得心里扑腾跳了一下。该死的，这也太逼真了。

由于这栋房屋的古怪结构，虽然是下午，但是没有一丝光线可以绕过走廊的拐角射进来。德罗站在屋子中央，举起手中的电筒扫视着房间中的陈设。房间空荡荡的。正对着门的墙上是那只可怕的巨蛇雕像，旁边是碧利斯曾经藏身的壁炉。这个壁炉看起来很有些年份了，抹着金粉的复杂花纹好像一张张沉默的嘴巴，静默着这个房间的秘密。壁炉上放着两个银质的烛台。一个大一些，是一个三叉烛台，上面还有没有燃完的半截蜡烛。另一个要小上很多，上面只有一根非常短的黑色蜡烛。这只蜡烛只被烧去了一小部分，做工精美，上面密密麻麻地刻着复杂的花纹和看不懂的文字，用手指触摸时会有一种很奇怪的细腻而又厚重的感觉，一看就是老皮特不知从世界哪个稀奇古怪的角落中弄来的。

房间的一侧放着一张老式梨木桌子，两把样式同样古老的梨木椅子。桌子空荡荡的没有放任何东西。一张椅子上垫着一张厚而舒适的椅垫，另一张上面什么也没有。四周的墙壁就像碧利斯说的一样，都是放满羊皮书卷的书架。看着这一切，德罗甚至可以想象出：无数个白天和夜晚，老皮特一个人坐在梨木桌子前面，就着蜡烛的光芒在那尊恐怖的大蛇雕像下专心地看书。偶尔，老皮特抬起头来扶一扶鼻梁上的眼镜，然后露出惨白的牙齿诡异地一笑。

这简直就是一场诡异梦境中的画面。

虽然德罗也曾经多次出生入死，但在这个古怪的房间中他还是没来由地感觉到心头有一丝凉意。

不过这个房间中为什么会有两张椅子？

“你说你第一次进入这个房间，而且藏在壁炉中那次是在你还很小的时候？”德罗有些不相信地问碧利斯。

“我七岁的时候。”

“看来你们家的人胆子都不小。”德罗善意地耸耸肩，“让我们开始仔细找找吧，或许可以找到你说的那尊少女像。”

房间中最吸引人的当然是那尊大蛇的雕像。碧利斯说得没错，这尊雕像大概有十英尺高。不过对于德罗这种身高六英尺七英寸的高个子来说，抬头看倒也不费什么劲。这尊雕像是用黑色的不知名的石头雕刻而成的，在手电的照耀下浑身上下反射出清冷的光泽。蛇头高高昂起，紧闭的嘴巴仿佛随时都可能突然张开将一切敢于挑战它威严的敌人吞吃下去。大蛇表情丑恶，眼睛微闭。最奇妙的是，如果仔细看去，可以发现有一丝很微弱的红光从大蛇瞳孔的位置射出来，给这条蛇抹上一丝狡黠而残忍的气息。不过最奇特的是，这条蛇和一般的蛇不一样，它有两个身体。德罗看过很多双头蛇的雕塑和绘画，却从没有看过这种双身一头的蛇。两个蛇身一样大小，紧紧地交织缠绕着，从下而上逐渐汇成一体，融成同一个可怕的巨大蛇头。蛇身上被人用细密的花纹仔细地刻出了一片片蛇鳞，无数小蛇头从这些鳞片中摇头晃脑地探出来，表情凶狠。走近仔细看去，这些小蛇和大蛇一样，也是双身共头。整个雕塑栩栩如生，让人看了心中不由自主升腾起一股惧意。

德罗举着电筒绕着大蛇的雕塑仔细看了好几圈。从表面上来看，这就是一个普通的雕像，虽然工艺和造型上很独特，但是也没有太多的特别之处。但是，这尊雕像上面肯定有机关。德罗对自己这样说。德罗和碧利斯借着电筒的光一点一点地向雕像上面的每一个花纹仔细看过去，一直都快到大蛇的尾部了，两个人还是一无所获。

这时，德罗突然皱起眉头，轻轻地抽了下鼻子，他用手电向大蛇尾部的下面照去，然后有点儿兴奋地对碧利斯说：“我好像发现了一点儿什么！”

如果德罗没有之前的那次特殊际遇，那么他和碧利斯就算在这个房间中再搜上一年，也不一定能发现大蛇雕像尾巴上的这个小孔。

但是德罗不是一般的人——他有着一般人没有的灵敏嗅觉。他发现大蛇雕像的尾部好像有被火焰灼烧后的烟味。但是从表面上看不出有任何的异常。德罗用左手将电筒高高举起，照亮了雕像的尾部。碧利斯很仔细才看出，雕像表面有一些普通人肉眼看不出的灼烧后的细小暗纹，大蛇的尾巴用充满力量感的姿势扭曲盘卷着，刚刚好构成了一个可以容纳一只手伸进去的小洞，里面隐隐还可以看到在很深的地方有一个小孔。德罗闻到的灼烧的味道就是从这里传出来的。

碧利斯问德罗："觉得这是什么？"

"还不能确定。"德罗把手上的电筒交给碧利斯，然后从口袋中掏出一只白色手套戴上，小心地开始检查起来。

洞口黑乎乎的，就像一张丑陋的嘴巴，嘲笑着德罗心中一闪即逝的胆怯。

没有机械设备的机油味，也没有电子设备存在时不可避免的臭氧味，有机关的可能性很小。德罗在心中默默评估，他张开右手在洞口比划着测量了一下，然后稳稳地伸了进去。碧利斯在德罗身后，屏住呼吸，有些紧张地看着德罗的右手慢慢进入那一团深邃的黑暗中。

这个洞斜向下方，很深，并不十分大，但刚刚好让一个成年男子在里面自由地旋转手臂。德罗一边伸手，一边用手掌感知着洞里面四壁的情况。干燥、光滑，没有发现什么异常。如果不是那股烟火熏燎的味道，德罗一定会怀疑这个洞是不是根本就只是一种出于美观考虑的设计。

就在德罗的手几乎要伸到最长的时候，他的手指终于发现了一些东西，德罗习惯性地微微一皱左眉。站在一边目不转睛注视着德罗的碧利斯有些紧张地问："你发现什么东西了？"

"这里面还有一个小洞，上面有一些奇怪的花纹，好像是一些特殊的螺纹。"

"嗯，大概有手指尖那么大，里面很深，我伸不进去了。"德罗将身体紧贴在雕像上，一边尽可能地摸索，一边对碧利斯说。

忽然，德罗想到小洞发出的烟火灼烧气息，随即四下看了看，目光定格到壁炉上面细短的黑色蜡烛上。德罗走过去，在烛台上点燃。让他们意外的是，黑色蜡烛“腾”地一声剧烈燃烧起来，发出焊枪被点燃后的那种嗞嗞声，同时喷出温度极高的一束青色火焰。德罗小心地将蜡烛从烛台上拔下，在碧利斯不解的目光中又走了回来。

德罗探出身子，用右手将点燃的蜡烛竖向前方，小心地伸进刚刚发现的洞中。

果然，蜡烛的尺寸和花纹都和洞中小孔刚刚好符合。德罗小心地对好位置将蜡烛卡进了小孔中，然后轻轻转动着向前。蜡烛上凹凸的花纹和小孔壁上的螺纹看来配合得很好，蜡烛稳稳地被旋进去了大概一英寸。之后就再也不能旋得更深了。

突然，德罗感觉有些不对，顿时表情大变，一声惊呼，急忙向外抽手臂：“哦，不！”

他感觉自己的手臂被一股突如其来的巨大力量所包裹，整只手完全不能动弹半分。接着，德罗感觉有一股极强的吸力从里面那个小孔中传出，德罗的手指也在同一瞬间完全感觉不到刚才还灼灼逼人的火焰温度，好像蜡烛的火苗发出的所有热量已经完全被吸进了那个小孔中。

碧利斯听到德罗惊呼，一个跨步正要上前去帮助他。德罗一边挣扎，一边对她使劲挥手，低声急促地喊：“别过来，碧利斯！退到后面去，这里可能有危险。”碧利斯闻言，迟疑了片刻，还是冲了过来，一只脚干净利落地猛蹬大蛇雕像的底座，双手抓住德罗的手臂帮助德罗将手臂向外拔。

这时，那股神秘地力量却像它出现时一样，神秘而突然地消失了。德罗和碧利斯来不及收力，顿时一个踉跄，一前一后地摔倒在地板上。

德罗顾不得看自己手上是否受伤，扭头向碧利斯喊："你没事吧？"但当德罗的目光扫到碧利斯的脸上时，德罗不由大吃一惊，碧利斯完全没有听到德罗在喊她，两只眼睛睁得大大的，一动不动，表情惊讶地看向上方。

德罗连忙用电筒向上方照去。但除了冰冷的大蛇雕像侧面，他什么也没有看到。他站起来，两步走到碧利斯身边，然后顺着碧利斯的目光看去，不由得吃了一惊。

他们看到大蛇雕像原来紧闭的嘴，不知何时恶狠狠地张开了。房间中原本就让人窒息的气氛现在显得更加紧张，好像只要眨一眨眼睛，大蛇雕像就会狠狠地扑下来一样。两根原来藏在嘴中的巨大毒牙此时尽显无疑，发出锋利的光芒。但最让人吃惊的是，大蛇原来闭上的眼睛现在完全睁开了。红色的眼球像是被鲜血浸过，发出让人心悸的死亡和绝望的气息。眼球中，金色的瞳孔不断放射出明亮的光芒。德罗的目光一和大蛇瞳孔发出的光芒对上，马上感觉异常压抑，耳边好像有无数个凄厉的声音在大声号哭祈求，心中不由自主地涌上一股莫名地混杂着巨大悲伤与绝望的情感。德罗突然想起了那个大雾弥漫的早晨，想起了那个渐渐远去、最后完全隐没于大雾中的高大身影。这一瞬间，他心中最深处的很多往事都被勾起。一时间，他全身力气好像突然都被抽去，也和碧利斯一样，两眼睁得大大的，脸上露出悲伤的表情，动弹不得。

但德罗毕竟不是一般人。很快，他受过训练的坚强意志将他从大蛇眼睛发出的蛊惑中解救出来。德罗猛地一晃头，清醒过来。然后，用手遮住了碧利斯和大蛇之间的视线联系，将她拽到一边。

"我怎么了？"视线离开大蛇的眼睛后碧利斯很快也清醒过来。

"不要看这条蛇的眼睛，这家伙搞不好真是美杜沙的亲戚。"

德罗一边心里默念训练营中教官交给自己在观察能够引起心理学负面效应的复杂画面时的要领（分散注意力，用不规则的节奏呼吸；蒙住一只眼睛消除立体视觉后，快速用视野余光观察可疑目标），一边再次向大蛇雕像看去。大蛇雕像的眼睛好像是靠着人的视线来供给能源一样，在德罗和碧利斯的目光离开之后，慢慢地暗淡下来，最后光芒完全熄灭。

德罗和碧利斯又等了一会儿，确认大蛇的眼睛不再有什么古怪，然后才又开始在手电的指引下观察张开嘴的大蛇雕像。碧利斯突然说："你看，大蛇口中的舌头上好像有什么东西。"德罗半眯着右眼仔细看了看，不错，大蛇雕像嘴巴张开后露出的舌头上竖着一朵小小的仙草。

德罗走上前去，刚想伸手去触那朵仙草，又临时改变了主意，谨慎地改用手电筒轻轻地触了过去。

手电筒的前端刚刚触到仙草，说时迟，那时快，大蛇的嘴突然快如闪电般狠狠地闭上了。电光火石之间，一小股乳白色的液体从大蛇的毒牙喷了出来。

"啪"，伸进去的手电筒被夹成了两半儿，大蛇口中的半支手电筒被压得象一张薄纸，而后面一半却还保持着原来的形态。现在这只手电筒看起来就像是一把模样可笑的铲子。

德罗在心中赞美了一句上帝，然后回过头来对碧利斯说："看来我们还缺点什么东西来伺候这个家伙，你再回忆一下，你偷偷来的那次还有没有看到别的什么东西。"

碧利斯这个时候早已恢复了平时的镇定，她低下头紧张地回忆着，过了一会儿，她突然抬头说："对了，我父亲的保险柜中有一副金色的手套，上次我看见他是戴在手上的。"

"看起来这个雕像确实有点名堂，不过现在来看，就我们两个人贸然下去的话会有危险，我要向上级请示一下，申请几个好手和必要的设备，然后再一起下去。"

没有人喜欢晚上睡觉的时候被人叫醒，戴维斯教授也一样。但当他意识到嘴巴被什么东西塞得紧紧的时，恐惧终于压倒了怒火。

房间中没有开灯，借着银色的月光可以看到戴维斯教授对面藏着一个冷漠的身影。

比身影更冷漠的是那个人的声音："你不要试图反抗，否则受伤的只会是你自己，我只想问你一些小小的问题，要是你老实回答的话，我就不伤害你。你明白我的意思吗？"

戴维斯教授的大脑转得飞快，想要努力搞清楚自己所处的形势和可能的对策。他睁大眼睛看着阴影中的男子，努力使自己看起来从容不迫。他微微皱了皱眉头，作出一个疑惑的表情。

"如果你听明白了，而且同意我说的话就眨一下左眼。"

戴维斯教授眨了一下左眼。

"好的，这样多好。听着，接下来我要问你问题了。回答是，就眨左眼；不是，就眨右眼。你是马丁•戴维斯？"

眨左眼。

"三十年前你曾经到印度海尔巴夫进行过考古活动？"

片刻的惊讶后，眨左眼。

"你们找到了云雾之神庙？"

长时间的迟疑，戴维斯教授的右眼微微动了一下，但是最后还是眨了左眼。

"黄金少女像在你的手里吗？"

快速眨右眼。

黑衣人一把揪住戴维斯教授的头发，将一柄闪着寒光的匕首戳到离他的右眼四分之一英寸不到的地方。戴维斯教授惊恐地拼命向后仰头，好让自己的眼球离匕首远一点。但是黑衣人手上的力气非常大，将他的头死死摁着，让戴维斯没有办法移动分毫。匕首的寒气沁入到戴维斯的眼中，他的瞳孔不由自主地剧烈收缩起来，冷汗从额头一颗一颗地渗了出来。

“哦，是吗？”黑衣人的声音依然冷漠无比，“那么，它在哪儿？”

第三章 初遇危险

第二天一早，德罗向上司报告了自己昨天的工作，出乎他意料的是，意大利佬居然和颜悦色地听完了他的汇报。德罗正在奇怪时，意大利佬告诉他：“德罗，你的这个案子现在已经不归我管了。上面要我把档案转给NSA，他们想要和你谈谈，我猜他们是想让你继续跟这个案子。”说完以后，递给他一个没有开封的信封。

“NSA？国家安全委员会？这个案子这么重要？”德罗不由得有些吃惊。国家安全委员会，简称NSA，是直接向总统汇报的数量极少的专门委员会之一。它负责侦缉和消除对美国国家安全最可怕的威胁，它的权力大得吓人，凌驾于所有特工机构之上。没有人清楚它的内部结构和运作方式，虽然对外公布的领导人是参议员米索•拉菲勒，但是大家都认为它的真正领导人绝不会是那个以游艇和性派对著称的花花公子。

1974年通过的《国家安全法案修正案》隐藏了一个没有对外公布的秘密附加条款。这个条款保证了国家安全委员会的经费由总统直接审核，而无需通过国会的讨论批准。这让NSA在这十几年中发展到了惊人的规模。虽然它从来都不会在阳光下行事，但是越来越多的关于NSA手法毒辣的传言还是慢慢流传了出来。一个信条在特工中越来越得到认可：“千万不要惹到NSA。”

德罗当然也不想为了一件案子给自己惹上什么麻烦。于是他按照意大利佬信封里的号码拨通了电话。电话通了，一个柔美的声音响了起来：“你好，德尼尔贸易公司，请问有什么可以为你服务的。”

“你好，我是哈里森加工厂，我和德尼尔小姐事先约好的，是关于合同号为N2487的出口协定的。”

“合同N2487？请等一下。嗯，是关于运往德国的NP43876零件的合同吗？”

“不是，是关于运往阿尔及利亚的那批编号为C1303的室内装饰材料的。”

“C1303吗，好的，请等一下。”

一声咔嗒声后，另一个女声响了起来：“请说出你的身份验证号码，以及口令。”

手续很多，不过德罗没有不耐烦的情绪，因为他知道小心谨慎对于一个特勤机关的重要性。德罗认真地按照电话中不同人提出的要求一一照办，最后电话终于从迷宫一样的前台中接了进去，到了目的地。一个深厚的男中音响了起来：“你好，德罗探长，我是NSA本次项目的负责人凯伦。从现在起我全权负责这个案子的指挥，相关的授权文件你可以在内部信息库中调阅。我希望你能够继续负责这个案件的实地侦查，但是一切的进展无论大小，你都要，且只向我汇报。”

“是的，长官。”德罗于是详细汇报了目前自己的进展，最后小心地提出需要带两个人一起去密道查看——他还不清楚自己这个新上司做事的风格——结果凯伦爽快地同意了他的要求。

看来凯伦派来的两个人不是随便指定的，其中的一个高个儿马丁用了十几分钟，就手脚麻利地将老比利的保险柜轻松打开了。德罗马上看到了碧利斯所说的那副金色手套。和手套在一起的是一个小玻璃瓶和一小捆大蛇房间中看到过的那种黑色的蜡烛。德罗赞赏地拍了拍高个儿的肩膀，心里不由有些好奇和高个一起来的那个中年男子休斯又会有什么样的本事。

德罗伸手摸了摸手套，发现它的质地很奇怪，看起来金光闪闪好像是有些金属的味道，摸上去的时候却是柔软异常，德罗的手指刚刚触到的时候，手套还微微一弹，好像是有生命的小动物一样。

德罗试着将手套戴上，发现这东西一上手立刻就紧紧地将自己的手包裹住。更神奇的是这副手套好像可以自动调整大小一样，过了几秒钟它就无比贴切地将德罗的手包裹着，就像长在德罗的手上一样，让德罗在活动中感觉不出任何的不灵便。但麻烦的是，手套一戴上就脱不下来，最后还是碧利斯试着蘸了一点小玻璃瓶中的液体点到手套上，这副奇怪的手套才像是被烟头烫过的水蛭一样收缩扭曲着从德罗的手上滑落了下来。

德罗越发地庆幸自己从凯伦那里要了两个帮手，从目前的情况来看，不知道还有多少古怪在后面等着自己。

再次回到大蛇房间的时候，德罗和碧利斯发现大蛇雕像不知何时已经恢复了最初的模样，只有地上静静躺着的、已经被压得变了形的可怜手电筒还在提醒着他们这个房间的凶险。

剩下的事情显得顺理成章。德罗和碧利斯再次激发了大蛇装置，然后德罗试着将手套套在一只电筒上伸过去。大蛇的嘴没有合上，德罗一直特别留心的大蛇毒牙也没有任何活跃的迹象。

德罗放心了："亲爱的碧利斯小姐，也许我们就要接近谜底了。"说着，他伸手握住大蛇舌头上仙草形状的突起用力一扳，大蛇雕像的眼睛突然又亮了起来，然后壁炉旁边的一面墙壁突然滑开，露出了一段向下的台阶。

碧利斯说："我明白了，原来我当时听到的咚咚声是我父亲下楼的脚步声。”

德罗抽出自己的柯尔特手枪细细检查了一遍，然后对碧利斯说：“碧利斯小姐，我们要下去调查一下，请你在这里等着我。如果我在三个小时后还没有回来，就请你到郡警局去报案，帮我们申请支援。”

这时房间门“嘭”地一声被猛地推开，大家眼前一花，一阵风过，一个人冒了出来。刚一站定，这个人就一把揪住德罗的衣领将他拽到自己的面前说：“老伙计，如果没有记错，我应该已经有三个月没有在你面前出现了吧。”

德罗看着这个家伙，对其他两个警员挥挥手，让他们将已经拔出的手枪收回去。他在心中不由得骂了一声：“该死，我怎么把这个家伙给招来了。”然后，带着一点无奈，说道：“三个月零五天。”

碧利斯站在旁边端详起这个不速之客：这是一个瘦高个的亚裔青年男子，上身穿着一件式样时髦的粉红色意大利衬衣，下面穿了一条质地明显很不错的黑色皮裤。面相俊朗，嘴角轻轻含笑，两只眼睛中闪烁着放荡不羁和嘲弄的光芒。

德罗说：“我就知道这种离奇的现场肯定是少不了你的。你已经结束休假了？”

安德鲁转身对所有人点头行了一个礼，然后转过来对德罗懒懒一笑：“我是专门结束休假回来的。一个好的凶案现场如果没有一个好的法医来勘查一番，岂不像是就着最劣等的松子酒吃法国大餐一样煞风景？”

德罗说：“你现在才出现，想必是已经看过现场了？”

一听到关于案情，安德鲁原本站得松松软软的身体马上绷紧起来，身上的慵懒之气瞬间荡然无存，他面带骄傲地对德罗和碧利斯说：“我可以保证这栋建筑中除了这个房间之外的所有角落都已经受到了全美最详尽的法医勘查。”

德罗说："安德鲁，你有什么建议？"

安德鲁说："我觉得我们应该一起去找那个东西。"

德罗扬起眉毛，嘿嘿一笑："你果然是安德鲁。"

在旁边听着的碧利斯闻言却不由有些吃惊："你怎么知道我们是在找一个东西？"

安德鲁说："因为你父亲的手，碧利斯小姐。现场没有任何挣扎的痕迹，所以你父亲应该是在意识迷失或者是机体被麻醉后的情况下遭遇不幸的。但是他的手的姿势不是自然死亡后的样子。通常在意识迷失或者是机体被麻醉后肌肉是松弛的，按照现场的姿势来看，死者手臂和胸廓的夹角应该是五度左右。但是实际现场勘查的结果是，你父亲的手和躯干的夹角是七十一度，这就是我们法医所谓的'不自然的手'。也就是说，你父亲是在失去活动能力后被人摆弄过的。从现场看，凶手并没有想要把你父亲的死亡伪装成意外或是自杀的企图，那么他再次摆弄你父亲的身体很大程度上是可能想要趁你父亲活动受限而找什么东西。所以，综上所述，我冒昧地得出了我的推断。"

说完，安德鲁转向德罗，原本笔直的身子突然又再次变得松松软软，他的脸上露出一丝狡黠的笑容："另外，你们把这个房间弄出来一个秘道口，应该也能够支持我的判断吧。"

德罗扫视了一下房间中的人，对安德鲁说："既然你已经了解了情况，我们就赶快下去吧。这两位是上面派来协助我的马丁警官和休斯警官。"

碧利斯上前了一步对德罗说："我要和你们一起下去。"

德罗摇了摇头："这恐怕不行，碧利斯小姐。"

"我要亲手抓住杀害我父亲的凶手，请让我和你们一起下去。"

"不行碧利斯小姐，下面情况不明，也许有危险，你下去的话会影响到我们的工作，还是请你在上面等待吧。”

碧利斯转向安德鲁，后者也是一副爱莫能助的表情。而马丁和休斯则面无表情。

碧利斯一声不吭，突然滑步上前，对着德罗面门就是一个狠狠的腾空后横踢。德罗一惊，想要闪开已经来不及，于是只有迎着碧利斯的来势用手臂将碧利斯的右腿挡开。碧利斯弹开，落地之后势头不减，马上就势又是一记回旋踢。德罗根本没有时间反击，只有再次躲闪，一时间虽然说不上狼狈，但也实在是有几分忙乱。碧利斯这几下兔起鹘落，其他三个人也来不及有任何反应。最后，碧利斯一个干净利落的上步劈挂，将德罗逼到墙角，右腿稳稳地停在德罗鼻尖前面，“你现在改变主意了吗？”

安德鲁在旁边轻轻吹出一声口哨，摇头鼓掌。

德罗不说话，用眼神示意碧利斯向下看。碧利斯顺着他的视线看下去，一支柯尔特手枪不知什么时候出现在德罗手中，枪口直指碧利斯的心脏。

碧利斯一愣，收回了自己高高抬起的右腿，低头片刻，然后抬起头看着德罗的眼睛，柔声说道：“求你了，德罗警官，让我和你们一起去吧，求你了，这对我很重要。”

德罗还是摇摇头，说：“对不起，碧利斯小姐，我不能带你去，我不能将你带到危险之中，我是警察我有义务去冒风险，而你是我要保护的市民。”

碧利斯的眼睛不由自主地红了起来。

其实碧利斯都不知道自己怎么会这样。自从在那次考古中母亲死亡后，碧利斯就认定是父亲对工作的狂热害死了母亲。很长一段时间，碧利斯都不和皮特说一句话。虽然后来随着年龄的增长碧利斯慢慢和父亲达成了一定程度的和解，但是总有一层看不见的隔膜阻隔在父女之间。

所以这次听到比利的死讯，碧利斯一开始也只是觉得震惊，直到她赶到了现场，看见自己父亲的尸体，她才忽然意识到这个世界上自己唯一的一个亲人也已经离自己而去了。

突如其来的别离让碧利斯看见了很多自己以前刻意回避的东西：小时候自己躺在父亲怀里那些开怀大笑的样子；自己每一个生日收到的精心挑选的礼物；运动会受伤骨折后，父亲开了一天一夜的车专门从罗斯切克赶来，在自己蓄意制造出的冷漠中尴尬而无微不至地照顾自己；父亲退休回家后，每天给自己打电话时那种好像有很多话却又不知从何说起的语气。

碧利斯突然觉得自己内心深处某个地方轻轻痛了一下。

所以她要和德罗他们一起去找出凶手。更重要的是，她模模糊糊地感觉到，在这个过程中自己有可能了解到父亲身上许多隐藏多年的秘密：他神秘的往事，他的考古，他的朋友。而且碧利斯隐隐觉得母亲三十年前的意外死亡也和父亲的离奇死亡有关系。

于是碧利斯什么话也没有再说，只是咬着嘴唇用恳求的目光看着德罗。

德罗看着自己面前那双闪动着坚韧和恳求的眼睛，不知怎么，突然想起了以前的那个自己，那个在阿富汗战场上想要和华莱特上尉一起去赴死的自己，那个浓雾的早晨，自己的眼睛应该也是一样的坚韧和恳求吧。

这时安德鲁也开口了：“德罗，我觉得或者下面我们会有一些只能依靠碧利斯才能解读的线索，你看……”

德罗不说话，收起手枪，轻轻拨开在自己面前的碧利斯，走到马丁和休斯面前说：“你们两人中必须要留下一个人看守这里，以避免我们回不来。”

马丁和休斯小声商量了几句，然后休斯说：“长官，我留在这里吧，马丁擅长开锁和爆破，他和你们一起下去比较有用。”德罗点了点头，向马丁做了一个简明的手势，让他走前面，然后示意安德鲁和自己一起跟上去。

“你只能走在我们的后面。”经过碧利斯身边时，德罗嘴里小声蹦出一句。

碧利斯一愣，原本有些失神的眼睛露出惊喜的光芒。安德鲁转身回来，塞给她一把小巧的电筒，然后扭头抢在德罗前面下了密道。碧利斯赶紧跟上两人的步伐。

密道设计得很巧妙，虽然可以利用的空间不大，但德罗这样的大个子一点也不觉得狭小。进了密道之后，马上就是一个拐弯，出现在众人面前的是一个空空的房间。出乎大家意料，里面没有任何东西。马丁目测了一下房间的大小，说：“这个房间中肯定还有其他的通道，我们要找找暗门在什么地方。”

房间不算小，角落中有一个固定在地面上的角柜，西面的墙上有一副以五月花号为主题的壁画。再普通的物件在这个房间中出现，都会透出一丝诡异。所以，德罗和马丁对着这两个物件仔细地搜索起来。

这时德罗突然听到一阵低沉的响声，他抬头一看，房间的东面墙壁正在缓缓划开，一条通道从墙壁后面露了出来。这时候，德罗好像听到了什么，他叫了一声不好，飞快地跑回拐弯处。果然，他发现他们进入的秘道口有一道闸门正在下降。门外等候的休斯也发现了这个情况，但是他看起来束手无策，慌忙之中不知道应该做什么。德罗顾不得多说什么，一个箭步窜上去，紧接着贴地向前鱼跃，想要在闸门关合之前阻止它。这时德罗看到身边一条身影一闪，发现碧利斯竟然在自己扑向秘道门的同时也紧跟着扑了过来。由于距离过远，德罗的手够不着，情急之下，德罗将手中的电筒塞向门缝，想要将它卡住。谁知道看起来没有什么重量的闸门向下压去的劲头却是雷霆万钧，就像是热刀切黄油一样轻而易举就将德罗的特制警用大号电筒压成了两段。

两个人灰头土脸从地上爬起来，德罗上前试着推了推闸门，纹丝不动。他和碧利斯回到拐角后的房间，看着房间东面出现一个通道。德罗问道："怎么回事？"安德鲁指着房间南面墙壁一个仙草样的图案苦笑一下，耸了耸肩。马丁上前仔细查看了一番，然后神情严肃地说："我们面前的通道虽然打开，但是这个拐角的机关只能关门，看来我们只有继续向前走了。"

随后，德罗又转向碧利斯："碧利斯小姐，现在我们只有用你手上那个备用的迷你电筒来继续我们的探险了。"

碧利斯说："对不起，我刚才没有能够将闸门关住。"

德罗说："碧利斯小姐，从你和我们下来那一霎那起我们就已经是一个团队了，所以所有问题都是我们大家一起来承担的，对吗？"

碧利斯笑了一笑，没有说任何话，但她心里有一点感动。

无可奈何，看来只有快点穿出去，找到秘道的出口了。

比一般人高大壮硕不少的德罗拈着小小的备用电筒在前面探路，活像安大略山里面一只叼着大马哈鱼的棕熊。马丁、安德鲁和碧利斯依次跟在后面。

暗门的后面是一条长长的回旋楼梯。下来后，三人发现自己进入了一个很宽敞的所在：一条可以两个人并行的道路弯弯曲曲地指向未知的前方，甬道的侧壁上不时可以看见已经燃尽的火把，遇到拐弯处还有一些凹陷的空间，看起来既可以做储存东西的场所，也可以作为狙击敌人的绝好掩体。

安德鲁天生就是一个不安份的家伙，一边走一边对着甬道啧啧赞叹，好像他不是进入了一个可能蕴含着危险的所在，而是在林肯纪念馆的大厅参观一样，不过由于刚才的事件，他倒是不敢轻易动手去碰这些东西了。

安德鲁说：“看这些砖上的鲁曼式花纹，我敢打赌，这个地道绝对是十八世纪的杰作。碧利斯，说不定我们在里面可以找到那笔著名的国家宝藏呢！哈哈哈……”

碧利斯走在后面微微皱着眉头没有吭声，说实话，她有点讨厌安德鲁。虽然安德鲁对自己一直都热情而礼貌，但是一直都是在学院或是研究所这种地方生活的碧利斯还是更习惯彼此间彬彬有礼，保持一份距离感的交往方式，碧利斯心目中的白马王子形象是：一双深邃的眼睛从黑色有框眼镜后面射出智慧的光芒，修长的身材被一袭白大褂衬托得风度翩翩，性感的嘴唇中平静地吐出拉丁语句子。

父亲在世时曾说过自己不像是老皮特家的人。谁知道呢。是的，这个和五月花号一起来到新大陆的家族中，几百年来每一代人的血管中都流淌着冒险的血液：波士顿倾茶、一分钟人 、西进、南北战争、美西战争、一战、二战……哪一次都有老皮特家的人的身影活跃其间。粗粗算下来，整个家族历史中一共出了五位将军、十二个探险家、十六个曾被全国通缉的大盗、十三个消防队员、五个特技飞行员和一个登山冠军，美国的第一个女飞行员和第一个女海军潜水员都是出自这个家族。也许是爱冒险的人将自己的性命看得太轻，又或者是因为爱冒险的人很少有稳定的婚姻，所以渐渐地，这个曾经人丁兴盛一时的大家族开始凋敝，到了皮特•比利这一代，他还有七个兄弟姐妹；而到了碧利斯这一代，整个家族就只剩下三个人了——皮特、碧利斯、还有碧利斯一个远方堂妹。“这个商业化越来越强的世界可供我们去冒险的地方越来越少了，所以我们老皮特家的人都约好要去另一个世界冒险了。”回忆起自己的家族时，老皮特常常有些伤感又有些自豪地说。这个时候，碧利斯总是毫不客气地反驳：“我们家族给这个世界惹的麻烦已经够多了，所以上帝将他们都叫回到自己身边，好亲自看管起来。”

继承了家族中探险精神的皮特从小就从运动技能方面培养碧利斯，但皮特很快就无奈地发现，碧利斯居然喜欢看书胜过探险，虽然碧利斯的运动能力也很好，但就是心思不在这个上面。如果说老皮特家的性格是火的话，碧利斯的性格就简直是一块冰，永远方方正正，永远冷静。后来碧利斯母亲遇难以后，年幼的碧利斯更是觉得是父亲的冒险活动害死了自己的母亲，所以从此后她就只是蜗居在自己试管和书本的小天地中，一直念到了博士毕业。

这种心态也反过来影响了碧利斯。虽然一开始自己也觉得有些奇怪，但后来她也就慢慢习惯了。甚至有时候也抱着几分玩笑的心理怀疑自己是不是根本就不是老皮特家的人，而是被接生护士错抱了。

进入秘道以后，德罗就很少说话，而是集中精神将自己原本就超过常人数倍的感知能力用到最大，小心翼翼地提防着随时可能出现的意外情况。晃动的手电灯光在甬道中切割出不停变换的明暗条块，甚至安德鲁也闭上了自己的嘴巴，一切都显得很安静，只有四人的脚步声在甬道中共鸣回荡，混杂成一曲含混不清的不详歌谣。

碧利斯突然觉得自己有些兴奋，不是紧张，而是兴奋——一种即将面对危险，甚至是想要危险出现的兴奋。难道过去二十多年中自己身上皮特家族的血液只是在沉睡？

正在这时，德罗突然转过身来，将手指放在唇上，轻轻做了一个“嘘”的动作。碧利斯和安德鲁马上停下脚步。德罗凝神听了一下，轻声说：“我好像听到我们刚才走过的密道中有响动。”碧利斯说：“也许是休斯不放心我们，所以进来看看？”

马丁说：“不会的，他的任务是守在密道口，他绝不会擅自进来。”

安德鲁说：“无论如何，我们都应该当心一点，这个鬼地方，我越走越觉得有些邪乎。”

德罗说："我还是有些不放心。马丁，你沿着原路返回去查看一下，看看那扇闸门打开没有，最好是能够和休斯联系上。"

马丁点了点头，掏出手枪向后小心地走去。德罗对剩下两个人说："你们小心一点慢慢前行，我先到前面去探探路。"随后，德罗向前小步跑了出去。

他的跑步姿势很奇怪，每一步都是用前脚掌尖着地，而且不是踏向地面，而是轻轻蹭出去再搓向后方，这样整个人就好像是在地面上不断向前滑动——速度很快，却不发出任何声音。

要是德罗在FBI受训时的教官看到他现在的跑步姿势，一定会很满意。

碧利斯和安德鲁不会德罗那种跑步方式，所以虽然干瞪着眼睛却只能小步轻轻前进。

向前过了二十米，拐过一个弯，碧利斯和安德鲁发现自己进入了一个明亮的厅室中。房间北面靠墙的地方放着一个小桌子，上面摆着一盏大号应急灯和一个像打字机一样的机器。桌子旁边的墙上露出了一个小凹陷，里面是一个保险柜的锁头。先前冲过来的德罗却不见人影。房间还有一个开口，里面黑乎乎的什么也看不见，和房间中的灯光相对比显得阴森不测。

安德鲁贴近出口的侧面，靠在墙上，向着黑乎乎的甬道探一点脸，大声喊："德罗，你在里面吗？"

没有回应。

安德鲁和碧利斯正想抓起桌上的应急灯向出口前进，从甬道中突然传来两声枪响。安德鲁马上跳了起来，抓起碧利斯的手臂就向前冲，"糟糕，不会是德罗出什么事情了吧！"安德鲁的神情很紧张，眉宇间只有为好朋友的担心，刚才的轻浮慵懒一扫而空。

这时身后的甬道中突然又传来马丁的惨叫，安德鲁和碧利斯焦急地对看了一眼，正不知如何是好，却看到德罗从前面的甬道中冲了过来，他来不及停下说话，对着安德鲁和碧利斯喊：“快去看看马丁，要是他出了事我们回去的路就断了。”

安德鲁和碧利斯连忙跟在德罗后面猛跑起来，安德鲁在德罗身后对他嚷：“刚才的枪响是怎么回事？”德罗头也没有回，大声说：“一个小麻烦，前面的密道中有防御机关。”说话间，三个人已经到了密室后的转弯处。德罗一挥手，安德鲁和碧利斯心领神会地慢了下来，跟在他的身后小心地向前前进。

德罗和安德鲁做出了一个交互掩护站位。德罗向房间中探了一下身然后迅速缩回来，几乎于此同时，安德鲁采取半蹲位，贴着墙探头向密室中准备射击。这时一条身影忽然猛地窜到他们面前，安德鲁没有多想举枪就射，那个人应声倒地。安德鲁刚刚想松一口气，谁知道身影后又窜出一个人，因为距离太近，安德鲁来不及反应，被新窜出的那个人用膝盖狠狠地顶中了腹部，马上就像是一根木头一样直直地倒了下去。德罗眼疾手快，在那个人影闪过地道转弯处时开了枪，电光火石间黑影好像晃了一下，然后就消失在了拐弯的后面。

碧利斯将安德鲁搀扶起来，安德鲁用手中的枪将自己刚才射击的那个人翻了过来，三个人不禁都惊呼起来：“马丁……”德罗伸手摸了摸马丁的脖子，对安德鲁说：“他早已经死了，尸体被凶手当成盾牌来吸引我们的子弹。”碧利斯定睛一看，果然马丁的脖子早已经被人拧断了。他的脸被拧成正对后背，脸上还带着死前的惊恐表情。

德罗说：“我们的退路已经被凶手堵死，而且在进口处还不知道会不会有凶手的同伙在等着我们。所以我们必须要快点向前走，争取在凶手给我们造成更大的麻烦之前找到其他的出口。”

三个人重新向密道深处摸索前进，看得出来，马丁的死让碧利斯受到了一些震撼，她突然意识到自己正在介入的事情好像是一个黑洞，它在带走了她父亲的生命之后，还会将她和其他人的性命也吞噬掉。

和之前一样，德罗又一次走到前面，安德鲁和碧利斯在后面不远不近地跟随。甬道中空间狭小，前面又有敌人在暗处。如果三个人走得太近的话，一旦对方突然发难，德罗他们带着个没受过任何训练的碧利斯，一定会出现某种程度的混乱。而这个时候，哪怕是一瞬间的混乱也是致命的。

很快，三个人又回到了刚才返回的地方。一路上他们没有遇到任何的危险，刚才跑到前面的凶手好像是在空气中蒸发了，消失得无影无踪。甬道好像永远也走不到尽头。碧利斯感觉自己都有些昏昏欲睡了，她用眼角的余光看了一下身边的安德鲁，发现安德鲁还是神采飞扬，一副永远吊儿郎当，永远不会疲倦的样子。碧利斯不由得心中生出几分佩服，刚才马丁被杀死给自己带来的影响不知不觉也小了很多。

枪声再一次在前面响起，碧利斯还没有回过神来，就被安德鲁一把拽着向前跑去。原来让安德鲁和碧利斯在后面的安排，除了让安德鲁保护碧利斯之外，也有一个考虑就是一旦出现敌人，身手最好的德罗可以及时做出反应，拖住对手。而安德鲁则可以跟上作为第二梯队出其不意地增援。

不过他们的计划落了空，德罗没有能够拖住敌人，安德鲁赶到时，只看到德罗一个人若有所思地站在甬道中。

“他跑了？”安德鲁问。

“是的，他一见你来了就跑掉了。他的身手很好，我不敢贸然去追。”

安德鲁撇撇嘴：“德罗，你这个家伙现在长胖了，越来越没用了。”

碧利斯打断安德鲁的话：“难道我们就眼睁睁看着他跑掉吗？”

德罗说：“我们在明，对方在暗，而且手上有武器，我们贸然去追的话风险太大。我的意见是我们先在这个房间中好好搜索一下，既然他在这个房间停留，那么这里必定有一些重要的东西。”言语中，德罗已经没有了最开始的那种拒人于千里之外的礼貌，开始用对待自己伙伴的语气对碧利斯说起来。

说完，德罗向着桌子看去。突然，德罗眉毛一挑，走近那个打字机一样的怪东西仔细看了起来，之后又仔细看了看保险柜的锁头，然后突然对安德鲁和碧利斯咧嘴一笑：“四联密码机。看来我们哪都不用去，等着那个家伙来找我们就是了。”

安德鲁说：“他输进去了？”

德罗说：“输进去了。”

安德鲁也咧嘴一笑：“哈哈，那我们就不用一直待在这个鬼地方了。”

碧利斯在旁边听得一头雾水，问德罗：“你们在说什么？怎么我一句也听不懂？”

安德鲁哈哈一笑，将碧利斯拉到桌子前指了指：“四联密码机。”

“四联密码机？”碧利斯满脸疑惑，转向德罗。

德罗说：“我来给你解释一下。这是一种二战中发明和被广泛使用的密码机。它利用莱布尼兹的不对应性大数原理制成，在对明文加密之后随机生成密文和一个破解子。整个密文的运算是单向的，和以前人们用的密码机不一样。 在不知道破解子的情况下，人们是不可能只是按照符号逻辑学原理通过数学计算从密文中反推出明文的。因为它在工作时由四个独立的密码编程轮配合工作，对明文进行复性加密，所以叫做四联密码机。这个四联密码机是固定在墙上的，我刚才细细看了一下，它已经被改装过了，加上了传动装置伸入到背后的这面墙中，所以它现在不再是一部密码机，而是一部奇怪的锁——一部依靠密码来破解的非常复杂的锁。”

碧利斯眼睛一亮：“也就是说，要是谁想解开密码的话，首先要知道破解子，其次他还要知道密文，最后他还要会操作这台机器，用密文和破解子来反向计算出原来的明文也就是保险柜的密码，这样才能打开这部锁。天啊，这把锁真是麻烦啊！”

安德鲁在边上一声嗤笑：“你真是个大傻瓜。”

碧利斯双手一摊，做了个无可奈何的表情。

德罗微微一笑：“碧利斯，这把锁的主人自己肯定是知道密码的，既然已经知道了明文，那么还要去按照流程从机器显示的密文中再把自己已经知道的明文解出来不是白费事吗？”

碧利斯马上明白过来：“哦，这样说来这台四联密码机改装成的锁就只是一个心理战术了？为的是让人误入歧途？”

安德鲁又笑了一声，摆摆头作出一副此人实在是笨得无可救药的表情。碧利斯知道自己提了一个傻问题，脸涨得有些红，咬着下嘴唇不去理会安德鲁，等着德罗给自己说下文。

果然，德罗拍了拍安德鲁的头，对碧利斯说：“这部四联密码机不是摆设。因为你父亲也不知道这部保险箱的密码是多少。”

碧利斯听了，更加疑惑：“他也不知道密码？这怎么可能呢，这可是他的保险箱啊。”说着，碧利斯细细端详起这部机器来。这部机器四四方方，上面有四个机械转盘，下面有一个输入用的老式打字机键盘。机器的右侧有三排机械显示栏，每一栏都可以显示出数字和字母的组合，侧面有一个可以拉动的把手，还有四个可以调档的旋钮，三个用德文写着的选项分别是“加密/译码”、“空置”、“破解子”。

德罗继续说：“这种锁的奥妙之处有三点：第一，经过改装的保险箱和密码机耦联；第二，保险箱的密码不是固定的；第三，这部四联密码机上的破解子是固定的。”

碧利斯说：“我明白了，这部锁的密码不是固定的。而我们将保险柜激发到待开启的状态，保险柜的密码锁在某些装置的帮助下随机产生一个开锁密码。同时和保险柜耦联在一起的四联密码机也已经启动，将这段开锁密码作为明文，并按照一个固定的破解子来进行加密，最后向使用者显示出加密后的密文。怎么，我说错了什么吗？”

德罗吃惊地瞪着眼睛：“哦不，恰恰相反，完全正确。”

德罗想起自己在FBI受训的时候还是花了一点时间才将其中的奥妙参透，没想到碧利斯这个没有接触过任何特种器材的人，不过听自己泛泛说了几个要点就将这种锁的开锁方式正确无误地猜了出来。看来罗兹奖学金获得者的智商确实有过人之处啊。

安德鲁这个时候已经拉了一下四联密码机上面的把手，机器一阵工作，然后最上方的机械显示框出现了一排数字：W58ED89GTFH。德罗说：“这就是已经加密后的密文了，战争中人们是用打孔条带做输出装置的，很明显这台机器被人改装过。”

安德鲁说：“都是什么时代了，还用这种老古董，直接用指纹锁多简单。”

德罗说：“考古学家是有自己品位的。”

安德鲁又说：“不过，就算我们知道这台机器的原理也没有用。我们不知道破解子，同样破解不出密码，拿不到东西。这样守下去也不是办法。要是那个家伙一天不来我们守一天，一个星期不来，我们岂不是要守一个星期？”

德罗说：“别忘了，我们是警察，他是贼。我们不是单干的，我们背后是整个州警察局的人力资源。”

安德鲁说：“你是说我们从这个鬼地方中走出去后就申请支援，在这里布置监控？好主意。要是对方故意拖延个三五年不来呢？你可别忘了州警察局的惯例，二十四小时监视这种费力费人的事情从来没有过超过半年的先例。”

德罗说：“那个时候我们的开锁专家早就将这个保险箱打开了。”

安德鲁说：“不错，不错，这么久了我好不容易遇到一个有趣的案子，你却要我等上个三五天才能看到案情的下一步，你这不是要我的命吗？”

碧利斯忍不住在边上说：“你们为什么不让我来试试呢，或许我能找出那个破解子也不一定？”

安德鲁一拍手：“哈哈，对啊！我刚才怎么没有想到呢。破解子多半是一个对碧利斯父亲有特别意义的密码组合，不然碧利斯父亲不会记得那么牢。”

德罗说：“好，你说，我来输入。”

父亲的名字？不对。父亲的生日？不对。母亲的名字？不对。母亲的生日？不对。父母的结婚纪念日？不对。自己的生日？不对……碧利斯基本上把自己能想到的所有短语都试了一遍，但是都无功而返。

安德鲁过来安慰碧利斯：“没关系，碧利斯小姐，大不了我们用德罗那个笨办法也是一样的。”

碧利斯不领情：“不行，我等不了那么久。”

德罗说：“你再想想，有没有你可能遗忘的短语。”

碧利斯又想了半天，最后还是摇摇头说：“我想不出还有什么可能了。”

安德鲁说：“好了，那我们就分个工吧。德罗在这里守着，我和碧利斯回去找支援。对了，碧利斯小姐，我知道铜匠大街上有一家咖啡厅的巧克力蛋糕很不错，我们一起去吃一点怎么样？”说完，安德鲁对碧利斯一挥右手，作出一个“请”的姿势。

德罗说：“那家咖啡厅还卖点别的吗？光是我知道的，你这个月就已经吃了不下七块那种蛋糕了。”

安德鲁眼睛一转，正要反唇相讥，忽听到碧利斯低声喝道：“你们都安静！我可能想到了。”德罗和安德鲁立刻停止斗嘴，转向碧利斯，安德鲁眨眨眼睛，“是吗？”

碧利斯不理会两人，走到四联密码机前将机器再次调到了“破解子”的输入状态，一字一顿地输入”B&M&B”，然后对德罗说：“你再试试。”德罗立刻上前，一阵复杂的操作后，四联密码机将刚刚显示的密文反向解出了一行明码：ERT45G。安德鲁凑过头来一看，高兴异常，“这次肯定对了，这和保险柜锁头的位数一模一样。”

然后安德鲁抢着上前将明文输入了保险柜的密码锁中，然后潇洒地一推按钮，只听到保险柜锁头发出一声轻微的“咔嚓”声，保险柜打开了。

“锁开了。”安德鲁高兴得一拍保险柜，然后顺势来了几步狐步舞，用一个欧洲中世纪宫廷礼仪动作飞快地打开了保险柜。

“真是这个？”看到保险柜打开，碧利斯没有高兴，反而有些吃惊。或者以前自己对父亲的确是有些过分，不过妈妈确实是被他害死的，如果没有他那次该死的探险……

德罗有些奇怪地发现碧利斯脸上非但没有露出高兴的表情，相反却是一副伤感混合着愤恨的样子。德罗想了一下，好像明白了点什么。于是将四联密码机调到空置的状态，然后转过来对碧利斯柔声说：“碧利斯，我们快点看看这尊女神像上有没有什么线索，好吗？”

碧利斯转头看了德罗一眼：“当然，德罗警官。”然后走向保险柜。

这时安德鲁已经将美丽的少女黄金像拿了出来。真的就像碧利斯说的那样，少女雕像栩栩如生，表情十分哀伤，好像刚刚遭受了极大的不幸，悲痛而坚贞的眼神楚楚动人，即使是安德鲁这样玩世不恭的人看到，心中都不禁涌上一阵肃穆和悲悯之情。

这时，德罗耳朵突然一动，他来不及多想，大叫一声：“小心！”

一把将身边的碧利斯扑到在地，同时飞起一脚将安德鲁踢飞向另一个方向。安德鲁倒地后惊骂一声：“见鬼，重色轻友！”只听得少女雕像从安德鲁手中滑出，“咣当”一声掉到了房间中的地面上。与此同时，几声枪声在三人背后响起，子弹直直射向三人刚才站着的位置。

德罗借着扑倒碧利斯后落地的劲头一个翻滚，就势出枪上膛，一串子弹射向房间出口方向。混乱中，一个黑衣人身体一闪，躲入房间出口外的射击死角。黑衣人在快要转进死角前的一瞬间，反手一枪，正中桌上的应急灯，秘道房间顿时陷入了完全的黑暗。

碧利斯被扑到地上后和德罗摔开。正觉得头晕眼花，突然陷入黑暗，不由得心中有些害怕。忽然感觉黑暗中一只手从自己身后向自己摸了过来，碧利斯大吃一惊，正要反抗，这只手已经绕上来紧紧地捂住了她的嘴巴。碧利斯又急又怕，使出全身力气用右肘狠狠地击向身后之人的肋部。身后之人猝不及防，强忍着剧痛微微闷声哼了一声，手上动作却一点都没有放慢，用另一只手将碧利斯拦腰揽起，然后一个翻滚用自己的身体将碧利斯紧紧护住。

这时，那人才趴在碧利斯的耳边小声而急促地说：“该死，我是德罗！”话音未落，一颗子弹就寻声射来，打在了离两人头顶不到一英寸的墙上。碧利斯甚至能感觉到子弹在空中飞行时溅到脸上的气浪。

德罗赶紧抱着碧利斯又是一个翻滚，把碧利斯紧紧压在地上一动不动。房间中一片黑暗，碧利斯想象着那个杀手正在朝着自己走来，自己和德罗却一动也不敢动。这时房间中间突然传来一声轻响，好像是谁在走路的时候踢到了什么金属物品。德罗一个贴地鱼跃，在空中时向着声响处连开三枪。前两声枪声响亮，第三声沉闷，然后听到有人仓惶而去的声音。碧利斯大喜，知道德罗将对手击退，正觉得高兴，却又被德罗摸过来一下子紧紧摁在地上。

碧利斯一阵恼火，正要挣扎。这时房间中却又传来一声轻响，随之传来一声枪响，德罗一把放开碧利斯，一个鱼跃，在空中向着枪声的来源稳稳地射出一枪。一声闷响，对方显然又一次中枪，但对方反应也不弱，受伤的情况下还是很快出枪回射。子弹在甬道墙壁上划过，然后正好将黑衣人的面罩划破。碧利斯躲的位置刚好可以看见敌人的脸，她刚刚一抬头，不禁大吃一惊，硬生生将一声惊呼吞了下去。

这简直就不像是一张人脸，而是上帝把一只狼，一条蛇，一只狐狸剁碎了然后加上一瓶威士忌揉出来的怪物。电光火石之间，碧利斯看到一张斗篷遮掩下的狭长脸庞，颧骨高耸，显示着残忍和力量的鹰钩鼻子上面，一双狡黠无情的眼睛冷漠地闪耀着，一道长长的刀疤从右脸一直划到左脸嘴角，将他的脸上扯出一副诡异而可怕的笑容。这个男子根本就不像是一个有情感的人，而像一只正等待着撕裂猎物的野兽。

斗篷男子很机警，在碧利斯看见他的一瞬间，甩手就是一枪，几乎与此同时，碧利斯被一只有力的手一下子拽到了旁边。一颗子弹呼啸着击中了碧利斯刚刚所在的位置，溅出一颗火星。

再一次陷入完全黑暗中的碧利斯没有乘机隐蔽，而是站在原地一动不动。虽然刚才碧利斯和斗篷男子目光相交不过千分之几秒，却不禁被对方眼中的凶光吓得浑身一颤，斗篷男子目光中的残暴杀戾之气好像是两道冰剑，带着一股寒彻心脾的恐惧将碧利斯死死钉在原地。

好几年之后，碧利斯一想起这个眼神都觉得不寒而栗。这双眼睛不像是人的眼睛，而像是一只正等待着用自己的爪子将猎物的喉管撕破的野兽。

这时，一股淡淡的血腥味在房间中弥漫开来。渐渐地越来越浓，没有人说话，也没有人移动，每个人都知道房间中的危险形势：三个人都被逼在墙角没有办法向其他地方移动，而且对方的听力很灵敏，只要发出声音就会招来枪击。但是每个人也都知道自己现在是处于有利的局势：斗篷男子已经中枪，随着时间的流逝，他会不断流血，不断虚弱，所以德罗他们要做的事情就是等待。

等待，有时候不是一件很容易的事情，特别是在处于危险境地的时候。

德罗不禁想起自己在阿富汗时的日子，那时候自己还是一个傻傻的菜鸟。有一次执行任务时遇到了塔利班的伏击，躲在丛林中等待援军时上司华莱特对自己说过这样的话："可以害怕具体的东西，但是不要为了害怕本身而感到害怕。前者可以让你事前想出应变的方法，后者却只会让你失去抵抗的意志。"

"华莱特"德罗在心中暗暗念着那个神奇男人的名字，心中涌起一阵混合着温暖和伤楚的情感。

这个时候的碧利斯也在黑暗中想着自己的心事。说实话，在危险的敌人近在咫尺的时候还有心思想心事是很奇怪的感觉，但是基于对形势判断和德罗的信任而产生的安全感还是让碧利斯不由自主地走神了。

今天对碧利斯来说是很特别的一天。在这一天中碧利斯失去了自己的父亲，却又从某种意义上开始重新拥有自己的父亲。碧利斯从来都不是一个喜欢哭哭啼啼的人，父亲的死讯给她的也更多是震惊而不是痛苦。但是当碧利斯发现四联密码机的密码居然真的是B&M&B时，碧利斯突然感觉自己的心一阵刺痛——碧利斯还记得父亲和母亲初次看到这行字的时候混杂着幸福和温馨的表情。

但是现在，一切都只能存在干回忆中了。碧利斯不由轻轻做了一个叹气的口型。

其实大家等待的时间并不长，一共只有几分钟而已。但是每个人感觉自己像是已经在这个黑暗无声、充满了危险和未知的鬼地方生活了一个世纪了一样。

幸好，斗篷男子很快打破了这种平静。德罗听到黑暗中某个地方发出一声轻轻的咔嚓声。德罗正在判断自己要不要开枪，一颗曳光弹突然在房间中亮起。三人猝不及防，陡然而来的明亮像是千万把利剑刺向他们已经习惯了黑暗的眼睛。德罗叫声不好，连忙凭感觉作出规避动作，同时用自己手上的柯尔特向着斗篷男子最后出现的位置和按照常理最不可能出现的位置射击。

出乎意料的是，没有听到对方的还击。半分钟后，德罗、安德鲁和碧利斯站在已经被电筒照亮的房间中间，一边揉着已经恢复了视力但还是很刺痛的眼睛，一边痛惜着斗篷男子的逃脱——他带走了黄金少女像。

或许是因为受伤后不想节外生枝再次陷入苦战的原因吧，斗篷男子在留下一滩血迹后，一枪未发地逃走了。

没有人提出追赶，因为对方肯定早就已经逃走，所以三个人也没有太快前进。德罗在前面举着手电筒，碧利斯和安德鲁在后面跟着。

很快，三人到了秘道另一端的出口。原来秘道一端连着碧利斯家中二楼的房间，一端连着海边。从海边悬崖上一个从外面完全看不出破绽的洞口中三个人依次钻了出来。

洞口原本有被巧妙掩饰成一般岩石的供人向上攀登的支点，但是很明显先前出洞的斗篷男子为了防止被德罗等人追赶，将它们悉数破坏了。

海风温柔地吹来，和着海鸟遥远的鸣叫，将三人的头发和心绪不停地拨弄着。

安德鲁是最不高兴的一个：“唉，原来很好玩的案子，现在人也跑了，少女像也丢了，真是倒霉！要是我当时手上也有一把枪就好了。”

德罗说：“不过，倒也证明了一件事——说明那个少女像的确是这个案子中的一个关键。”

安德鲁说：“关键有什么用，还不是已经被抢走了。我们忙了半天，什么也没有得到。可惜我这身新的意大利衬衫，唉……”

碧利斯拍拍安德鲁说：“别灰心，花花公子。至少我们已经知道了少女像确实很重要。”

安德鲁一耸肩，姿势潇洒地斜靠向岩石壁，嘴中三分遗憾七分释然地说：“好吧，亲爱的碧利斯。我们确实知道了那尊少女像很重要，而且还知道这尊像已经被那个像鼹鼠一样不敢见光的家伙不知道拖到哪个角落去了……”

碧利斯继续说：“少女像不只一尊。”

德罗一听，一下又兴奋起来，说：“那其他的在哪里呢？”

碧利斯说：“我父亲的两个朋友马丁•戴维斯和罗伦斯•休斯，他们手上一人还有一尊这样的少女像。我那次好像听他们说过。”

安德鲁打出一个响指说：“哈，那我们还不快去找他们！”

第四章 往事

说实话，德罗一向比较喜欢越野车，但是现在他却无比希望自己手上开的是一辆三厢车。

因为那样他就可以把安德鲁这个聒噪的家伙捆起来扔到后备箱里去。

德罗开着车上了十三号公路，德罗问碧利斯：“我们先去谁家？”

碧利斯说：“我们先去戴维斯教授家吧，虽然我只记得他家住在普罗斯区，到时候还要找一下，但离这里毕竟比罗伦斯教授家近多了。

安德鲁在后座上舒舒服服地横躺着，大声哼着奇怪的曲子。

碧利斯忍不住转过身去对着后排的安德鲁叫道：“天啊，你就不能安静点吗？”安德鲁懒洋洋地看了碧利斯一眼，转过头去继续哼唱。看着气鼓鼓的碧利斯，德罗突然微微一笑，对她说：“别生气，看我的。”

说完，德罗猛一踩油门，然后猛地一踩刹车，安德鲁没有准备，一下子被弹了起来，一声惨叫，然后头重重地撞到了车顶。

“德罗，你这个重色轻友的家伙，已经是第二次了。”

德罗呵呵一笑，又是一脚猛轰油门，然后一脚刹车，安德鲁又是一声惨叫。

“好吧，该死的，我安静。我会像一只刚出生的小羊羔一样安静！”

车很快到了普罗斯区边缘，连接普罗斯区和十三号公路的那座老铁桥还是像往常一样在阳光下默默泛着青灰色的光芒。德罗有些条件反射地想起了那几个关于老普罗斯桥上醉酒鬼魂的笑话。这个区，德罗实在是太熟悉了。

这时德罗听到安德鲁的传呼机响了起来，德罗将车停在路边一个电话亭旁边。看着安德鲁这个家伙拨通电话后居然是在用一种一本正经的严肃语气和对方交谈，德罗微微一笑，不知道这个花花公子又是在装酷追哪家的漂亮妞了。

德罗对碧利斯说：“碧利斯小姐，我们就要进入普罗斯区了，你能尽量回忆一下戴维斯教授的具体住址吗？不行的话方位或是标志性建筑也可以。”碧利斯脸上露出努力思索的表情，嘴里轻轻地嘀咕起来：“司考特大街，嗯，司考特大街3……”

这时安德鲁挂掉电话跑过来，一下子窜进车的后座，还没坐稳就对德罗喊：“司考特大街35号201室附一号，快！”

“哦，对，就是那个。”苦思不得的碧利斯有些惊喜地应道，随即又满脸疑惑转向安德鲁，“你怎么知道？”

安德鲁从后视镜里冲着碧利斯做了一个苦笑的表情，扬了扬手中的传呼机：“刚才警局来电话，戴维斯教授被发现死在家中，初步判定是他杀。”

碧利斯一听，用手捂住嘴吃惊地叫了出来：“天啊！”

德罗面沉如水，突然一甩方向盘将车开上了辅路，掉头之后径直向着十三号公路的入口开了回去：“我希望你能在安德鲁接下一个电话之前赶紧想起罗伦斯教授的住址。”

从十分钟以前德罗进入罗伦斯教授的家中那一刻起，德罗就没有一秒钟感觉舒服过。不是因为房间中窗户紧闭带来的阴暗光线，也不是因为房间中有一尊和碧利斯家中秘道入口处一样造型的大蛇雕像。

让德罗感觉不自在的是罗伦斯的眼睛。

碧利斯开门见山地向罗伦斯教授讲述了自己父亲的不幸，也说出了刚刚收到的戴维斯教授也已经遇害的消息。

罗伦斯显然对这个消息没有任何心理准备。一听之下，他大惊失色："什么？皮特和戴维斯都死了？这怎么可能，他们是死于什么原因？"

"……所以，罗伦斯叔叔，请你一定要帮助我们。我感觉戴维斯叔叔的死也和这尊少女像有关系。"碧利斯用一种很恳切的语气结束了自己简明扼要的讲述。

"皮特教授和戴维斯教授都是被离奇地烧死在自己的房间中。"作为首席法医的安德鲁手头正好有一张皮特死亡现场的照片，于是向罗伦斯递了过去。

罗伦斯接过照片，刚看了一眼，就像是被火烫了一样猛地一哆嗦，差点将照片摔到地上，口中失声叫道："天火？"

德罗心中一喜：罗伦斯看起来应该知道内情。

碧利斯显然也意识到了这一点，有些急切地问罗伦斯教授："罗伦斯叔叔，你是不是知道什么？天火是什么意思？"

罗伦斯又哆哆嗦嗦地将照片认真看了一眼，然后一手轻轻地拍打着座椅的扶手，一句话不说，眼泪从眼中慢慢流出。德罗三人也没有说话，静等罗伦斯开口。

房间里一时陷入了沉默之中。

德罗没有开口，静静地坐在一边继续打量这个表面看起来已经老得不成样子的老人。 罗伦斯看起来已经恢复了平静，一双眼睛也从一个深陷悲痛的老人的无力状态恢复到了平时的狡黠状态。德罗这辈子虽然活得并不算长，但也不算短了，加上职业的原因，他已经算是经历过很多事，也经历过很多人。德罗见过很多德高望重的长者，也见过很多老而不死，奸诈得像一只狐狸一样的老家伙，但是像罗伦斯教授这样身上同时混合着浓郁的学究气和狡诈气息的人，德罗还真是第一次见到。

在他和你说话的时候，你会觉得这是一位有着超人学识和修养的谦谦长者，但是当他和你绕起圈子来的时候，你又会觉得他是一只狡猾得不能再狡猾的老狐狸。但是虽然知道他的狡猾，你却又不能不被他口中那些堂皇的言辞所打动。最要命的是，你会发觉其实他不但是在骗你，他也是在骗自己。说到后来，他自己的内心也开始确凿无疑地相信自己所说的堂皇言辞。

罗伦斯教授肩上披着一条羊毛围肩，有些颓然地坐在自己书屋的安乐椅上。他头发微秃，身材高大，四肢细长，看得出年轻时多半也是一位很受女孩子喜欢的家伙。不过现在他只能老态龙钟地蜷在围肩下面，活像一只被放在安乐椅上的大号蜘蛛，瞪着昏花的眼睛看似无神地看着面前三位不速之客："很不幸，碧利斯，你父亲真是很不幸。可怜的皮特！不过我不能帮你们，我可以告诉你们和你父亲这次死亡有关的一些事情，但是我不能给你们看我手上的黄金少女像，除非你们能查出你父亲这种奇怪死法的原因。"

碧利斯非常不解："罗伦斯叔叔，是的，我父亲的死因是很奇怪。但是这真的和那尊黄金少女像有什么联系。你为什么不能给我们看看它呢？还有，什么是天火？"

"我只能告诉你们，你父亲的死和这个黄金少女像有很大的关系。至于为什么我要到你们解开他的死因后才会给你们看我手上的少女像，是因为我现在的处境很危险，如果我不想像他们一样不明不白地死在自己的床上，那么我最好离这个事情越远越好。你明白吗？除非你们能够找出你父亲和戴维斯死去的原因，并对我加以我认可的保护，我自然会告诉你们凶手是谁。”

“我不明白你的意思，你是说你知道凶手是谁？”碧利斯看起来有些迷惑。

“我不敢说自己知道，但是我比这个世界上任何一个人都更知道凶手可能是谁——当然，除了凶手本人以外。我在三十年前就知道他们会这样死去。但是我要知道他们这样死去的原因，否则我不会给你们看我的黄金少女像。”

罗伦斯这个时候已经完全恢复了平时奸诈的面目，慢条斯理地从桌上端过红茶，浅喝了一口，然后将茶杯放在了身边的小几上，装模作样地搓了搓手对着碧利斯很诚恳地说：“亲爱的孩子们，你们要知道一个人要是想活上七十三岁，那么除了好身体之外，他还需要很多其他的东西。啊，比如说，谨慎……你要知道我很想帮助你，碧利斯。我和你父亲还有戴维斯之间的友情也远远超出一般好朋友。但是我也不想死，至少不想无谓地死去。噢，不要试图说服我，孩子。不要那么激动，坐下来，先坐下来。嘿，那个穿难看衬衣的年轻人，不要动我的东西。那可是太阳王路易使用过的镜子。我知道你觉得很奇怪，我为什么会提出那样一个要求。你要有耐性，先听我给你讲一段我从来没有对外人提起过的往事，你就会明白我提出这个要求的原因了。

除非你让我再次相信科学，这样我才会有足够的安全感给你们黄金少女像。咳咳，扯远了。我先给你讲那段往事吧——

“那是二十多年前的一个夏天，我、你父亲、你母亲、戴维斯，还有一位叫做兰斯•佩顿的考古学家一起结伴到印度一座刚刚发现的神庙遗址去考古。

“这座神庙位于印度南部城市海德拉巴，是一个位于德里高原正中间的城市。古代的顾特普•沙希王朝曾定都于此，并且创造了辉煌的文明。顾特普•沙希王朝是一个神秘的王朝。传说中王室是神的后裔，他们能够利用自己额头的第三只眼睛借来神的力量，随心所欲将自己的身体进行各种转化。他们的相貌永远不会衰老，每个人都可以活到三百年的寿命。他们拥有闪电的力量，可以操纵能够将一切敌人都烧成灰烬的天火。他们强壮无比且智慧过人，在黑暗之神大蛇阿古斯的庇护下守卫着这片土地，所以这里留下了很多神庙遗址。

“不过当时最吸引我们前去的倒不是遗址，而是不断随着遗址一起被发现的大量宝藏。因为流经海德拉巴的克里希纳河在中世纪曾是著名的钻石产地，在南非钻石矿产被大量开采之前，世界上知名的巨大钻石基本上都是产自这里。收藏在罗浮宫博物馆的四百一十克拉的‘摄政王’、英国女王皇冠上最耀眼的三百六十克拉的‘光明之山’都是从这里出产的。

“所以相应的，古代在这里居住的居民在祭拜自己心目中的神明时，常常献上各种各样用贵金属和钻石制成的法器。但随着顾特普•沙希王朝信奉的印度神庙慢慢地荒芜，那些往日绚烂夺目的宝藏也就变得不为人知。

“后来，随着印度慢慢被英国人占领和统治，一批批冒险家和考古学者涌入了这个蕴含着神秘和财富的地方。渐渐地，海德拉巴周围的原始森林中不断有神庙连同它里面丰富的宝藏被发现。这个消息就像是蜜糖一样吸引着全世界的考古学家和探险家们的目光。

“但是当我们五个人到达海德拉巴的时候却发现，这个地方并不像我们之前收到的情报上说的那样，是一片蕴含着无穷未知的处女地，相反，这里已经变成了一个西方冒险家的大本营。英国人、荷兰人、美国人、法国人……小小的一个城市之中聚集了二十几支考古探险队伍，我们预先想要去勘查的那个神庙早就被先到的人来回搜寻了数百遍，一切能被带走的东西都已经被运回了西方，剩下不能带走的，早就被那些老学究们研究了个遍，所以我们这次印度之行完全就是失败。我们虽然对提出这个建议的兰斯•佩顿有些抱怨，但是毕竟我们从大学的时候就是很好的朋友，所以我们还是抱着侥幸的心理在城里住了下来，看看我们还有没有其他的机会。

“当时印度已经独立多年，但是各个地方的藩王们还是习惯了他们延续上百年拜倒在外国人脚下的生活方式。所以对于西方人来说，印度仍然是一块极端自由的土地，只要不明目张胆地杀人放火，其他的法律完全可以不管不顾。基本上每一个到海德拉巴的西方人都是怀着发财的念头来的，所以每个人都在绞尽脑汁用各种手段去寻找那些珍贵的文物，呃，或者是财物。各种真真假假混杂着传说和谎言的消息在人们的口中传递，不断有人组队前往甚至是最离奇、最偏远的地方。很多人一去之后就再也没有回来，但是有一些人也发现了一些东西，发了财。而这些人的事迹马上就会传播开来，吸引更多的人向这里涌来。

“由于我们来得比较晚，事前也没有特别充分预计到现在的这种情况，所以我们手头上没有预备大笔的资金去收买各种情报和传说。有几次得到情报还被骗了，白白跑了几趟，让我们原本就不鼓的钱袋又瘪了不少。我们的经费慢慢地接近耗竭，但我们却什么也没有找到。我们每天都待在旅馆中，看这个修建在巨大岩石上的镇子中那些永远都不会变化的该死的风景。那一个月，你父亲和母亲因为有彼此在身边，所以虽然也无聊，但是还算兴致勃勃。兰斯那个家伙一如既往地阴沉着脸，每天都一早出去，很晚才回来，一脸呆像地忙忙碌碌，也不知道这个家伙都在哪里鬼混。我和戴维斯没有地方去，也不想在这个该死的发霉的地方像一只苍蝇一样到处乱逛，所以我们就天天闷在旅馆喝当地比自来水还难喝的啤酒。那段时间我们房间中简直就不能走人，地上全是我们喝剩下的瓶子。我们唯一的乐趣就是喝了酒以后装成睡着了的样子，去抓那些溜到我们房间来偷那些空酒瓶的印度小家伙们。

“我们终于撑不下去了。我们决定再等三天，要是这三天中我们能够得到新的线索，那么不管是真是假，我们都要去试一试。要是这三天之中我们没有得到任何新的进展的话，我们就将剩下的经费平分，然后离开这里。

“我们在酒馆和市场上又找了三天，但还是没有得到任何有价值的线索。于是我们五个人都觉得很失望，到旅馆中收拾好行李，准备第二天就搭头一班火车离开这个鬼地方。

“但是，命运之所以为命运，就在于它的不可抗拒性和戏剧性。就在我们临离开的前一夜，我们遇到了转机。不过这个转机是好是坏或许到了我死的时候才能下结论，从现在看起来，我们可真是算没有遇到什么好事情。唉，你母亲、兰斯、比利、戴维斯都一个个死去了……”

说着，罗伦斯慢慢垂下了头。德罗觉得这个老家伙虽然给人感觉很奸诈，却也是一个重情意的人。

安德鲁性子急，催着罗伦斯讲到底是什么转机，罗伦斯继续说了下去：“就在我们要离开的前一个晚上，常来我们住的库马里旅馆中，一名意大利考古学家突然死去了。由于他是单身前来，旅馆中也没有其他的西方人可以看懂他的资料，所以应旅馆的请求，我们中懂意大利文的兰斯•佩顿和你父亲一起去帮忙处理那位倒霉的意大利老头的后事。

“当旅馆经理进入我们的房间来向我们请求帮忙的时候，我们都没有意识到，从他进入房间的那一刻起，命运的纺车开始了转动，我们五个人的命运就此被完全改变了。”

罗伦斯说到这里，抬起头来看着碧利斯，然后用带有一点沙哑的声音慢慢地说：“我们帮那个可怜的人安排下所有的事情之后，突然一个经常到我们房间偷酒瓶的小黑炭神神秘秘地拉了拉我袖子要我出去。我不知什么事情，但还是和他出去了。到了外面才知道，这个小鬼在那个意大利人死去之后曾经溜进过那个房间，当时他以为这位意大利人在睡觉，所以放心大胆地溜了进去，想弄一些空啤酒瓶之类的东西去换点钱。在这个时候，这个小黑炭发现床上的意大利人的手中有一个卷轴，出于好奇，也是想和意大利人开个玩笑，小黑炭将这份东西从意大利人的手上抽了出来。就在小黑炭抽出那东西的时候，他发现意大利佬身体僵直，全身冰凉。小黑炭觉得很害怕，壮着胆子摸了摸意大利人的脉搏，发现他已经死了。小黑炭十分害怕，于是手上拿着意大利佬的东西就心慌意乱地跑了出来。后来就是进来打扫房间的侍者发现了意大利佬的尸体。那个可怜的家伙，在异国他乡死于心脏病。小黑炭从小在隆重的宗教气氛中长大，所以他对于自己偷拿死人东西这件事感觉又内疚又害怕。但是他实在鼓不起勇气再接近意大利佬的尸体。于是他找到我，想让我看在平时和他的交情上，在葬礼上找机会将卷轴偷偷塞进棺材或者是墓穴中，也算是物归原主。

“我当时虽然答应了他，但我还是忍不住好奇意大利佬临死时还捏在手中的东西会是什么。打发走小黑炭以后，我在房间中打开卷轴外面的封皮，想一看究竟。这时兰斯正好有事情过来找我，于是我就和他一起展开了卷轴。打开卷轴之后，我的第一感觉就是我至少会发一笔小财，因为这个卷轴肯定是有一些年头的古董。卷轴里的是镶着金线的羊皮手绘地图，一看就是拉巴士王朝这种已经算是上古时期的东西。看得出无论这份地图的主人换成了谁，对这份图纸都是十分爱护的。虽然可能是倒手次数太多，地图的边缘早就已经被磨花，但是地图上被精心地抹了一层淡淡的油脂，一些不清晰的地方还被人用颜料细细地加强过。不过尽管它也算是一份古物，但是对于海德拉巴这种地方来说，这种东西实在是不算值钱的东西，所以我也就是随便看了看就随手递给了兰斯。

“谁知道兰斯拿过去以后研究了半天，然后一向看起来波澜不惊的他眼中居然闪过一丝激动。他将我拉到房间中，拉着我看这幅地图。

“兰斯说：‘你仔细看这幅图，有没有发现什么特别的地方？’

“我说：‘不就是一幅地图吗，上次引我们上当的那幅地图比这个做得还好。’

“兰斯说：‘不对，你仔细看，这幅图看起来应该不是现在仿制的。上面的金线中闪着蓝光，这是拉巴士王朝时期特有的回喷炼金法产生的米氏纹，羊皮纸上面的硝化方法也是现在早已经失传了的古老手法。这幅地图上面有很多地方都被不同的人用笔修补过，这些笔迹用力方式不一，所用的墨水也各不一样。最下面的墨水是用最古老的传统技法制成的香墨，中间的字迹用的是荷兰红染料，到了最上面笔迹就成现代墨水。看起来这幅地图应该是经过了很长时间流传之物。要是做假货卖给一般人骗钱的话，犯不着下这么多功夫，用这么多珍贵的材料来做一幅不值钱的假地图。而且，这幅图的左上角印记的这枚印章我在剑桥一位老考古教授的密藏中见过，是德里高原上古时期一个王朝皇家收藏的印记。这个王朝兴起和衰落都很短暂，基本上没有什么文物流传下来，所以基本上没有人知道这种特殊印记的存在。这种印记一般做考古或者是做探险的根本就不可能识货，所以造假的人不可能拿出来引诱其他人。所以我觉得这幅图应该是一幅真品，我的直觉也这样告诉我。’

“我说：‘你长篇大论说了半天就是想告诉我这样一个事情。要是这幅图是不知出于什么目的专门作出来针对你这种高级傻瓜的呢？’

“兰斯说：‘那也不可能。这幅图上很有些古怪，不像是为专门骗人作出来的。’

“我有些不以为然：‘得了兰斯，就算它是真的，现在8的地图在市面上不值钱。而且作为一个不起眼的小王朝的文物，它的历史价值也有限得很。别再在这上面花精力了。’说完，我就想开门出去。

“没想到一向都很稳重的兰斯一把拉着我不让我走，‘你看看这幅图上面的地形比例是不是拿得太好了，根本就不像是我们以前看过的那种写意性的地图？而像是现代人拿着专门的测绘工具画出来的精确向导图。就算是有人处心积虑伪造出来想去骗那些有一定考古见识的人，拿这种图去骗人，别人岂不是一看就会觉得不像是古代的东西，还没拿出手就引起了别人的警惕？’

“我说：‘你说的倒也是啊。’

“兰斯继续诱导我：‘要是这是真的，那么这些绘图的技能岂不是又太不可思议了？’

“我这个时候也有点认真了，将这幅图举起来，对着房间中因为电压不足永远都是昏昏暗暗的灯泡仔细看了起来。兰斯眼睛很毒，这幅图上面果然很有些古怪。不像是以前我们看过的印度古代地图，那些地图上一般就是标出一些大略的地表标志和东南西北方向。而这幅图上虽然一些山脉也是用神兽或者是古文字加上一个简单的几何符号标注出来，但是图中一些比较大的山脉和河流都是用类似于等高线一类的线条表示，比例尺度拿捏得非常精细和统一。最奇妙的是，对着光我还隐隐看到地图的背景是一些互相纠缠的蛇组成的方格样图案。这些方格线条淡而清晰，全是标准的正方形。如果不是加上坐标，再画在一张纸上的话我可能都会以为这是一幅现代的野外专用地图了。

“心里吃惊归吃惊，我还是没有想太多：‘虽然看起来上面的地形比例十分严密，画图技法上也有很多不好解释的地方。但是考虑到印度是一个在《罗摩衍那》中连对原子弹那样超级无敌的现代兵器都有着描绘的神秘国家，所以我也早就见怪不怪了，更何况这幅地图也许真的是伪造高手不知出于什么很特殊的目的造出来的呢？’

“兰斯摇摇头：‘我有一个想法，如果这幅地图是真的的话，那么你看。”一边说，兰斯一边用手指在地图上指点起来。顺着兰斯的手指，我发现一条刚才没怎么注意的红线从地图下方发出，一路沿着图上标注的峡谷和路径延伸到地图的中部。这里画着一个代表河流的浪花符号。然后红线消失，取而代之的是一条绿线。但是最奇怪的是，如果这个地图上标注的真的是采用的等高线标注法的话，这条红线一直都是沿着地势在峡谷和道路走行，还说得通。这条后续的绿线就完全不一样了，一点都没有红线蜿蜒前进的味道，基本就是由直线组成，一点都不讲究迂回地跨过不同等高面，几折几拐后就伸向了地图的上部。绿线的每一个转折点处都有一个黑蛇的蛇形符号，黑蛇的口中向着不同的方向吐着云气，而绿线的终点画着一个神庙的符号，一条比其他蛇都大的黑色大蛇样东西盘亘在神庙的上方。'

"我脱口而出：'要是红线和绿线都是标注的线路的话，那么走绿线的人也太厉害了，海拔相距那么大的等高面直接一脚就跨上去，莫非这张地图上标出来的就是那颗魔豆，谁要去拿的话首先要找那个巨人的老娘借七英里靴？哈哈。'

"兰斯没有理会我的嘲笑，说：'不一定是七英里靴，我怀疑从绿线开始，就标注的是空中的路径，也就是说，是航线图。'"

"航线图？"聚精会神听着罗伦斯说往事的三个人都不禁脱口而出。

安德鲁嘴巴比较尖刻："大叔，古代印度的地图会出现航线图？你们莫不是那个时候太穷，又吃多了印度的咖喱，所以已经开始眼前出现幻觉了？"

德罗没有吭声。罗伦斯一脸认真，不像是乱说故事的样子，而且这个世界上本来就有很多匪夷所思的事情，德罗回想自己在FBI中接触过的神秘事件说起来比这个玄妙得多的事情都一抓一大把。

碧利斯也一直没有吭声，好像是在很认真地想着什么，突然她好像想起了什么，表情激动地站了起来，对着罗伦斯嚷道："你是说你们发现的那个皇家神庙就是传说中的云雾之神庙？天啊！它真的存在？太不可思议了。太不可思议了！"

安德鲁听得莫名奇妙，扯着碧利斯衣服问道："那个神庙是个什么东西啊？"

碧利斯按捺下心中的激动，涨红着脸对德罗和安德鲁解释说：“云雾之神庙是印度传说中最出名的名词。在印度人的眼中，它就好像是我们所说的所罗门王的宝藏一样。传说中这是一座修在群山环抱的峡谷中的城市，永远为云雾所遮挡，在四周有无数神灵守护，除了神挑选的人之外没有人能够进去。在神庙中供奉着三件神器：命运之轮，宽恕之匕首和死亡之壶。这三件神器都是用黄金制成，上面镶嵌着硕大无比的钻石，另外在神庙中还有很多其他的宝藏。总而言之，谁要是能找到这座云雾之神庙，那么他不仅会大大地发财，还能够成为考古界的英雄。虽然我不是考古这一行的，但是好歹我父亲也是一个专业的考古学家，所以从小时候起我就不断听到这个神庙。但是一直以来无数的人们从考古典籍和传说中都找不到任何指示其位置的线索，所以后来人们渐渐也就死了心，认为这座神庙不过是存在于传说中罢了。”

德罗在一旁听碧利斯讲完之后，也不禁在心中想到，要是自己当时有这么一个机会能够进入云雾之神庙，那么自己应该也会是不顾一切的前往的。

“你果然是比利的女儿。”罗伦斯用赞叹的眼光看着碧利斯，虽然他知道碧利斯不一定喜欢听到自己的这句话。

所以罗伦斯很快继续开始说：“我当时根本就没有往那个子虚乌有的传说方面想。只是觉得兰斯的想象力实在是有些太让人难以接受。不过我转念一想，反正我们也是白来了印度一趟，钱也花了，骗也被骗了。兰斯是我们这里面鉴别功底最好的一个，既然他都这么相信这份地图，那么与其空手回去，还不如我们就信上一把，直接找那个地方去看一看，虽然要我接受那些绿线是标注的航线图我还是不能接受，但是也许它标的是地道呢，反正以前在印度和美洲也不是没有发现过从群山下面穿越的长到不可思议的地道。到时候我们能够误打误撞地发现点什么的话，回去也好给这次考古活动的赞助者们一个交代。

“于是我也兴奋起来，和兰斯约定说服其他的人和我们一起在离开印度之前做最后一次冒险。

“结果根本不用我们在一边鼓动，原本就唯恐天下不乱的戴维斯一听说有地图就莫明其妙地兴奋，你父母呢，虽然还不是很理解这份地图的意思，但是看到一直都是在一起的好朋友都决定去，也表示了同意。

“这个地图上标出了海德拉巴的位置，所以对照着我们手上的印度地图我们很容易就确定了我们出发的路线——我们要前往的地方是在从海德拉巴出发六百公里之外的德里荒原中。

“在和我们手头的现代地图对比时，我发现羊皮纸地图还是有一些误差的，虽然不是很大，但是让我有些高兴，因为有一些误差反而才像是古代印度天才用自己的智慧将仪器上的缺陷弥补起来以后画出来的东西。

“准备好东西，我们照例请了我们在海德拉巴相熟的向导塔普目还有他的两个助手和我们一起出发。

“塔普目是一个当地的老猎手，曾经在当地藩王的宫殿中当过很长时间的差，他对于野外生存很有经验，而且对德里高原上的所有方言都能说会写，所以我们用很高的价格将他雇了出来带我们去找那个神秘的神庙。

“在夏天炎热的天气中行走于德里高原绝对是一件很辛苦的事情。但是七天之后，我们还是到达了地图上绘制的红色路径的终点，一条大河的发源之处。

“一到这个地方，我们立即就傻眼了。汗塔拉山脉的支系就像是一堵高入云霄的墙一样严严实实地挡住了我们的去路，一条巨大的瀑布从山壁上轰鸣而下，重重地砸到地上，腾起千万水雾，这些水完全颠覆了我们心中原来对于水的印象，它们轰鸣着，集结着，争先恐后，汇成浩浩荡荡的河流咆哮着冲向远方，山脉的上端被厚厚的云雾裹得严严实实。我们仔细勘查了三天，根本找不到任何攀岩上去的道路，也没有找到我原来在心中预想的地道。

“兰斯也没有提出他的航线图猜想，不是怕被人笑话，而是就算是古代人有飞机的话，他们也不可能有一个胆子大到敢于闭着眼睛飞进这一片什么也看不见的云雾中的飞行员。没有人知道这片云雾后面藏着什么，云层中强烈的负离子构成了一个巨大的电子屏蔽空间，这里面没有任何的雷达可以正常起作用，飞行员必须要时刻准备着面对突然出现在眼前的山峰，更不用提这种可怕云气中随时可能会有的雷暴。

“于是探险好像就到此结束了，毕竟我们就算是相信了兰斯的航线图的说法，并且凑足了钱而且真的找到一名超人来给我们开飞机，我们也不太像是有足够的运气能够活着飞进去。更何况，就算我们拥有1968年红杉队在玫瑰碗体育场总决赛中连续四次盗垒成功的那种好到变态的运气飞进去了，地图上也没有标注出可能降落的地方。最终我们要么死在回来的路上，要么就会因为长期在里面盘旋而将油料耗尽，一个个掉下来摔成肉饼。

“于是，原本还士气高涨的我们信心一下子跌倒了谷底。塔普目对这种离开大地的事情也提不出什么建议，一连两天都只是坐在营地边上默默抽烟。

“我们的给养带得不是很多，加上回去还有一个星期艰难的路程，所以我们必须要作出一个决定。我们坐在一起商量要不要就此收手，不再继续这次本来就很冒失的探险。

“这个时候又是兰斯•佩顿，他提出一个办法，他说他知道离这里一天路程的地方有一个小镇，之前他有一个新西兰的朋友在热气球旅行中曾经因为气球绳架的故障在那个地方停留过，由于没有工具修理，所以他的朋友只能将热气球遗弃在那里，自己骑马回到了城市。兰斯提出说那个热气球的充气和飞行部分都是好的，唯一有问题的是机械传动装置。但是我们现在有足够的人手，而且手中有为了这次探险准备的各种用得到和可能用得到的大把的各种工具，所以我们完全可以让他去那个村庄将那个坏掉的热气球运过来，然后我们修理之后就可以利用这个气球按照地图上画出的空中路径，进入那片云雾之中。”

虽然知道罗伦斯他们最后肯定是想出了办法，但安德鲁听到利用热气球这个主意还是禁不住大声赞叹一声：“热气球好啊，用热气球速度慢，高度可以很方便地调节，不会担心在看不见前进去路的时候快速地撞上突然出现的山峰，而且热气球装载量大可以将所有的人和物资都带上，就算是最后要降落也很简单，一小块空地就可以解决问题。天啊，那个兰斯真是个天才。”

倒是德罗一直没有失去自己的分析能力，他问罗伦斯：“你们为什么不直接到那个村庄去将那个气球修好，然后直接飞过来呢？”

罗伦斯向德罗点点头，然后对众人说：“德罗警官，你刚才提出的问题我们当时也向兰斯质疑过。但是他说……喂，那个穿花衬衣的小伙子当心点，你坐的可是来自意大利菲洛沙家族收藏中最好的四把椅子之一，不要一吃惊就使劲去揪边上的花纹木样，哦天啊，你真是一个恶梦……嗯，我说到哪里了？哦，对，那时兰斯对我们说，如果我们大家一起过去太麻烦，如果过去一部分人的话又害怕请的向导会乘我们人少的时候偷我们的东西，加上他当时很坚决地说他一个人一定可以很快将热气球运回来，所以我们也就不好多说什么。

“果然，两天后兰斯骑着他不知从哪里弄来的一头大象，将一具热气球拉到了我们的营地。我们花了一天时间修好了气球，然后决定第二天就出发，但是出发的前一天晚上，我们的营地发生了一件怪事。”

“怪事？”永远唯恐天下不乱的安德鲁又来劲了，一只手下意识地又一次揪住椅子的靠背。

罗伦斯脸上露出愤怒到快要晕厥的表情，但是看着安德鲁那一副只知道流着口水听自己讲故事的傻脸，决定还是给自己留一点力气，于是咬咬牙，没有对安德鲁再说什么，继续讲了下去：“是的，怪事。第二天早上我一起来，就看到我们请来的三个当地向导在我们营地边上围着什么东西蹲成一圈，一个个表情古怪地不说话。

“我走近一看，发现他们三个人中间的空地上，放着一个小篮子。

“篮子里面摆着七个泥捏的小人和一张用泰米尔文书写的纸条：

敢于打扰神圣殿堂的人啊，
你们的命运已经背上了无可去除的诅咒
你们的死亡已经被注定，
悲惨而可怕，
痛苦而无助。
我用带血的眼睛，看见你们带血的未来：
第一个人的灵魂将永受天火的炙烤，
所有的煎熬将从他的生前一直延续到生后，
他无法说出的语言将是痛苦。

第二个人将被挂在树上，
他的心肝都会被扯出，
他会在无助的哀号中慢慢死去。

第三个人永远不能仰头看着天空，
他的所有骨头都会在雷霆万钧之下成为一滩烂泥，
他只能用带血的眼泪将自己的罪行一遍遍清洗。

第四个人的心脏会突然停止跳动，
她的眼中会充满恐惧，
她的心中带着永远的遗憾。

还有剩下两人，

在无穷无尽的畏惧之后，
依然无法摆脱神的审判，
被天火烧死在自己的家中，
用他们死亡的恐怖，
来作为让神安静睡去的祭品。

还有剩下一人，
永远失去自己的心灵，
他虽然活在人间，
他却早已活在地狱，
只有一次机会，
他能够得到救赎。

唯有最后一人，
他的灵魂早已给予神灵，
在他为我们伟大盛名的存在带来足够的祭品之后，
他的身躯，
将成为无上荣耀息身的所在，
世界将在他的身下发抖，
为着他的主人，黑暗之神阿古斯的威名。

“就在我小声用泰米尔语将这张字条念出来的时候，原来晴朗的天空突然风云际会，不知道从哪里出来的厚厚的云层将太阳完全遮住，整个大地被黑暗笼罩，我不由得打了一个寒战。”

这时候，罗伦斯的声音变得又沙哑，又低沉，好像是他又回到了那个初次看到诡异小泥人的早晨。虽然现在天气并不冷， 德罗三人好像也进入了当日诡异的场景中，不由得心里也有些发毛。

罗伦斯沉浸在自己的回忆里，声音不觉间失去了刚才的深沉，他摆出一副依然心有余悸的样子说："那些泥捏的小人，都是按照当地人的形象来做的，每个人都是面目狰狞，脸上的表情极端痛苦，而他们的身体也就像是那首长诗中说的那样被做成了各种血淋淋的死亡的姿势。我虽然知道他们根本就没有生命，只是一般的普通小泥人，但是我看着他们的时候还是忍不住心里冒凉气。

"于是我连忙将其他人叫了起来。不过看来我们真是被传说中的财宝弄花了眼。兰斯在看了这些小人之后嗤之以鼻，说这不过是其他和我们竞争的探险队或者是当地土人搞的不值一提的小把戏，就是为了吓唬我们。戴维斯和你父亲没有看到刚才天象异变的场景，所以也同意了兰斯的观点。不过你母亲有些迟疑，但是看到你父亲满不在乎的样子，也就安心了。反而还来劝说我。

"要知道，你母亲是一位十分美丽，十分善良的女子。所以在她的温言劝慰下，我也很快就将这件事情放在了脑后。大家很快收拾好东西，上了热气球生火出发"

碧利斯听到这里，不禁心中一痛，原本对自己父亲淡了很多的恨意又再次涌上心头。这时正巧安德鲁扭过头来看到了，安德鲁对碧利斯看似没头没脑地说了一句："碧利斯，你父亲一定也很爱你母亲，有危险的话他是不会束手旁观的。所以他才会放心让你母亲去的。"

碧利斯被安德鲁看穿了心中所想，又兼好言开导，虽然心中还是对自己父亲余恨难消，但是还是觉得心情好多了。碧利斯不禁觉得自己或者应该重新评价眼前这个看起来浪荡不羁的家伙。

罗伦斯早已耳闻过碧利斯和她父亲之间的糟糕关系。这个时候也没有吭声，由着安德鲁对碧利斯进行安慰。看到两个人不再说话，罗伦斯才又慢慢开了口，结果第一句话就让碧利斯大为吃惊："碧利斯，你知道吗，在出发前，你父亲很强硬地不让你母亲跟我们一起进去，但你母亲坚决不肯。他们为此还非常罕见地吵了几句。你母亲提出的理由是这么难得的人生经历她不愿错过。但是我们都知道你母亲是因为知道这一行可能有很大的危险，所以不想和比利分开，决计要和他一起分担。

“比利看见平时很随和的她这么坚持，也就没有继续提让她和一个向导返回海德拉巴等我们的主意。他只是在你母亲上热气球的时候，不动声色地将她的位置安排在了最安全的气球中心。

“刚刚上热气球的时候我感觉像是做梦一样，突如其来的地图，然后是恰到好处的热气球，我们的运气是不是好得有些过分了。不知怎么的，我又想起了那一筐子小人，心里又开始隐隐觉得不安和恐惧起来。

“你要知道，我是一个很怕死的人。就是现在也是这样。所以兰斯和戴维斯在那边干劲十足地操纵着热气球上升，我却开始了对这件事情的回想。

“在这幅地图上有一个小小的疑问：海德拉巴是在南印度，这座城市被纳入北印度人建立的帝国后，当地居民拒绝了北印度人到来的一切，包括文字。所以这里的人们还是在坚持用原来就有的泰米尔文。你知道的，泰米尔文，就是那些看起来像是一圈圈线团一样的奇怪的文字。但是那副地图上有一些看起来和古印度文很像的单词——要知道我的专业就是符号逻辑学和古语言学。如果这真是出于什么德里高原上的一个王朝，那么它上面的文字应该是用和泰米尔语更相像的字符才是啊。

“这个时候，我看到平时永远都是一副平静甚至冷漠样子的兰斯，居然和戴维斯一起抢着给气球调整绳结，我不由心中一动，一个大胆到让我自己都有些害怕的想法跳上心头：‘莫非这幅地图是假的，这次冒险是兰斯事先安排好的预定活动？’

“就在这时，我看到一名印度向导突然像是受到很大惊吓一样，突然对着西北方向跪下，浑身不停地发颤。我顺着那个方向看去，也不禁被惊出一身冷汗。

“天空中，一条巨大无比的黑色大蛇在西北方昂然而立，眼光凶狠，对我们怒目而视，看起来好像下一刻就要猛扑下来。气球上的其他人也看到了天上的异像，剩下两个印度向导也立刻跪了下去，向着他们的神不停地祈祷。你父亲一把将你母亲抱在了怀中，戴维斯骂骂咧咧地就要去找猎枪。兰斯看起来也很紧张，但是没有像其他人一样露出惊慌的表情。脸上露出紧张思索的表情。

“我们紧张地戒备了好一会儿，但是没有看到大蛇有任何动作。我们渐渐安下心来。但是看着这个不知从哪里冒出来的庞然大物我们还是觉得很不自在。于是商量着要控制气球飞离黑蛇。

“这时，你母亲在你父亲的怀里突然喊道：‘不要飞离这尊大蛇，这是路标!’

“‘路标？’我们面面相觑，都不知道你母亲是什么意思。

“你母亲又喊了出来：‘还记得地图上的那些黑蛇图案吗？它一定就是这条黑蛇，那些蛇的嘴里喷出的云气一定就是用来指引我们前进的方向的。’

“我们不知道是不是应该相信你母亲，因为虽然中间还隔了一段不短的距离，我们却已经可以很清楚地感觉到这只该死的蛇所散发的恐怖空气。在众人无措中，你父亲抢过气球的方向陀，稳稳地将气球控制着飞向大蛇。

“这时戴维斯突然想起了什么，猛扑上去想要抢过方向陀。他一边上前抢，口中一边喊着：‘比利，你这个傻瓜，不要相信你那个自以为是的女人乱说。你会害死大家的。那幅地图上蛇图案吐出的云气和路线的方向并不是一致的，这些蛇一定不是路标，而是那个该死的神庙的守护机关。’

“你父亲向你母亲看了一眼，然后用身体狠狠将戴维斯挤向一边，手中继续牢牢握着方向陀操纵气球向着那只看起来越来越恐怖的大蛇飞去。我一时不知所措，不由自主地看向兰斯，却奇怪地发现他一点儿也不紧张，盯着越来越近的大蛇，脸上反而露出一丝兴奋中混合着期待的表情。”

“高兴？”安德鲁忍不住插话了，“这个兰斯不会是吓傻了吧？”随后又有些促狭地看着罗伦斯，说：“或者是您老人家当时吓傻了，所以看错了？”

罗伦斯扭过头去装成没有听到安德鲁说话，继续讲着当年的经历：“由于戴维斯的抢夺，比利手中的方向陀最后还是歪到了一边，气球在方向陀控制的气体喷射口作用下，慢慢歪出了原来的方向。这时候，一道雷电突然毫无征兆地从天而降，打在了气球的边缘，只听得站在那附近的一名印度向导一声惨叫。我们才突然发现，我们原来身处的云气居然都已经退去，在我们气球旁边大概十五米处重新结成了一道云墙。我们彷佛突然从拥挤的市场进入了一条宽阔的罗马大道，在我们的两边，不断翻滚的云气好像是两道分界线，给我们划出了一个不得越过的区域。不知为什么，我们感觉到一种莫名的压迫和恐惧，就连一向脾气急躁的戴维斯也不由自主地安静下来。

“这时，一个印度向导突然哭喊起来，我扭头一看，原来那个离气球边缘最近的印度人在刚才的雷击中还没有被劈死。他的身体外表已经完全被烧成了焦炭，五官融化在脸上，一颗眼珠从眼眶中流出，在原来鼻尖的位置荡来荡去。他用最后一丝气息拼命嘶喊‘热啊，热啊，我好热啊。’一边嘶喊，他一边用手指已经都烧得没有了的手拼命想去撕扯自己的衣服，已经和血肉连在一起的衣服在同样血肉模糊的手的蹭拉下，带着一块块肌肉从他的身上被扯下，我们甚至可以看见肌肉被撕掉后透过肋骨露出的内脏。他的声音越来越小，口中不停涌出已经沸腾的血液，那颗晃来晃去的眼球掉了下来，在气浪导致的气球颠簸中滚到了我的脚下。

“我心中一股恶心混杂着恐惧，不敢再去看那名印度向导。我突然想起出发前看到的那首神秘的诗歌，一下子觉得心惊肉跳，双腿发软，好像全身力气都已经被抽去，每一根头发都在无助地战栗。

“那首原来不知道是什么意思的诗歌，现在一下子变得具体而可怕无比。

“‘我用带血的眼睛，看见你们带血的未来：

第一个人的灵魂将永受天火的炙烤，

所有的煎熬将从他的生前一直延续到死后，

他无法说出的语言将是痛苦。’

“这时，兰斯突然一把将戴维斯手中的猎枪夺了过来，对着那个可怜的印度向导就是一枪，将他的头打爆。然后上前用枪托狠狠地一击，将尸体撞下了气球。尸体掉出气球的一瞬间，一阵风吹来，向导的衣服被掀开，我看见他背上多出了一条很眼熟的黑色纹理。当时我以为是被雷劈出来的烧伤痕迹，所以我也没有多想。这时兰斯猛地转过身来，对着你父亲喊：‘快掌紧舵，别他妈再出这种事情！！’

“兰斯平时一向斯文有礼，从来不说什么脏话，这次看起来也是被吓到了。不过你父亲，被他这么一吼，倒是清醒过来，连忙操纵气球飞回了空中大道的中间。

“这个时候已经飞到了那条大蛇的正下方，我们只能用仰望了。这次丑陋可怕的怪物在空中随着云气不断地摇摆。突然它一下子消散开来不见了。我们身处的云中大道也一下子重新被云气填满。我们被浓密的云雾包裹，什么也看不见。这时空中突然不知道从哪里响起一串串回荡的惨叫，这些惨叫声有妇女，有男人，有孩子，好像是遇到了什么无比恐怖的事情，这些声音用我们听不懂的语言哀号着，让我们毛骨悚然。我们像是瞎子一样前进，只是从身边那些回声越来越重的鬼哭狼嚎中感觉我们好像进入了一个峡谷。

“这时，我觉得有些不对，前面云气中好像隐隐露出岩石——我们前面没有路了！如果我们再继续向前，就会撞到山崖上，然后掉下去摔死。但是我们又能够向哪个方向转向呢？风是向着前方吹的，转向回头需要花很多时间，很可能我们还没有能够掉头，就会撞上前面的山崖了。但是我们又能向哪个方向转呢？在这个浓雾弥漫的峡谷中，两边应该都是山崖，如果我们胡乱转动撞到了峡谷的两壁上，我们一样是死路一条。

“正在犹豫中，我们突然感到气球转了向——你父亲，比利这个家伙不知道什么时候一只手挽起了你母亲，一只手按照你母亲的指点将气球转变了方向。

“戴维斯想要上去阻拦，但是最后还是没有上去。毕竟他也不知道应该向哪个方向继续飞。就算你母亲说错了，我们这样直直向前飞也不过是死路一条而已。

“风越来越大，我们离山壁也越来越近。我们惊恐地发现，周围山壁上的岩石都无比锋利地向外突兀着，就像是一把把尖刀等着我们这些可怜的猎物撞上前去。我们的气球在风的加速下飞得越来越快。我不由自主地闭上了眼睛，等待着下一秒钟的命运。在我闭上眼睛之前，我看到你父亲紧紧搂着你母亲，戴维斯紧紧握着从兰斯手中抢回来的枪，印度向导们蜷缩在气球的一个角落，不停地哭泣，兰斯在胸前不停划着十字，神情严肃，那颗刚才滚到我脚下的眼球，不知道乘乱又从哪里冒了出来，在我脚边不停打转。

“这时，我感觉到我们的气球好像撞上了什么东西，不过不是坚硬而锋利的岩石，而像是什么很有弹性的东西。同时我们好像进入了一条通道，背后原来就像是死神使者一样不停逼迫着我们前进的风也一下子小了很多。

“我睁开眼睛，我的主啊，我们脱险了。我们从那个危险而充满云雾的峡谷进入了一片地图上从来没有标出来过的盆地。脚下的大地翠绿一片，远处是温暖而熟悉的太阳。回头看我们刚才进来的入口，只看见一团团暴怒的云在一处山壁的小缺口处不停地翻滚，好像不甘心我们就这样逃脱了死亡的命运，还想冲进这片盆地来将我们抓回去。

“我们一声欢呼，将气球向下慢慢降落一些，以借助盆地上空平稳的向前气流。现在我们明白了，地图上的蛇形图案的确是路标。而每一个画有蛇的地方同时还有一道关口，在这个地方，只有按照地图上蛇口中喷出的云气的方向才能前进。

“我数了一下，地图上还有三个这样的标志。这个时候，我突然想起来那个印度向导背上的纹理像什么了。那个纹理和我在地图上看到的表示大蛇的标志如出一辙。

“戴维斯有些不好意思地对你母亲说：‘真是抱歉，最后还是你救了我们。’而你母亲还是像平时一样安详，轻言细语地让戴维斯不要把刚才的事情放在心上。兰斯还是像往常一样，安安静静地不怎么说话，阳光从侧面射来，将他的一半脸照得无比明亮，但也将他的另一边脸隐藏在了黑暗之中。我突然觉得今天的兰斯有些陌生，具体原因我也说不上来。不过遇到这种事情，谁表现出一点和平时不一样的地方都不足为奇。也许别人眼中的我，今天也是很反常的吧。

“但是，我还是忍不住对兰斯产生了一丝怀疑。这怀疑几乎伴随了我后面所有的探险旅程，我几乎就要认为这次旅行就是一场兰斯为了某个我们不知道的原因而设计好的阴谋。直到你父亲作出了那件卑劣的事情，我才不再对兰斯有那种说不清楚的怀疑。”

说着，罗伦斯眼神突然一变，咄咄逼人地看向碧利斯。安德鲁见状，对罗伦斯不满地嚷了一句：“嗨嗨，傻老头，讲故事就讲故事，不要带上碧利斯。他父亲都已经死了，你还要怎么样？”

罗伦斯没有理会安德鲁，还是向着碧利斯看了好一会儿，然后收回视线，又开始用他类似于小声嘟哝的声音开始讲述："出乎我们的意料，在之后的很长一段旅程中我们并没有遇到危险。之后的两个蛇形路标处我们都按照地图上标明的方向前进，由于特殊地理环境造成的局部气流就像是一名忠实的搬运工一样，将我们从各种匪夷所思和难以发现的山脊缺口处送了出去。我们一路顺利地前行，心情也慢慢放松。要知道，那个时候我就像是你们一样年轻，一样冒着大把傻气地年轻。

"但是，很快我们就无比清楚地意识到我们正在进行一场多么危险的旅行。我们中的第二个死者出现了——这次还是一名印度向导。

"在我们通过了第四个蛇形路标之后，那天晚上，我们终于到达了目的地。

"其实那天晚上本来我们是很高兴的，因为我们虽然由于燃料用尽，没有办法到达地图上画着最大的蛇的地方，所以我们降落在了一座森林的边缘，但是神庙就在这座森林的中心，我们降落的地方可以清楚地看见那座传说中的神庙。越过高高的树梢，我们可以看见大概五十英里外，德里高原那没有被现代文明污染分毫的天空下，一座古代拉巴士王朝时期风格的神庙尖顶在圣洁而强烈的阳光下闪闪发光。尖顶上方一尊大蛇的雕像用严厉的目光扫向我们这些千百年都没有出现过的入侵者。

"尽管经历了一路上的危险，但是看到神庙的一瞬间，我们还是开心地互相拥抱，一切担心在这一刻都被扔到了一边。那一瞬间，我们忘记了路上一直盘旋在我们头顶的死亡阴影。心中充满了对荣誉和财富的渴望。

"就连路上我一直害怕着的篮子里面的那几个来历蹊跷的小人，这个时候也被我抛到了脑后。

"但是，我们的印度向导还是没有从路上的死亡阴影中走出来。塔普目几次提出要我们停止前进。在他们从小受到的教育中，云雾之神庙是一个无比神圣的所在，作为凡人去擅闯是会遭到天谴的。我们出发前看到的小人就是对我们的警示。对于他的担心我们总是哈哈一笑。我们来自依靠人类智慧已经可以飞上天空的高度文明的西方，早就不相信这些牵强捏造的传说，而且作为专业的考古学者，我们看到过很多所谓神迹传说的幕后真相。再迷信的人，在看多了那些没有一丝圣灵味道的残垣断壁之后，也会成为一个无神论者。

“不过，我们没有想到的是，这次，我们错了。所以，年轻人，这个世界是远远超出我们这些生活在城市这个大号老鼠笼中的渺小生物所能够想象的。它还有太多的神秘和未知。在那些人类还没有涉足的地方，相信我们所谓的科学，和当地人相信的迷信其实是一回事，都是可笑而危险的。”

说完，罗伦斯长长叹了一口气。德罗看见罗伦斯的眼神慢慢暗淡，好像陷入了某种迷茫和恐惧之中。

大家都没有说话，甚至是一直玩世不恭的安德鲁。过了一会儿，罗伦斯继续开口说起来，不过他的声音没有了前面的奸诈，而是变得沙哑起来，好像一些往事将他的喉咙紧紧捏住。

罗伦斯的声音在空旷的房间中继续响起，将大家又带回了三十年前：“很快的，我们再次意识到这次的旅途是在向着未知的恐怖和黑暗前行。恰好就像是那个篮子中的小人和奇怪的诗句所预示的那样，第二个死者很快出现了。

“这次死的是我们的另外一个印度向导——拉普。

“他死得很惨。

“虽然我们降落的地方就可以看见神庙了，但是当我们进入森林之后跋涉了两天，远处的神庙尖顶离我们好像还是那么遥远。最初的兴奋已经被现实前进的艰难磨平。你母亲身体比较弱，所以你父亲扶着她走在队伍靠后，我和戴维斯走在中间，兰斯和塔普目走在前面，拉普走在最后。

“这座森林很明显已经千百年没有人来过。被落叶和腐殖质堆得厚厚的地面踩上去无比松软，一些危险的沼泽就隐藏在这平静的地面下。只有很少阳光投进来的林间，就像有星的夜晚一样光线幽暗。几个人都抱不过来的大树随处即是，上面结满了厚厚的青苔。青苔中生长着一些不知名的蘑菇，在林中发着惨白的光。偶尔会有几只受到我们惊吓的小动物从灌木丛中突然窜出来向森林深处奔去。

“由于正是早晨，露水顺着大树的树梢向下滑落。我们向着森林深处前进，就好像是走在另一个星球上一样。德里高原虽然是一个气候炎热的地方，但是在南亚次大陆上，所有的东西就像是它蕴育的文化一样，复杂万分，很多根本不可能共存的东西偏偏就是以一种奇怪的和谐姿态出现在这块神秘的土地上。

“所以在两天中，我们在这个永远是湿漉漉，不见阳光的原始森林里面已经见过了数不清的，各种种属的甚至有些在动物学家眼中血统无比高贵的毒蛇和有毒的植物。如果我们不是来考古，而是结伴来自杀的话，我们一定会喜出望外。呸，那个鬼地方。

“在这种地方前进需要小心翼翼，因为我们实在是没有为那些高贵的爬行动物的生存做贡献的愿望。所以我们走的时候彼此之间拉开了几步距离，这样一旦看到有蛇的话，不会因为太拥挤而不能及时躲避。

“正在林中前进，我们突然听到后面的拉普一声惨叫。我们一抖手中的枪立刻冲了过去，发现拉普不知什么时候，被一棵奇怪的树用树藤缠住了。拉普被这棵树的树藤缠住了脚倒吊到了半空中。这棵树就像是一个动物一样，奇怪地晃动，一根根藤条从树梢上涌出，将拉普裹在其中，形成了一个茧一样的结构。透过藤条之间的空隙，我们可以看到这些藤条开始释放出一种乳白色的液体，这些液体又粘又稠，散发出一种恶臭，将拉普全身都厚厚地涂了起来。很显然这些液体具有很大的腐蚀性，所以拉普疼得全身发抖，身上各个部位不时冒出被强酸烧灼后出现的那种淡淡的烟雾。我们见状，立刻向着那棵树开枪，拉普也拼命挣扎。但是在这棵要几个人手拉手才能抱起来的树面前，我们的7.04毫米帕夫拉步枪子弹简直就像是蚊子叮咬。拉普在剧痛之中用手不停地撕自己的衣服，衣服撕完了之后，在疼痛下已经神智不清的他开始撕自己的皮肤、肌肉，很快，他的内脏就全部暴露了出来。一根肠子从半空中垂下，在我们的面前晃来晃去。拉普在空中用一种好像不是他的声音的奇怪的语言凄厉地惨叫。我一听之后，立刻如遭雷击，恐惧顿时充满了心灵。

“我听出来，拉普是在用一种久已失传的古泰米尔语大声狂呼：‘被诅咒的人，终将死在被诅咒之地。’虽然其他人听不懂拉普的话的意思，但是大家知道拉普这种情况肯定是不行了，我们不能丢下他，我们只有杀死他。这样他起码不会痛苦地被那棵该死的树给活活消化。戴维斯已经举起步枪瞄准了拉普的头，你母亲含着泪水在胸前画着十字……

“拉普的死亡已经成定局，唯一的悬念就是方式。

“这时我注意到一颗嫩芽不知何时悄悄从拉普的身体中长了出来，然后的事情让我们每个人都瞠目结舌，甚至忘记了害怕。

“这棵嫩芽突然以惊人的速度飞快地长了起来，在几秒钟时间里变成了一根树枝，从拉普的身体中活活穿过，将拉普像城市里常见的烤肉一样，串在了上面。拉普完全没有能力做任何挣扎，一下子瘫了下来，头歪向一边，不再动弹。树藤在拉普死后慢慢散去。拉普的尸体挂在树梢上一动不动。露水带着他身上渗出来的血水向下滴落。他死得很惨。一双失神的眼睛睁得大大的不肯闭上，好像是在对我们述说着他死前所遭遇的巨大惊恐和痛苦。一道巨大的切口从他的胸部一直延续到腹部，他的所有内脏都散落在外。已经变成青色的肠管在树藤中荡来荡去。

“那首奇怪的诗就像是恶魔的低语一样，再一次在我的脑海中响起：

“‘第二个人将被挂在树上，

他的心肝都会被扯出，

他会在无助的哀号中慢慢死去。'

“我开始相信我们被诅咒的身份了。我不知道我会按照诗歌上面的第几种死法死去。我不想当那个成为恶魔代言人的人，但是我也不希望像两个印度人一样悲惨地死去。

“第三个死者也出现了，是塔普目，他死的时候，我们已经到了神庙。

“当我们最后走出森林的时候，每个人都没有心情去高兴。两个印度向导的死，还有他们事前被预言的死法，就像是两块沉甸甸的石头一样压在我们每个人的心头。

“我们没有心情去欢呼看到的神庙，因为我们不知道接下来会是什么样的命运在前面等待着我们。

“但是不管怎么样，这座神庙的宏伟还是给了我们极大的震撼。这座神庙比我们见过的任何一座建筑都要巨大。在森林外面的时候我们只看到它的顶部。但是当我们走到神庙下面的时候，才真正知道了一座光是大门就有四十英尺高的建筑是多么的壮观。特别的，这座神庙上面云气翻滚，定睛看去，俨然就是一条巨大无比的黑蛇在壮观地翻腾。

“整个神庙建筑在山谷中的平地上，前面是一个铺满了青色石板的硕大广场。虽然不知道多少年没有人到过这个地方了，但是所有的建筑都保存完好，就连广场上也没有任何杂草生长。一切都是那么安静和完好，以致于当我走在广场上的时候，忍不住会产生幻觉，好像下一个瞬间，无数的人流就会从我看不见的地方涌出来，进到这座神庙中顶礼膜拜。

“我们都疲惫不堪，所以在广场上扎营，住了一个晚上。第二天，我们做好了一切准备，然后进入了神庙。神庙的柱子上和墙上到处都刻着精美的图画。宏伟的庙宇让我不由想起了甘吉普拉姆的爱坎巴勒修瓦拉神庙。那座1507年建成的神庙入口有足足六十英尺高。那座神庙华丽无比，是印度历史上最强大，也最为喜欢夸耀国力的维查耶那加尔王朝在十六世纪建造的。我面前的这座神庙从风格上来说古朴而不失精细，建筑年代应该比爱坎巴勒修瓦拉神庙更加久远，从墙上的纹理来看，这座神庙建成的时间应该是在公元六世纪之前。但是古代印度神庙都是从岩山中挖凿石窟而成。一直到了八世纪，在帕拉瓦王朝的巨大财力，加上天才工程师当雄那姆的设计下，才产生了以凯伊卡莎纳达神庙这种用切割过的石块在平地建造的巨大建筑。隐隐的，我觉得这座神庙和我以前看过的印度神庙不是一个风格。印度神庙建筑的形制虽然各异，但所有的布局都有一个共同倾向：将主体建筑独立出来，从而在各个方向都能看见它，同时主体建筑又构成整个神庙空间的一部分。

“抚摸着已经被风化得坑洼不平的石壁，我心中突然涌起一阵异样的感觉。我对我们打扰了这个神圣而安静的地方产生了一丝内疚。这时，我突然听到神庙深处传来一声惨叫。我大吃一惊，因为戴维斯和塔普目在那个方向。我连忙向那个方向跑去，兰斯和你父母也不知道出了什么事情，赶紧和我一起向着神庙的深处奔去。

“这座神庙用的是套叠型结构。穿过最外围的‘干普东’就是用来摆放神像的最核心的‘纳利’了，刚才的惨叫就是从‘纳利’的方向传出来的。所以我没有多想，操起枪就跨过‘纳利’和‘干普东’之间的走廊，想要去看发生了什么事情。

“但是，一进入长廊，我就感觉很不对劲。我觉得有一股很强大的压迫感向我狠狠地压了下来，一种不知从何处而来的恐惧来到我的心中，我感觉头皮一阵发麻。奇怪的是这种感觉对我来说显得很熟悉。我好像之前在哪里就感觉到过。我突然醒悟过来，当我们在气球上那个印度向导就要被雷击之前，我有这种感觉；在拉普被怪树袭击之前我也有这种感觉。现在又出现这种感觉，难道……我不敢多想，快步冲进了‘纳利’。

“这时候，我发现……我发现……我看见……”

这时候，罗伦斯突然全身僵直，瞪着眼，现出一副神志不清的样子，他那惊慌失措的眼睛向四面环顾着，像是寻找过去某件可怕的事情的痕迹似的，双手紧紧地握成了拳头，似乎竭力要赶走某种恐怖的回忆。他明显激动起来，他的声音开始发抖，原来脸上混合着奸诈和从容的表情完全被恐惧所代替。

“我看见，塔普目……”罗伦斯看起来是在尽着自己的最大努力想保持镇定。德罗，安德鲁和碧利斯不知道是上前帮助他，还是等待他自己好起来，一时间不知道应该怎样应对。

随着陷入回忆越来越深，罗伦斯脸上不由自主地露出一丝惊恐，他无数次在恶梦中重回那个时刻：光线暗淡的寺庙中，皮肉被火焰炙烤发出的滋滋响声，那个带火的人身上泛起无数蓝色的小火苗，由于肌肉痉挛而在脸上出现的似笑非笑的表情。那个一摇一晃向自己走来的塔普目。每走一步，身上的一块肌肉就被烧成黑色的粉末随风飘出，号哭，惊恐，他那向自己伸来的手已经完全被烧成了黑炭，不断冒出皮肉被烧糊的气味，哦，不，我不要再回忆这一切。

罗伦斯知道自己马上又要犯病了，他在一刹那又回到了三十年前那个可怕的日子。好像头脑中什么东西断裂了一样，他再一次崩溃了。罗伦斯猛地从椅子上激动地站了起来，然后扑通一声跪下，口中大喊：“为什么不宽恕我，为什么不宽恕我，为什么到了三十年以后我还是不能逃掉那种恐惧。”

德罗和安德鲁正要上前扶罗伦斯教授，却听到扑通一声，罗伦斯已经直直地倒在了地上。

碧利斯尖叫一声：“他死了？”安德鲁摸了摸罗伦斯的颈动脉，回头说：“没有事，看来是太激动，晕过去了。”说完顺手抄起桌上的一杯凉水向罗伦斯浇去。

罗伦斯悠悠醒了过来，嘴中念念有词，听起来正是罗伦斯刚才讲过的那首死亡预言中的一段：

“还有剩下一人，

永远失去自己的心灵，

他虽然活在人间，

他却早已活在地狱。”

罗伦斯将这段话在嘴中反复念道，突然抬起头，眼睛直勾勾地看着碧利斯说：“碧利斯，你不要再调查这件事情了。这里面的不祥和血太多了。我以为我已经有了足够的耐力来讲出那些往事，但是我错了。你没有见过天火，你没有见过一个人会在你面前突然身上冒出火焰，成为一个可以行走的火把。碧利斯，不要再卷进这件事情了，人体自燃这种事情按照我们的知识体系是无法解释的。能够产生这种效果的，除了神就是恶魔。碧利斯，你不要再卷进这件事情了，远远离开吧。”

安德鲁上前拍了拍罗伦斯的肩膀：“我看过多得数不过来的古怪的案件，有些小子确实很会装神弄鬼，不过把戏再高明，也只能把人唬一阵子。”

罗伦斯脸涨得通红：“不，你不明白。这用科学是解释不通的。比利的死不是你们这些自以为是的警察，拿着一张PH试纸，几个放大镜就能解决的。比利是死于天火，是死于和塔普目死因一样的天火，你懂吗？天火，在《罗摩衍那》中就有提到的神的愤怒的火焰。”

碧利斯想要缓和一下气氛，说：“罗伦斯教授，如果你们去的就是传说中的云雾之神庙，那么你们最后有没有找到那些传说中的神器？”

罗伦斯说：“当然……”话还没有说完，就飞快地闭上了嘴，对着碧利斯喊道：“碧利斯，我已经说了，我改变主意了，我不能再对你提那件往事。我只能告诉你，你父亲是死于天火，是死于我们去印度那次看到的天火。这是你父亲打扰了神的行宫受到的惩罚，虽然他在二十年前将兰斯杀死，但是他还是没有逃掉他的宿命。我刚才已经明白过来了，天火再次出现是神对我的警告，我不会再告诉你任何事情了。”

碧利斯说：“可是罗伦斯叔叔，这个世界上是没有什么神的。科学就是我们这个时代最大的神。是的，很多东西不能解释，但是就像是中世纪的人不能理解雷电一样，我们不了解的东西不能就说是神。如果是这样，那我天天在显微镜和遗传实验室看到的，研究的那些东西还有什么意义？是的，你们去印度的时候遇到了神秘的事情，你们遇到了危险，你们现在也遇到了危险，但是，你不能就这样被吓破了胆，不能就这样像一只母鸡一样窝在自己用恐惧织成的窝里面一动不动，你说的那个天火，那个让你吓得浑身发抖的天火一定是符合我们这个世界的物理化学规律的，只是可能我们现在还不知道它是怎么产生的而已。但是我要给我的父亲报仇，我要抓到凶手，你不能这样畏缩，你难道想这一辈子都活在那个狗屁‘天火’的阴影下吗？”

罗伦斯更加愤怒：“听着，比利家的小姑娘，你们这些永远只会夸夸其谈的家伙。你说这个世界上的事情是没有不能用科学解释的，这个世界上是没有神的，好吧，你们可以尽情地嘲笑我，我不会被你们骗倒，我不会像一个傻瓜一样冒着哪天起床时突然发现自己已经被天火烧成了木炭的风险给你们完全讲出那段往事，就算天火是可以用科学来解释的。只要一天你们不能说出天火的原因，我就一天不能从这个死亡威胁中走出来，只要我现在生活的一切都在死亡的威胁下，就像是沙滩上的城堡一样随时会成为泡影，我就只能守口如瓶，对不起。”

碧利斯紧紧咬着嘴唇，说：“罗伦斯叔叔，你真的已经完全被恐惧打倒了吗？”

罗伦斯猛地站起来，生气地看着碧利斯，嘴唇微微颤动，想要说什么，但是最后还是颓然坐下，他低下头说：“碧利斯，对不起。你说的对，但也不对。我和你父亲是很多年的好朋友，我也想帮助你，我也不想就这样在我的两个老朋友死去的时候袖手旁观。在经过了那次可怕的历险之后，我们这些生还的人，都得了一种奇怪的病。是的，奇怪的病。要知道，我们本来不是胆小的人，但是，很奇怪，每次回忆起那一段经历，我们都会被心中某个未知角落中突然涌出的巨大恐惧阻碍着进一步回忆起细节。

这种恐惧每次都是不期而至，来势汹汹。让我们完全无法抵挡。你小时候一定也曾经感觉到你父亲有时候会有一些很古怪的时候。他将自己关在房间中，一个人脸色阴沉地一言不发，甚至是为一点小事就大发脾气。其实我和戴维斯也是这样。后来我们发现这不是我们心中的恐惧，这是一种外来的，被某个我们不知道的力量所强加的恐惧。我们好像是在被什么东西监视着内心，只要我们有对别人提起这件事情的意图，我们的心中就会被这种恐惧所填满，我们自己观看黄金少女像不会出问题，但是一旦我们想要将它向别人展示，或者想要对其他人提起这件事情，我们的心中就会出现莫大的恐惧。其实作为考古学家，我们并没有太多的对鬼神的敬畏，是的，我们也努力地想将这件事情纳入科学的框架去解释。我们虽然不能对外人提起这些事情，但是曾经定期聚会。我们想靠我们三个人，以及我们手上的黄金少女像找出这个秘密，从而摆脱这种就像是活在诅咒之下的人生。

可惜我们最后还是没有找到答案，但是我们发现了一件事情，这件事情曾经一度给了我们莫大的希望。我们发现这种恐惧是可以用药物来控制的，它不是出于我们无法控制的心理因素而是由于我们的生理活动被人用我们不知道的方式改变了——我们在一个很偶然的机会下发现食用一种印度出产的蘑菇可以在一定程度上减轻这种恐惧感的来袭。于是我们开始小心地尝试服用，然后在药物的帮助下尽最大努力将我们这次冒险中的一些事情说出来，向其他的一些考古学家，历史地理学家，和神经科学家求助。虽然这种药有很大的毒性，长期服用的话会让我们的心脏受到严重的损害，而且在平时的时候会让我们行为轻佻。但是我们的这种付出不是没有回报的。虽然我现在在这种恐惧的控制下还不能对别人讲出我们经历的全部，也不能给别人出示我们手上的黄金少女像，但是我们只是确认我们心中的这种恐惧不是自发的，而是被什么东西控制的，我们将我们自己的研究结果和千方百计讨来的专家意见拼在一起，发现由于某些未知的原因，我们的松果体发生了增生，比一般人大了很多。而增生的松果体里能够分泌更多的神经递质。在这些神经递质中有一种叫做5-甲氧色醇，它正好是一种可以特异性激发大脑恐惧感觉反应区的神经递质。后来我们进一步发现，我们服用的那种蘑菇，正好是这种神经递质的天然拮抗剂。

“所以我们觉得肯定是有什么东西在控制着我们的松果体，进而让我们一旦开启某些特异的思维，比如说想要将黄金少女像公开，松果体就会被激活，我们的大脑就会被巨大的恐惧所占据，从而让我们无法进一步的思考。虽然我们还有很多事情，特别是天火，完全不能理解，但是我们还是下定决心不惜以伤害自己的身体为代价，切除我们的松果体，摆脱掉这种诅咒。我们甚至已经预约了医院，手术本来是下个月就会进行。但是……没想到，这个时候，天火又出现了……

所以这一切的背后，一定有一个我们无法抗拒的神的存在，在无所不知的神的面前，我们实在是过于渺小，所以，碧利斯，我不希望你白白卷进来。”

安德鲁说：“罗伦斯先生，你说的话就算是现在科学界最前卫的科学家听到，也会觉得太过于不可思议。但是我感兴趣，因为你说的那些猜想并不是不可能的，虽然有一些东西按照我们现在的科学大概还要几百年才能解答。但是，OK，没关系，我就是一个疯狂的人，所以我愿意相信一些疯狂的猜想。至于你说的神的旨意嘛，在富兰克林放他那个大风筝之前，人们也是把雷电看成是神鬼弄出来的。既然你们身上的恐惧怪病可以找到一个自然科学范围内能够容纳的解释，那么你说的那个什么天火，多半也是这样。”

这个时候，德罗突然冷不丁的说：“罗伦斯先生，为什么你认为我们找出了天火的原因就能解开你身上的这种诅咒？”

罗伦斯一愣：“有原因，但是我现在不能告诉你们。”

德罗说：“罗伦斯先生，你们原来是预约的哪所医院进行松果体摘除手术？”

罗伦斯说：“约翰•霍普金斯医学院的神经中心。”

德罗礼貌地行了个礼，说：“那好，罗伦斯先生，我们会将天火的真相查出来的。如果哪一天，你觉得时机成熟了，可以告诉我们更多的线索，或者其他和本案相关的事情，请你及时和我们联系。”

说完，径直出了门。碧利斯和安德鲁也告辞出门。

一出门，碧利斯问德罗：“你觉得罗伦斯叔叔说的是真的吗？”

德罗说：“先假设他说的是真的吧，毕竟我们现在没有其他的任何线索。我去核实罗伦斯说的话中的一些细节，你们去查关于天火的一切可能的资料。明天晚上在我的办公室见，安德鲁知道地方。”

碧利斯说：“好吧，不过你真的觉得安德鲁这个吊儿郎当的家伙能够帮上我的忙？”

德罗一笑：“别忘了，安德鲁是我们州最好的法医。活人的事情他不一定比你了解，但是说到死人，他是不折不扣的专家。”

安德鲁也笑嘻嘻凑过来说：Ce dan’t arm a tog。”(拉丁文：要长袍，不要战争。意为以和为贵)

第五章 迫近真相

位于52号大街的国立卫生院图书馆永远都是求学者的圣殿。已经在这里工作了三十年的马克先生每天最大的享受就是从二楼管理员室的窗户中向一楼大厅望去，看着那么多一丝不苟的科学家们神情肃穆地遨游在生命科学的海洋中。

但是，今天他的这种享受被破坏了。他看到今天楼下的读者中居然出现了一个穿着鲜亮无比且裁剪入时的意大利衬衫，身上带着各种奇形怪状银质装饰品的嬉皮士。而最让他感到不高兴的是，这个花花公子并不像别人那样认真而一丝不苟地钻研，而是将一大堆的书籍摆放在自己的位置上，一边轻佻快速地翻动着这些书，一边用嘴无声地吹着口哨。他旁边是一位漂亮的女士，正在利用放在桌面上的电脑查询着资料，两个人偶尔在放在两人中间的笔记本上笔谈几句，而后漂亮女士继续神情严肃地敲击键盘，而那个花花公子却依然快速而漫不经心地翻看那些马克先生视为生命的神圣的文献。

“如果这个上帝异常宠爱而且聪敏异常的家伙愿意下功夫的话，就连天上的星星他都是可以摘下来的”，安德鲁读博士时他的导师曾经这样评价过他。不过德罗在听到这句评语后，加了一句：“对于这个懒散的家伙来说，就是把整个银河系交到他的手中，他也最多三天就会玩腻的。”

不过今天，不管马克先生喜不喜欢，安德鲁倒是在认真地运用他的一切天赋和优点。他快速查阅了他想要看的资料。不可否认，有时候想要从文献堆里找出自己想要的东西就像是想要从一片深不可测的海水下捞起一艘载满宝藏的沉船一样。除了要有清晰的目标，敏锐的嗅觉之外，还要有极大的决心和坚忍不拔的精神，另外，有时候，还需要一些小运气。但是很显然，这一切对于安德鲁这个上帝一直宠爱的家伙来说，都是轻而易举的。

安德鲁用手中的笔轻轻敲了一下碧利斯的桌面，碧利斯用手打出一个稍安毋躁的手势。待安德鲁又过了百无聊赖的二十分钟后，碧利斯关上电脑和安德鲁一起退还借阅证离开国立卫生院图书馆。在柜台退还了借书证临走的时候，安德鲁对马克先生说：“亲爱的管理员先生，你们在RNA(注：核糖核酸，遗传物质中的一种)方面的书籍太少了，我敢保证，这个在几年之内会成为一个大大的热门的，你们为什么不给这个主题的书籍配一个大一点的空间呢？”说完，安德鲁潇洒地转身，依旧一副花花公子派头地和碧利斯走了出去。

马克先生突然觉得自己应该重新评价这个年轻人，因为在马克先生的抽屉中，正有一份国立卫生院遗传系主任霍金•莫克院士提出的内部备忘录，里面无比清楚地写着：RNA是生命科学研究的未来路标。

安德鲁和碧利斯进来的时候，德罗已经在那里等了他们一会儿了。德罗先开了口：“我已经去医院查过了，你父亲他们确实是曾经预约过松果体摘除手术，罗伦斯在这一点上没有骗我们。而且根据我的判断，他那天说的东西虽然不完整，而且很多难以置信，但都是真的。”

德罗没有说他判断的原因——这是FBI两个最优秀的心理测试小组通宵加班分析德罗带回的谈话录音后的结果。

“好吧，我也来说说我们今天的收获。”安德鲁毫不客气地操起德罗桌上的咖啡壶给自己满满地倒了一杯，一屁股坐到德罗的办公桌上说：“我今天和碧利斯一起发现了一些好东西。我先来说说这个天火吧。其实这个天火在科学界早就有类似的报道，不过在那里它是用的一个更古板的名字：人体自燃。

“历史上第一个人体自燃事件记载在1673年意大利的一份医学资料上。有个叫帕里西安的人，躺在草垫床上化为灰烬，只剩下头骨和几根指骨，但草垫床除了他躺的部位外都保持原样。1744年，英格兰的伊普斯威奇城有一位六十岁的帕特夫人，一天早上她的女儿发现她死在地板上，好像一段被烧光的木头，在附近的衣物却完好无缺。类似的历史记载有二百多起。三百多年来，各种各样的老学究们对这个问题纠缠不清，甚至狄更斯在《荒凉山庄》里面也描写了一位邪恶酒徒的自燃而死，以此象征社会邪恶终将自我毁灭。这种事情被报道得越来越多，后来比较出名的有1725年法国莱茵客店女主人米勒太太自燃案，这个可怜的女人被发现在厨房火炉旁边烧成灰烬，只剩下部分头颅、下肢和一点脊椎。1731年意大利的公爵夫人自燃案中，那位可怜人被发现身体烧得只剩下部分头颅和四肢，骨灰中有油腻、发臭的潮湿物，空气中漂浮着烟垢，窗口滴淌着油腻、令人恶心的黄色液体，发着异常的臭味。

“在美国也发生了很多起这样的事件，比如1951年7月2日，佛罗里达州圣彼得堡，六十七岁的寡妇玛丽•里瑟被发现在房间中烧成灰烬，只剩一只穿着黑拖鞋的脚和一个“缩得很小的头骨”，同时被烧毁的还有她的沙发椅，只剩弹簧堆积在灰烬中。

“针对这些案例，以前的研究者提出了很多奇怪的假设。有些听起来就像是宣称在纽约找到一头北极熊一样荒诞。比如，在19世纪，化学家李比希将一个棉球浸透酒精，然后点燃，最后摆出一副专家的派头告述大家，这就是人体自燃的原因——因为喝了酒。”

“这简直就是瞎讲，酒精在小肠就会被人体吸收，然后进入肝脏和乙酸一起被化合成乙酰乙酯，根本就不可能被人在体外引燃。”碧利斯一听到有人居然在自己的专业领域张口乱说，忍不住出来反驳。

“而且是酒精的原因的话，那么除非死者自己吞火，否则无论如何也不会出现自燃的啊。”德罗也摇头，为这个莫明其妙的解释苦笑。

“不过呢，我也从那些资料里面找到了一些有用的东西。一名叫做拉里•阿诺德的物理学家认为可以用极限理论物理学来解释人体自燃。

“另外德州医学院一名叫做帕诺斯•帕帕斯的医学工程学教授提出了人体微核聚变的理论，而且还制造出了一台仪器，宣称可以验证自己的观点。

“加州犯罪学学院的约翰•德•哈安博士提出了一个叫‘烛芯效应’的假设，而且好像还实地做了试验。

“以上就是我找到的全部资料了。我觉得除了那个天才的酒精理论之外的其他假设都有一定的可能，具体的要我们到现场看了才知道。”

“好的。”德罗点点头，然后问碧利斯，“你那边有些什么线索吗？”

碧利斯说：“我也找到一些很奇怪的资料，是关于松果体的。松果体是长5至8毫米，宽3至5毫米的灰红色椭圆形小体，重120～200毫克，位于第三脑室顶，故又称为脑上腺，早在古罗马时代，著名的解剖学创始人罗菲洛斯就在大脑中发现了松果体。它大如豌豆、形如松果，被古希腊人称之为‘灵魂的所在之地’及‘智慧的结晶’；法国著名物理学家及自然科学家笛卡尔也称之为‘灵魂的宝座’。

“有意思的是，它的体表投影正好是我们的两眼之间。而这个位置恰好是西方神话和东方神话中能赋予人与神灵沟通或者是产生特异功能的‘天眼’的位置。印度教祖师称之为‘未卜先知’的器官，希腊神话中，乌拉诺斯和盖娅的三个孩子都是独眼巨人，它们强壮、固执、并且感情冲动，很会制造和使用各种工具和武器，具有超凡的能力，并一度和宙斯为敌，争夺人间的控制权。在佛教徒的传说中，通过日积月累的修炼，人也可以通过刺激松果体，从而开‘天眼’进而获得透视和预言等神奇的能力。这些传说的来源已经无所追溯，但是却广泛流传，影响深远，一直到今天。甚至就连我们的美元上也有相关的符号。”

“你是说钞票上印在金字塔上面的那只眼睛？”

“对，那个称为‘全视之眼’，是共济会的标志。他也是从松果体来的第三只眼的变形。俄罗斯人普瑞迪萨夫还曾经做过这样一个试验，他将一个装有底片的不透光信封放在很多俄国知名超感人士前额，然后发现冲洗出来的底片会出现这些人被要求在心中想象的图像。他认为这说明，某些人可以从前额处发放大脑中产生的图像，这可能就是古老的东方传统中认为的‘第三只眼’。另外有资料显示，松果体出现在人类胚胎发育两个月的时候，但它刚一出现，马上就开始退化。1918年，瑞典解剖学家用显微镜在观察青蛙和金鱼的松果体时发现：它的细胞形状与眼睛视网膜上的感光细胞有着惊人的相似，甚至有些神经纤维依然藕断丝连。根据这个发现，有人推测大部分脊椎动物脑中的松果体，极有可能就是眼睛退化后的遗留产物。一个很关键的依据就是松果体具有眼睛的一切结构，内部有能分辨光与颜色的相关细胞。以前的研究还发现爬行动物的‘第三只眼’对光波和磁场都非常敏感，还能感知超声波和次声波。太阳光通过神经系统传输到松果体，松果体对全天的激素分泌发号施令。爬行动物因此对地震和火山爆发等自然灾害非常敏感。”

德罗问道：“松果体周围有大量脑组织环抱和坚硬的颅骨屏障。它又怎能去感知外界的光明和黑暗呢？”

碧利斯说：“现在的资料显示人的鼻骨和颅骨的连接处有一个生物磁场，其位置正处在松果体的前方，它可以聚集射线，并能起到扫描图像的作用。德国马岗查大学的科学家通过实验发现松果体内含有一定的磁敏细胞，它对磁力线有一定的感知和接收能力。所以松果体很可能是借助这些方式来感知外界的。根据海克尔生物基因定律我们得知：在胚胎发育的很短时间内，它会经历所属物种的全部进化史。所以说我们人类的先祖在某一时期确实曾有过第三只眼，只不过在以后又由于进化的需要，这只眼睛被退化掉了。第三只眼睛虽早已在进化中被退化，但这些沉睡的痕迹在适当的环境条件下会被唤醒或闪现，这就是生物的‘重演律’或叫‘返祖现象’。

“不过罗伦斯叔叔说的那种不被自己控制的恐惧，应该不是上面的返祖现象，而是好像他的松果体被莫名的原因激活了，所以可以接收到外界的一些信号，从而会释放出神经递质以达到对他的控制。”

安德鲁一声口哨：“这下可热闹了，又是天火，又是松果体，都是一些好像从火星上掉下来的生僻玩意儿，真是有意思。”

德罗说：“松果体方面的资料说明罗伦斯说的不是骗我们，至于他身上具体发生了什么，我们现在还没有太多的时间去理睬。倒是安德鲁提供的关于天火的线索，我们现在应该去好好查一下。只要我们找到天火的原因，就能从罗伦斯那里得到黄金少女像和其他的线索，接下去的事情就好办了。所以我们必须马上去那几个可能会告诉我们谜底的地方。”

安德鲁将车钥匙套在手上转了个圈，对碧利斯说：“碧利斯小姐，欢迎你开始横穿美国之行。”

看着碧利斯和安德鲁走出自己的房间，德罗回头不禁一下苦笑，虽然他很想跟碧利斯还有安德鲁一起去探究天火的秘密，但是他现在不得不去另外一个他不能让碧利斯和安德鲁知道的地方——FBI总部。

说实话，被大多数人所知道的那个FBI总部并不是真正FBI最核心的地方，那个大家熟悉的一个庞大建筑群，有着无数雷达和警犬的地方不过是FBI的一部分行政机关所在地，它的作用与其说是为了行使安全防卫，还不如说是联邦政府花大把金钱为那些无孔不入的来自世界各地的无数双眼睛，以及比那些神秘眼睛更加无孔不入的大小报纸的记者们造出来的一个巨大而逼真的玩具。

FBI真真正正最核心的地方是在地图上根本没有标出来的一个叫做X的小镇——FBI信息分析研究中心。这里才是FBI最核心的所在。在这个地方，海量的情报和信息经过全美国最睿智的大脑和最有经验的情报专家分析汇总，然后不同的报告沿着自己的渠道涌向从白宫办公室到跨国公司CEO文件夹等各个地方。但是绝大多数在FBI总部工作的人也不知道，在这个基地里面其实还有一个更为核心的基地——NSA总部。

德罗将自己这几天的案情以及针对碧利斯的所有录音整理好，准备呈交给自己的上级。一边整理，德罗一边禁不住又一次思考起为什么FBI会让自己这样一个高级别的资深探员来调查这样一个看起来并不涉及任何国家安全的凶杀案，德罗不清楚，他也不想去知道，“永远不要去问自己不该问的东西”，这是FBI墙上写得最清楚的几个字。但是对于自己被NSA借调这件事情，德罗却想了很多，因为NSA的名声实在太坏，这样一个没有任何约束的部门，把其他部门的特工借调去做替死鬼的事情也确实多有发生。

“最好这就是一个NSA版本的杂拌酱。”德罗在心里想。“杂拌酱”是FBI内部的一句行话，意思是说，随机抽调特工人员对于随机选择的身份特殊人物进行随机的追踪。

这就像是吃饭时拼盘里面的杂拌酱一样——各种各样，奇奇怪怪的人在奇奇怪怪的时间去监察一些他们之间可能一辈子都没见过，一辈子以后可能也不会见到的人。被抽调的特工被信手拈来然后扔进一些临时性的莫名奇妙的任务中，所以自从“盘子查理”有一次用了“杂拌酱”

这个词语之后，在FBI的高层，也就这样叫开了

不过，玩笑归玩笑， FBI高层从来都没有用漫不经心的态度来对待这种例行监视，因为在秘密工作的历史上，这种“杂拌酱”起过很大作用。

德罗有时在心里半开玩笑地想：“其实这种‘杂拌酱’的成功秘诀有时候恰恰是基于派去特工的良莠不齐。好几次都恰恰是透过那些不太有经验的，跟踪技巧生疏的新加入的特工，FBI反而才找出了一些隐藏很深的‘鼹鼠’。”

比如说：华夫脱•华伦斯就是这样一个例子。华夫脱•华伦斯生于英国一个贵族家庭，在美国度过了自己的大学时代和自己的研究生时代，毕业之后由于他无可挑剔的履历，他的家庭以及他自己在上大学和研究生期间表现出来的明确的符合国家需要的政治倾向，他被军方聘用在东海岸一个秘密海军基地从事核潜艇发动机研发工作。军方对他的评价一直都充满溢美之词，他在很多绝密级别的研发工作中都担任了重要的职务。但是就在他即将被晋升为为数不多的文职将军的前夕，一次例行的“杂拌酱”活动发现他是“鼹鼠”，换句话说，他是俄国人的间谍。

这个案子中最妙的一点就在于华夫脱•华伦斯被发现并不是因为他不聪明，不机警，也不是因为联邦调查局的特工太能干；恰恰相反，正是因为华夫脱•华伦斯太过于聪明机警，而联邦调查局的特工在执行“杂拌酱”任务的时候太过于不专业，所以才导致了华夫脱•华伦斯的暴露和落网。

因为华夫脱•华伦斯看起来实在是太无害了，所以当时联邦调查局派去执行例行侦查的特工不过是一个刚刚入行的楞头小伙子。这个家伙被派去与其说是监视华夫脱•华伦斯，还不如说是被派去完成他例行的培训实习。这个新特工在监视的开头一周就犯下了无数低级错误，简直就差没有拿着一个高音喇叭对这华夫脱•华伦斯喊“我是FBI”了。

而华夫脱•华伦斯作为一个科学家，无疑是具有相当高的造诣。但

在当一名出色的间谍方面，他完全不是这块料。华夫脱·华伦斯很快就察觉到他被人跟踪监视。惊惶之下，他几乎是下意识地使出了克格勃教过他的所有反跟踪技巧。

于是乎，那次去充当“杂拌酱”的小特工一次次可怜地被华夫脱·华伦斯在商场、超市、广场、地铁等地方甩的无影无踪。

这样的事情发生过好几次之后，正当这个可怜的小特工在为自己的跟踪能力感到羞愧，天天提心吊胆担心自己不能通过实习考试的时候，FBI那些嗅觉敏感的老狐狸们却从这个事件中闻出了一丝不一样的味道。为什么华夫脱每次都能够将小特工甩掉？为什么他的反跟踪能力这么强？

于是华夫脱被FBI请去喝了一次咖啡。在那里，他欲盖弥彰的表演和拙劣的言辞让他彻底暴露。可以说是他亲手给自己的脖子上牢牢地套上了绞索。

华夫脱·华伦斯案件作为FBI在冷战中最大的成果之一，永远被记入档案。而“杂拌酱”也因此受到重视，成为一项传统。

德罗想，或者这次也一样，只是一次简单的“杂拌酱”，所有的原因仅仅就是因为碧利斯是一名受雇于美国空军基地的生物化学博士而已，唯一的区别是，这是一盘高级的，由NSA亲自煮出的“杂拌酱”，而我也不过是那把恰好被挑到了的沙拉叉子而已。

一边想着，德罗一边收拾自己的东西出了门。

进入车库，德罗启动了那辆自己特别心爱的最新版雪铁龙XM。上车之后，德罗例行检查了仪表盘下方的暗格，一支大号的柯尔特手枪就像一只忠诚的老狗一样安安静静地躺在里面，枪管上闪着蓝色的光，黑黑的枪口就像是一只警觉而凶狠的眼睛。

德罗一一检查过车中的仪器和导航设备后，开车上路。

37号公路从来都不是一条非常繁忙的公路，这条公路最开始修筑时，由于当时施工条件的颇多限制，公路被迫舍近求远地在霍华德山脉中绕来绕去以寻求地理上适合筑路的地带，所以后来州高速公路修建好以后，除了那些徒步远足观赏山中风景和为数实在不多的山中居民之外，37号公路也就无人问津了。

德罗开着车，保持着一种平稳而快速的状态前进。

说实话，FBI虽然对德罗生活有着诸多的限制，但是其中一些很专业的训练也让德罗在自己的生活中得到不少的益处。比如现在德罗就能够凭借自己经过严格训练的小脑，几乎是靠着本能一样自如地在这个路况实在是说不上很好的崎岖山路中轻松地开车。

德罗一边开着车，一边在心里想着自己未来的发展。

他的身份一方面是州的最高助理检察官，一方面是FBI特工。这就注定了他的大脑永远只能像海豚一样，左边一半在想一个事情，而右边大脑却在想另外一个事情。德罗不知道最后自己会选择其中的哪一个，是在完成任务后从州检察官的位置退出，被派到其他地方去执行新的任务，还是像一些从前的同事一样，干脆选择将自己在FBI中档案全部洗成“白色”，不再充当特工，而是成为一名真真正正的、完完全全的州检察官。如果不是因为那个人，德罗不会进入FBI，但如果不是因为那个人，德罗也不会像现在一样心中不时涌上一阵烦躁，想要彻底离开这个鬼地方。

这个时候，德罗突然发觉自己身后有一辆车有一点不对劲，一辆白色的本田车一直在鬼鬼祟祟地跟着自己。德罗是十分钟前经过35号公路入口处看到这辆车的。一开始德罗并没有什么特别的感觉，因为这段漫长的山路中车辆往往要同行很长时间后才到下一个岔路口。

但是德罗后来突然意识到自己正在无意识中按照受过训练的方式在驾驶，特别是在这段弯道奇多路途崎岖的山路上，能够不紧不慢的跟着自己一直到现在的开车者绝对不是一般人。

德罗想了一下，换挡，踩油门，车的速度瞬间飙到一百迈。

在37号这种山间公路上，就算是在开一辆具有最先进液压悬挂系统的雪铁龙XM95年版S2110轿车，一百迈这种速度，也无异于要骑着一只大象在一个瓷器铺中跳上一支踢踏舞，然后还要让一切安然无恙。

不过这对于德罗来说实在是小菜一碟。

保持这个速度十几分钟后，后面那辆白色本田车被甩开了。

但是德罗没有敢松懈。虽然这很可能是德罗自己太过于紧张而产生的误会。因为像德罗这种高级特工很少会暴露身份而在自己的国土上受到追踪。

缘于他的另一个身份——州助理检察官，之前德罗也曾经被跟踪过几次。那些想要通过改变德罗肉体存在方式而改变某些案件判罚结果的家伙们，不是计划落空，就是被自己手中的方向盘给了法庭上都不常给出的严厉处置——一切都取决于德罗当时的心情。

但是这一次，后面开车的那个家伙显然比德罗以前遇到的货色都强多了。德罗稍一减速，不多会儿，那辆白色本田车就在他的后视镜中不依不饶地又冒了出来。

如果说这个世界上还有让安德鲁都能感到害怕的人，那么现在站在他面前的这位阿里•阿诺德无疑是其中的一位了。安德鲁小时候一次在家里被油嘴滑舌的推销员骗着用自己母亲的钻石戒指换下了一台“价廉物美”的冰激凌制作机，后来虽然安德鲁的父母及时将那个狡猾的家伙截住，并且让那个家伙碰巧想起了原来他那台机器里面除了几根导线之外什么都没有，所以需要先退还戒指将机器拉回去返工。

从此之后，天不怕地不怕的安德鲁每每看见那些脸上一副和蔼真诚表情的家伙，第一反应就是警惕。而要是那个家伙恰巧有一副低沉悦耳能让人不知不觉就被催眠的男中音，那么安德鲁的手心就会开始冒汗了。如果这个家伙再不巧拿出一个闪着金属光泽的“高科技产品”一脸神圣地开始宣传，那么安德鲁就只有两个反应了：要是在他的家中，安德鲁会马上用手枪指着这个家伙的鼻子让他快点滚出去；要是不在安德鲁家中，那么安德鲁会马上蹲下去将自己鞋带系紧然后狂奔逃走。

不幸的是，阿里•阿诺德就是这样一位。从这个长着一副典型南欧脸型的中年男人操着一副悦耳的嗓音开始宣讲他那些悬之又悬理论的头一秒钟，安德鲁就在和自己想要夺路而逃的欲望苦苦斗争。

“或者他不是骗子呢。毕竟天火本来就是一个很难用常规科学来解释的事情。”安德鲁全靠这个念头才支撑着听了下去。

等到阿诺德拿出他的“凝聚了一生心血”的“高能热子发射机”的时候，安德鲁已经将自己的鞋带绑到就算十名橄榄球队员排成了队来拔河也不能松开一点的程度。

但是，阿诺德还是在滔滔不绝地说：“你们知道，我们的宇宙是服从量子效应的。我们的世界是有无数有着能量的粒子的聚合体。目前我们知道并且熟悉的是电子、质粒和中子。但是这些粒子不是全部。是的，亲爱的孩子们，在这个浩瀚的宇宙中，还有一种我们完全不了解的基本粒子——热子。它们是无数的带有强大能量的粒子，自由穿行于这个世界之中。

“在德谟克利特的书中，它被预言过；在波尔和爱因斯坦的论战中，它露出过行踪；在杨振宁的手稿中，它探出过脑袋。但是，没有人真正发现过它们，除了我，阿里•阿诺德。”

“可是，你说的这个热子和你宣称发现了天火的机制有什么联系呢？”

阿诺德灵活地一闪身，到了他实验室的黑板前，操起笔一边写，一边向碧利斯解释：“你看，这个世界中有很多热子。它们原来平均分布在这个世界的每一个地方。

“每一个热子在微观物理的世界中都是能量巨无霸，但是对于我们这些宏观概念的人来说，它们连尘埃都不如。但是这些粒子一旦聚集起来，它们的力量就会非常强大。比如我们在广岛和长崎扔下的那两个罐子，里面就只不过是无数个比热子能量小得多的中子和电子。

“在自然界中，有无数的自发的质子和电子的辐射源。所以，我认为，一定也存在着同样的热子的辐射源。而天火，就是这些热子集中于某一个人体，从而形成了局部的能量爆发，于是人体就被这些能量堆积而来的瞬时高温给融化了。”

“可是你能证明这些东西吗？”碧利斯不顾安德鲁哀求的目光，继续问下去。

“证明？啊哈，我当然可以证明。你看见我这部机器了吗？就是这边这部机器，这可是凝聚着我一生智慧和科学思维的东西。小伙子，不要再去系你的鞋带了，来看看，你看，我只要将这个仪器探针的尖端对准一个物体，比如说那只笼里的老鼠，然后将能量的调节旋钮和能量发射的定位装置设定好，然后呢，我一按这个按钮，热子就会从这个探针中被释放出来，去到我想要它聚集的地方。非常的快，非常的准确，非常的集中。就像是每一个热子都坐上了空军一号迫不及待地想要马上降落在巴格达总统府前的草皮上去踢萨达姆的屁股一样。你不信？当然，你没有看到我实际操作前，你肯定不信。要知道，当初我没有造出这个玩意儿之前我也不信。但是，我看到了，哦，可怕的景象，无比的威力。你看，我只要轻轻这么一按……”

说着，阿诺德将他那已经对准了小白鼠的“热子发射器”的发射开关按了一下。

安德鲁和碧利斯凝神仔细看了半天，困惑地说：“好像没有什么变化啊……”

阿诺德说："没有经过训练的眼睛当然看不见那只老鼠的变化，你看，那只老鼠是不是已经焦躁不安了，这已经是这一分钟内它第三十四次眨眼了吧。热子，是的，热子正在它的身体中聚集，让它觉得不舒服，让它躁动不安。可怜的，它正在为科学献身。随着时间的流逝，热子堆积得越来越多，你们就可以看到一些明显的效应了。"

安德鲁有些不耐烦，但还是小心翼翼地问："唔，阿诺德先生，按照你的经验，要在这只小白鼠身上看到我们这些外行人也能看到的效果，比如说让这只小白鼠像那些人体自燃案例中的受害者一样被烧焦，或者不被烧焦，让它张嘴随便喷点火也行。你觉得还需要多长时间？"

阿诺德说："科学是来不得半点急躁的。按照这个电压，再过半个月时间，这只老鼠身上就会聚集起足够多的热子，从而可以将它的胡须给烧断。"

安德鲁和碧利斯对视了一眼，不约而同地露出再也不能忍受下去的表情，想要告辞离开。阿诺德拦住了两个人，说："还有别的办法。是的，还有别的办法让你们这些外行人马上看到'热子'的力量。"

安德鲁说："什么办法？"

阿诺德说："很简单，提高我这台机器的输入电压。"

碧利斯问："那您为什么不这样做呢？"

阿诺德说："亲爱的碧利斯小姐，我这台机器的耗电量实在是太大了，你知道，实在是太大了。所以我只有为我的这个仪器专门配了七台发电机。但是，你知道，这几天燃料太贵。而我们每开一次机器，就是一大笔钱……你看要不你们对我的科学事业进行一点小小的捐助？"

碧利斯说："呃？捐助？你想要多少……"

话还没说完，碧利斯发现自己已经被安德鲁牵着拽到了门外。

到了停车场，又掐又打的碧利斯终于从安德鲁的背上挣脱下来：

“你在干什么？你疯了？”

安德鲁也有些激动：“你这个傻瓜，你才疯了。你准备再花上一个小时的时间听那个骗子的谎言，然后再乖乖为他的‘科学’捐上一笔钱来买你的低智商人士资格证书吗？”

碧利斯说：“我也不相信，但是我们毕竟是在从事一项和科学有关的事情。在没有看到真正的证据之前，我们不能轻易地说信，也不能轻易地说不信！”

安德鲁无奈地耸了耸肩：“好吧，我尊重你的科学精神，但是作为一名杰出的科学工作者，你一定也知道那把著名的‘剃刀’吧？”

“就是奥卡姆提出的那个剃刀原理？‘当两个处于竞争地位的理论能得出同样的结论，那么简单的那个更好’？”

“是的，‘如无必要，勿增实体’。对于十四世纪圣方济会那名智慧的修士奥卡姆•威廉提出的那个原理，我还是很相信的。”

“但是，安德鲁，你要知道这个原理不是适用于所有的领域。莎士比亚也曾经说过：‘天地之大，赫瑞修，比你所能梦想到的多出更多。’”

“好吧，我保留我的观点，但是我想说明一句，在刚才你抱着极大的虔诚的科学态度的时候，我给我一位物理学家的朋友打了一个电话，他说就是最前卫的科学杂志和物理学家的沙龙中也没有人听说过‘热子’，这个不知道是从阿诺德教授大脑额叶哪个神奇的沟回中冒出的非凡概念。而且，我的朋友很不凑巧是SAAA(注：美国科学促进协会)的一名编委，他告诉我阿诺德在过去的二十年中至少有两次涉及学术造假和欺诈科研资助。不过这个家伙运气很好，研究的是最难以求证的理论物理，所以他躲过了对他的一切实质性指控，以致于他今天还能有那么大的劲头对着我们摆弄他那台该死的微波炉。”

“你说的是真的？”

“信不信由你。”安德鲁又是一耸肩。

“好吧，我们下一站去哪里？”

“德州医学院，或者加州犯罪学学院。”

“去德州吧，我觉得这件事情还是要从人体自身出发才能解释。”

“呵呵，其实我也想先去德州。”

“为什么？”

“因为我是一个悲观主义者——我喜欢先把烂葡萄都吃掉，最后再美美享用那颗好的。”

“是的，我的这些仪器你们可能完全不能看懂。但是要知道，真理往往是掌握在少数人的手中。”帕帕拉•帕诺斯博士，一边说，一边推了推鼻子上的眼镜。

“你能首先简单告诉我们你理论的原理吗？”

“没问题，虽然你们没有经过任何的预约就这样找上门来，但我还是对你们想要探索真理的心情表示最大的理解。不过问题是，你们能够听懂我给你们讲出的哪怕是最浅显的原理吗？要知道，这些涉及很深奥的生物学知识。”

碧利斯微微一笑，说：“我在五年前拿到了哈佛医学院生物化学博士，虽然后来我又花了一年时间去做我的流行病学博士论文，但我觉得我还不至于落伍到听不懂您讲的生物学原理的地步。”

“哦，是吗？”不知道屋里是不是有些热，帕帕拉•帕诺斯博士有些下意识地擦起脸上的汗来。

帕帕拉•帕诺斯博士一边擦掉自己头上不知道从哪里冒出来的汗水，一边对碧利斯尴尬地露出了一丝微笑。

“哦，是吗，我还不知道我在这里居然会遇到一个同行，哎，那么你应该会更加容易地理解我所说出的每一句话，以及每一句话中的每一个精妙意思了。”

碧利斯微微一笑，说：“不敢说全部，但是我洗耳恭听”。

“OK。”帕帕拉•帕诺斯博士一个箭步跳到房屋的中间，活像戏团中一只张牙舞爪的大马猴子，然后手一扬，从自己的柜子里拿出了一台闪闪发光的仪器。

“哦，天呢!”安德鲁一边用手遮住自己的眼睛一边痛苦地说，“天哪，拜托，不要又来那一套。”

很显然，今天安德鲁的上帝并没有很认真地倾听他的祈祷。

帕帕拉•帕诺斯博士就像安德鲁曾经做过很多次的恶梦一样，又向安德鲁推销起了那个花费他 “半生心血”的仪器。

“您看，这台仪器，他正是我花费了半生心血研制的，你知道吗？我亲爱的碧利斯小姐。”帕帕拉•帕诺斯博士一边说，一边用警惕的目光扫视着碧利斯脸上任何一点最危险的表情变化。

碧利斯面无表情，带着一丝恭敬和微笑，一声不吭地听着帕帕拉•帕诺斯博士的讲解。

“您要知道，人体和这个宇宙是相通的，在我们的人体之中，有一个东西叫做细胞核，我们的一切能量，一切一切的能量都是由这个细胞核提供的，您说对吗，碧利斯小姐？”

碧利斯疑惑地问：“您所谓的细胞核也包括线粒体？”

“呃……”帕帕拉•帕诺斯博士明显地卡了一下壳，”哦，当然，我想说的是一个广义的细胞核，它不仅仅包括我们通常那些庸俗一面所指的一个细胞核，而且还包括线粒体这种特殊的……”

“细胞器？”碧利斯反问道。

“哦，对，细胞器，我所指的不仅仅是我们通常所指的细胞核，而且同时包括我们所谓的这种细胞器。您要知道，在物理学的范围内……”

“哦，天哪!别再讲什么物理!”安德鲁哀叹一声。

帕帕拉•帕诺斯博士看了他一眼，继续回过眉头来飞色舞地对碧利斯说：“您要知道在物理学的范围之内，我们已知的最巨大的能量形式是什么？没错!高能物理，没错!核聚变。这是我们现在整个科学社会能够得出的最高形式的能量方式，而宇宙是无限慷慨的，这种能量的聚合和产生方式不仅仅是局限于物理之中，对于我们生物学，我们伟大的生物学，我们伟大的从孟德尔开始的生物学，一直以来想要追寻的一点就是：我们人体的能量从何产生，要到何处去，而我……鄙人很荣幸能够有这个机会窥探科学之神圣殿堂，能够为大家展示这一新的研究结果——细胞核聚变。”

“细胞核聚变？”碧利斯和安德鲁相视一眼，不过安德鲁的脸上露出的是早知如此的表情，而碧利斯脸上露出的是啼笑皆非，哭笑不得的表情。

“是的，细胞核聚变。您要知道我们的细胞永远为我们制造出能量，而这些能量虽然微小，但是这些在我们的身体里面是由千百个细胞组成的，所谓微小的细胞能量他们一旦发生了聚合……

“您想，细胞的核聚变，哈哈……您从它们之间可以相互联系那个拉丁文词语，从那个拉丁词词根就可以看出nuclear。Nuclear，您要知道，从我们古代的德谟克利特就在指导我们走这一条正确的道路。核，绝对是核！在我们身体里面，细胞能量从哪里来？哈哈……三羧酸循环？NO，NO，NO！ATP？NO，NO，NO!这都是表象，在我们身体里面真真正正细胞能量的最终来源和最高形式就是核聚变，在我们的每一个细胞核中，在我们每一次眨眼睛的时候都有着千百次的核聚变。”

“我们想看一些证据。”

“证据？”

“是的，无可辩驳的证据。”

“当然，当然！非常肯定，我肯定有证据。您看，在我这台仪器里面——啊，这台伟大的仪器——这台名叫帕匹米的仪器里面，它就可以验证我的假说。

“您看，在通常情况下的话，细胞内的核反应是属于可以控制的，在它偶尔失控的时候，就像切尔诺贝利核电站那样会释放能量过多，导致人体燃烧，但是，如果说它在不足的情况下，又会使我们人体缺少一种活力，从而产生各种各样的疾病，看看，在细胞核聚变的过程中，就像原子核聚变一样，同样会产生一种物质，而这种物质就是——钾。”

“钾？”说到这里，碧利斯也觉得有点荒谬了。

“是的，是钾，细胞内的钾是聚变产物，这个过程和核聚变相类似，为什么我们的细胞里面会有钾存在呢？难道真的所有的钾都是由细胞核外向细胞核内产生的吗？

“不不不！如果你仔细去算一算的话，通过最精确的计算，您就会发现，有时候，细胞核外进入细胞核内的钾，并没有和细胞核内向细胞核外排出来的钾相等，而这些多出来的钾是从哪里来的呢？就是我们细胞核里面的核聚变的产物。”帕帕拉•帕诺斯博士得意洋洋地说。

“而我要做的，就是向你们证明我能够通过这台仪器，运用可以测量的方式提高人体内核聚变的反应速度。”

“提高聚变反应的速度？”安德鲁已经放下自己任何徒劳的挣扎，反而静下心来，带着一丝玩世不恭的眼神看着这个他越来越确定是骗子的人在那表演。

帕帕拉•帕诺斯博士说：“您看，如果我们用电流刺激人体，细胞就会发生这样的变化。一边说着，一边用他的手指在那台仪器上面一大堆花里胡哨的按钮中令人眼花缭乱地操作着。

他说："您看，证据会在血液中显示，在用电流刺激身体之后，血液中就会产生更多的钾。"

"您看！对对对对！您看，正是这个探针，它正在细胞水平上，我正在刺激细胞里面的原子，对！OK！您看，现在我已经做好了促进核反应的第一准备，好！加大电压，好!进行80%平衡，90%平衡，100%，好，我已经准备好了，看啊，看我已经用我的仪器，真真正正将这些细胞刺激过。"

安德鲁站在帕帕拉•帕诺斯博士的背后，不由得一直苦笑："是啊，您快准备好了，您刺激的这些血细胞也快被煮熟了。"

帕帕拉•帕诺斯博士说："您看，这些细胞从形态上来说跟原来的细胞没有什么区别，但是只有我知道，哦，不不不，除了我之外，目前这个世界上还有你们俩亲眼看到了，它已经不是原来的细胞了，它已经是我促进过核反应的细胞了。

"您看，在实验之后，通过生物促核反应，这一份血样之中会有更多的钾，当然，对于钾离子的分析，不属于你们的能力之内，我也不怪你们，因为你们毕竟只是一个分子生物学家，而并不是一个检验科学家，但是我可以验证给你们看，我可以用一切尖端的技术，一切最严格的实验证明给你们看，它里面含的钾更多一些。"

"噢？是吗？"安德鲁一声冷笑。

"帕帕拉•帕诺斯博士，实在是很凑巧，或者说很不凑巧，我正好是州警察局的首席法医，对于我们来说，要检验一份血液中是否含有更多的钾，简直太轻而易举了，如果您不介意的话，我想把第二份血样和第一份血样分别带走一部分，这样我就可以通过我们那些虽然不如您这些'尖端而精密'的仪器但好歹也可以马马虎虎用的'烂瓶破罐' 检测出这两份血样中钾的含量。"

帕帕拉•帕诺斯博士感觉自己脸上的汗又开始不可遏制地冒了出来。

“呃……是的，对对对，呃……您是法医，哈哈……好，呃……您要带走一份血样，好，没关系，没关系。”

这时候，安德鲁一把将帕帕拉•帕诺斯的右手紧紧捏住。帕帕拉•帕诺斯博士的右手上轻轻拎着的一支滴管，里面充满了一些澄清的不知道是什么的液体。

安德鲁说：“呃，帕帕拉•帕诺斯博士我想您不会因为过于高兴而一时疏忽，把那些纯粹的10mol/L的氯化钾溶液错当成蒸馏水加到这份血样里去了吧？”

帕帕拉•帕诺斯博士看了安德鲁一眼，然后脸上马上又堆满笑容：“哦，当然，这怎么可能呢？您看，当然这里面确实是氯化钾溶液，但是我并不是要把它加进去，哈哈，您多虑了。”

安德鲁仔细地将帕帕拉•帕诺斯博士取得的那两份血样包装好，然后和碧利斯一起向博士告别，走出了房间。

虽然帕帕拉•帕诺斯博士这个人给他们带来很啼笑皆非的感觉，但是无可否认，整个医学院还是很漂亮的，建筑前一大片草地，绿色的草中间点缀着五颜六色的小花。

碧利斯问安德鲁：“你真的想要把那些血样拿来测一下吗？”

安德鲁说：“为什么不呢？既然这个世界上都有我这样玩世不恭的人来做法医，那么也有可能像帕帕拉•帕诺斯博士那样做科学家的大马猴子，就像你说的一样，我们正在调查的是一个离奇的事件，那么对于这个离奇事件中的一切看起来再离奇的解释，我们都不能够毫不辩白地将它去掉。”

碧利斯微微一笑，她忽然觉得这个安德鲁越来越让人觉得不那么讨厌了。

果不其然，这个时候，白色的丰田车疯狂地向前开来，不偏不斜地压到德罗扔下的一个猎狐者地雷上。一团烟雾腾起，白色丰田车被“砰”地一声炸上了半空，在空中转了一个圈后向地面狠狠地砸下来。一切都发生得很突然，德罗甚至可以看清车中开车人的眼里难以置信的神情。

当然是难以置信的，车主肯定没有想到德罗会在如此短的时间内给自己设下这样一个毫无避让可能的陷阱。但是真正让这个倒霉家伙更难以置信的还在后面——他注定要被德罗生擒。

德罗是根据自己脑中关于这种型号丰田车的所有数据来布下“猎狐者”的。在德罗的计算中，按照这种白色丰田车的速度和它的最大转弯扭矩，它以这样的角度高速冲过来以后，百分百会上演以下结局：车被气浪高高掀起，在空中翻过一个筋斗后，倒翻着着地，然后在巨大的惯性下继续向前滑行，直到被前面路上转角处的V型巨石卡住停下。这时车辆和岩石撞击的巨大冲击力会使车上的安全气囊在一瞬间弹出，这种安全气囊足以保护一个人而不让他受到致命伤，但在这样的局势下，即使经过了气囊缓冲，剩下的巨大冲击力也同样足以让车内的驾驶者陷入昏迷或者是轻伤。

剩下的事情就很简单了，德罗只需要很有风度地走上去，掏出自己的警官证，然后请车中的驾驶者下来跟他在路边找一个比较舒服的地方，舒舒服服地喝一杯茶，相互之间切磋一下开车的技巧，然后，或者用拳头，或者用枪套里别的什么东西和对方很随和地聊一聊为什么他会喜欢用一百七十公里每小时的速度在37号公路上跟一个大男人依依不舍。

这是匹兹堡的七月，空气显得无比清新而干净，金色的阳光映着蓝色的天空缤纷洒落下来。公路的左边是一段高峭的山崖，山崖上各种红色和黄色的灌木丛探头探脑地随着风快活地摇来摇去。公路右边是一片无边的蓝色湖泊，不时有银色的鱼冒失地蹦出水面。德罗很喜欢这个地方的景色，但是每次开到这个地方也不过短短的几秒钟，所以都不太注意旁边的景色，但今天德罗坐在路边，虽然也只有几秒钟，而且是在紧张等待那辆白色的丰田车的几秒钟，德罗还是忙里偷闲地用自己超过一般人的感觉细细的品位了一下这个湖泊的韵味。

丰田车重重地砸在地上，然后向前弹起，接着就借着巨大的惯性向前滑行，地面和车的侧身被磨出了一串长长的火花。然后车身狠狠地撞到路旁的山崖壁上，最后一动不动。德罗微微一笑——他可以清清楚楚地看到车内安全气囊已经弹开，而那个讨厌的尾随者已经被挤得动弹不得。

德罗正准备按照自己原定的计划上前去处置对手，却没想到车中的驾驶员没有被震晕，甚至好像连伤都没有负。那个家伙反应很快，用一柄小刀划破气囊，飞快地从车窗中窜了出来。德罗看得清清楚楚，从车中脱身的一瞬间，丰田车驾驶员的手中还拎出了一支俄制的小火狐反坦克火箭。与此同时，德罗看到两侧的山崖上人影晃动，居然不知道从什么地方冒出了四名枪手，对着德罗的车就是一阵乱扫。

德罗当然不可能给对方打活靶的机会，他瞬间换挡，然后猛踩油门，一个漂亮的变线后夺路狂奔。

然而，此时丰田车驾驶员手中的火箭弹已经射了过来。德罗反应奇快，猛地将车在路上一拐，火箭弹呼啸着擦着车身向前飞去击中了路边的山崖，轰的一声爆开。巨大的气浪一下子就将正在高速行驶的德罗连人带车推到了湖里。

所幸，车的方向还是车顶向上，底盘向下，所以沉没的速度并不是很快，德罗知道根据FBI的所有逃生训练，一旦你的汽车掉入水中之后，第一件事情不是急急忙忙设法从窗口逃出去或者打开门，因为水的压力非常大，在这个时候，你根本就不可能从窗口出去，而车窗就算是开着的，从窗口涌入的水也足以将你推回到车中。所以这个时候你唯一的办法就是等待。

德罗在车里迅速地将自己身上所有妨碍运动的衣服全部脱掉，只留下一条短裤，然后从车的暗箱之中抽出自己的柯尔特手枪，别在腰间。

汽车已经完全沉入到水中，德罗将车窗轻轻地摇下了一条缝，汹涌的湖水就像剑一般涌了进来，打在德罗身上，德罗知道，最考验他的时刻到了。

说实话，德罗原来在FBI中受过的很多训练都是属于逼真而且高危险的，而德罗也都出色地完成了，但是训练毕竟是训练，训练中的一切意外，都有救援等着你，而这些真实中的意外，只会让你毫无意外地死去。

德罗静静地等待，等水从车窗的缝隙中流进来，将车里灌满，这样的话，车内外的压力就一样了，德罗就可以轻易地将自己的车门推开。

但这个危险的游戏关键就在于，德罗在水涌进来之前，能不能尽可能缓慢地出去，从而保持自己一直到车门的那一刹那之前还有充分的氧气可以使用。

第二个要点就在于，这个车到底在水里沉了多深，如果这个湖真的像表面看起来那样深邃的话，那么它的深度肯定已经超过三十五米，凭借德罗在肺中憋气那么一两下的话是完全没有可能再游到水面的。

所以德罗一边镇定下来，一边暗暗祈祷，希望自己的车沉降的速度不至于太快。

水很快涌到了一半，四分之三，五分之四，水终于快要满了，这个时候德罗已经在车厢中采取了一个半站的姿势，将自己的鼻子跟嘴紧紧地贴在车内的最上端，安然而冷静，镇定而胸有成竹地吸了最后一次自己能够力争的氧气。

水已将车里灌满了，德罗将车的把手轻轻拧开，还好，刚才车内的猛烈碰撞，并没有将车门损坏到不能打开的地步，尽管如此，德罗还是暗暗蓄力，德罗实在不愿意自己因为车子的变形而被卡在里面不能出来，所以猛地一发力将车门推开。

这时候，一条好奇的小鱼从车门外游过来，撞到德罗的鼻子上，连忙惊恐地闪开。德罗憋着气，怪模怪样地一笑："小家伙，你今天跟我一样，运气都不太好"。德罗双脚借助水的浮力在仪表盘上轻轻地一蹬，身手漂亮地向上划出。憋气，憋气，再憋气，德罗的手在水中轻轻地划动，隔着水面可以看到天空中明晃晃的太阳。德罗知道自己离水面并不远，但是他实在不敢在这个地方探出头，因为既然对方可以用一枚火箭弹将自己"轻轻"地撞到山崖之下，那么对方也很有可能会准备好一到两支步枪在水面上等待自己出来之后再 "轻轻"地给自己来上那么一下。

德罗到了水面之后，快速地仰头，然后以迅雷不及掩耳之势换了一口气再一次潜了下去，向前划动。

德罗知道37号公路在湖泊这一段的右侧是属于没有山壁保护的，只要德罗再向前面游三十多米，他就可以逃到37号公路的所有视野之外。尽管在那个地方德罗上岸之后还要走一段艰难不堪的路，才能找到救援，回到FBI的情报综合中心，但是德罗还是愿意那样，谁会愿意跟岸上那些腰里别着鼓鼓囊囊的长枪或者短枪的家伙用子弹来一场那么不太友好的 "聊天"呢？

第六章 凯伦

德罗在草丛里潜伏了大半天之后，终于搭上了一辆顺风车，来到了FBI信息战略中心总部——X镇的入口。

在路上他花了一些时间来梳理今天遇到的事情，毫无疑问，那辆白色丰田车跟在自己后面，肯定是在跟踪自己，否则他也不可能一看到自己加速就急急忙忙地加速跟过来，但是为什么还会有人埋伏在那个地方，这些都是什么人，为什么要伏击我，他们怎么知道我要走这条路？

德罗觉得自己的思路有点混乱，需要好好梳理一下，他想好好想一下，但是时间不允许，他的脚步已经停在了X镇FBI总部的入口前面。他熟悉的哨兵卡米纳依然是满脸严肃地看着他。“请出示你的证件，先生”。

德罗微微一笑，从自己的防水钱包中拿出了FBI特别通行证，递了上去。

“哦，天呢！”安德鲁在自己的实验室里面大呼小叫。

碧利斯有些难以置信地看着安德鲁：“您就是这样做法医的吗？”

安德鲁说：“当然！要知道，法医是世界上最有趣的一个职业，永远能够让你在死亡之中揭开生的秘密，这些不会说话的东西，往往会告诉你很多很多就算会说话的人也无法说出来的真相，因为现在的人太爱说谎，所以我有时候更相信这些东西。”

碧利斯说：“我不是说你对法医这个职业的看法，我是说难道你一直这样不带任何护具就开始这样兴致勃勃地摆弄这些强酸强碱吗？”

安德鲁说：“这有什么？要知道，聪明的人永远不会遇到危险。另外对于我来说，化学就是一个小小的游戏而已。”

碧利斯没有言语，看着自己身上整整齐齐的白大褂，戴着防护眼镜以及帽子，再看看安德鲁披着一件勉强可以称为白大褂的几块碎布，在那儿兴致勃勃地晃来晃去。碧利斯平生第一次突然有了对某种事务无能为力的感觉。

不过她也知道，安德鲁的性格就是这样，同时她更明白，安德鲁能够成为州警察局的首席法医，必然有他自己的过人之处。

果然，安德鲁开始做出那种种的样子，与其说是他平时工作中吊儿郎当的一个形象，还不如说是他正式进入工作之前的一种带有神秘色彩接近于宗教的仪式。

安德鲁在那儿兴致勃勃地晃了半天之后，突然说：“OK，我觉得我找到了今天做实验的灵感。”

说着，安德鲁飞快地从柜子里面拿出了一套白大褂和防护装备，用一种比碧利斯更加严密的方式将自己包裹起来，然后从冰箱里取出了带回来的血样，向碧利斯一晃：“现在可以开始了。”

碧利斯皱皱眉头，不只一次地表现出此种神情。

德罗跟随着一个他不认识的探员在基地中穿行。德罗有些好奇，给自己带路的这个探员到底是新来的，还是一直就在这个基地，只是从来不在外人面前露面。跟着这个沉默寡言的中年男子，德罗穿过了基地西北角的小树林，拐到一栋灰色的三层小楼面前。德罗有些吃惊，这个就是NSA的秘密基地吗。德罗知道这栋灰色小楼，这是一栋有些年头的建筑，一楼是警卫在轮班时候的休息室，二楼和三楼用来堆放杂物。基地的人偶尔也会用这个地方来干一些别的事情。德罗就曾经和欧洲司的一名有着漂亮蓝眼睛的女文员在这里“喝过几次咖啡”。不过现在看起来，这栋楼房肯定有它不为人知的地方。

进入楼房后，中年男子将德罗带到了电梯中，打开一个隐蔽得很好的隔板，里面是一个密码盘。中年男子对德罗做了一个让他转身的手势后，在德罗身后捣鼓了几秒钟，然后德罗就感觉电梯平稳而快速地向下开动了。几分钟后，电梯停住，门无声无息地划开。中年男子对德罗做了一个请他出去的手势，脸上居然还露出了一丝微笑。德罗礼貌地点了点头，向外走去，电梯门在身后无声无息地关上。德罗穿过一条长长的走廊，这条走廊装饰得很豪华，地上是波西米亚风格的手织地毯，墙上挂着一些相当不错的现代油画。不过德罗知道，在这条走廊中至少有一处红外线监控仪，三处摄像头，还有不知道会有多少的武器装置。

走廊的尽头是一名坐在前台后面的高大保卫。德罗上前出示了自己的证件，检查过瞳孔和指纹以后，德罗得到了一个房间号码——202。

在试验楼地下一层的实验室中，马丁教授正在对碧利斯和安德鲁侃侃而谈，在他们面前是一个用透明玻璃包围起来的房间。房间里面，一只麻醉后的威克郡小白猪被牢牢固定在一个巨大的金属台面上，台面旁边的手推器械盘上放着一些花花绿绿的试剂和让人能够叫得出名字和叫不出名字的工具。房间的正上方一个巨大的抽风机无声而高效地工作着。马丁教授说：“目前绝大部分有记载人体自燃事件都可以用我即将进行的这个实验很好地解释。但是，你们带来的那个案例，我实在是无法完美地进行解释。至于是哪一点上我无法给出令人满意的答案，等你们看我演示完这个实验后，自然就会知道。”

试验开始前，马丁博士问碧利斯和安德鲁说：“你们能够告诉我你们都看见了些什么吗？”

安德鲁半眯着眼仔细地看了一会儿说：“一头被绑在实验台上的猪和一小团引火用的东西，旁边那个瓶子里装的是什么东西我不是很清楚，不过估计应该是麻醉用的乙醚吧。”

马丁博士转过头来对碧利斯说：“你也是这样看吗？”

碧利斯说：“是的。”

“好!”马丁博士对着自己面前控制台上的麦克风小声地下了几句命令。很快一个工作人员从一个隐蔽的角落中走了出来，将一块布按照某些规矩放在了那只被绑着的猪身上，然后他对着玻璃窗外的三个人点点头示意后转身走了出去。这个时候，马丁博士对碧利斯说：“你又看见到什么 ？”

碧利斯说：“我还是看见了一头猪，还有一层布，另外，如果您非要问的话，我只能很冒昧地说这头猪是属于威克郡白猪的种系，从它耳朵的形状以及它后蹄分叉的角度来看，它身上可能还混有一部分新西兰猪的血统。”

马丁博士说：“所谓的专业就是指受过训练的眼睛和手，但是在离开自己的专业到另一个专业中去的时候，套用往日的专业训练却往往会妨碍你进入新的规则。比如说现在，在我的眼中，那里面既没有猪，也没有布。那里面有的，只有一支蜡烛。”

“蜡烛？”安德鲁头有一点发晕，因为他实在不希望面前这个看起来还像那么回事的马丁博士在一瞬间变成他曾经见过的帕帕拉•帕诺斯博士或者更之前的那个阿里•阿诺德博士。

安德鲁在心里面暗暗祈祷，希望马丁博士不要再继续说出一些让他感觉完全莫名其妙的话。

还好，这次他的祈祷灵验了。

马丁博士拿过台子上的一张纸和一支铅笔，顺手给他们画下来：“您看，一般来说，我们的蜡烛是这样的结构，外面是烛油，里面是烛芯，而我们在点燃蜡烛的时候，烛芯不断发热，通过烛芯的热量使周围的烛油开始熔化，成为小的脂粒，然后经过烛心的毛细作用，脂粒被吸到烛心的顶端，并在那里被点燃，产生火焰。这样就保持了一支蜡烛能够持续燃烧，而我们面前的这个场景，也就是我接下来即将为你们模拟的人体自燃的场景，我的解释是‘烛芯效应’。”

“烛芯效应？”碧利斯和安德鲁问。

“是的，烛芯效应，就像蜡烛被点燃之后烛芯慢慢地将蜡一点一点地抽吸掉、燃烧掉一样，我认为到目前为止发生的人体自燃的大部分案情都是烛芯效应在起作用，当然，除了你们的这个案例之外，您看，我们可以把一个穿着衣服的人设想为里外反转的蜡烛，他的衣服是烛芯，而他身上的脂肪就是蜡。”

安德鲁好像领悟到了什么，若有所思地说：“那么，很小的火苗只要能够点燃衣服那它就可以穿透皮肤点燃脂肪，然后慢慢地持续地燃烧？”

碧利斯接着说：“它会一点一点持续地燃烧，慢慢吞噬肌肉组织，甚至将整个躯体完全烧毁？”

马丁博士笑笑说：“有时候最离奇的一面有着最平凡的解释。”

安德鲁还是有些不敢完全相信：“那么为什么你不证明给我们看看呢？证明给我们看一下。”

马丁博士说：“当然，我要做的就是这样，就是要证明给你们看。”然后他再一次通过控制台上的麦克风下起指令来。

在里面的实验室中工作人员立刻开始忙碌起来。工作人员推来一些模块式的材料，很快在实验室中搭建起了一个模拟卧室，对着玻璃窗的一面没有封闭，以便于马丁博士和安德鲁等人观察。

马丁博士对安德鲁和碧利斯条理清楚地解说道：“您看，这是个19.56平方米的模拟卧室，和以往案例记载的曾发生人体自燃案件的空间差不多。”

马丁博士继续说：“其实体内脂肪是很好的燃料，如果在燃烧过程中脂肪充足，而且有足够的时间的话，火焰确实可以持续燃烧，直到人体完全烧毁。”

安德鲁说：“这只猪有多重？”

马丁博士说：“一百三十斤，和一个成年人的平均体重相近”。

“好吧。”碧利斯问，“那么，您确定您这团火能把这头猪烧成灰烬吗？”

马丁博士说：“当然！”

碧利斯又问：“是像我们看到过的或者说我们了解到的场景里面，最离奇的那种相类似的场面吗？房间里的其他物品安然无恙，只是这头猪被烧成灰烬？”

马丁博士说：“当然，如果这次模拟实验不出意外的话，再过几个小时，你们就可以看到这个谜底了。相信我，这头可怜的家伙不会那么白白去做替死鬼的。”

这时候，实验室里的工作人员已经基本上将实验环境布置完成——一个看上过去像是最普通的卧室的房间，而那只猪也不知道何时被带上了一个脸谱，身上裹上布模拟成衣服，打扮成了一个可怜的受害者的形象。

“好的。”马丁博士再次按动实验台上的通话键对里面说，“请大家开始准备离开这个房间，休伦斯你来点火。”

其他工作人员全部走出了房间，那个被马丁博士叫到的实验员走上前去，用一个小小的打火机，轻轻地点燃了已经被麻醉后的猪身上的一小块布。一小团火焰腾起。

碧利斯和安德鲁有些兴奋和紧张，又有些不忍地看着这火焰，慢慢地在那一块布面上跳动燃烧。它是那么小，小到让人不相信它能够将面前这样一个对它来说基本上属于庞然大物的一百三十斤的家伙给完全烧毁，甚至有那么一阵子，碧利斯产生一种错觉，觉得哪怕是从屋子的哪个角落来一阵最微小的风，这个可怜的小小的桔黄色火苗就会“扑”地一声被吹灭。

时间一分一秒地过去，碧利斯想象中火苗熄灭的场景没有出现。小小的火苗顽强地燃烧着，它已经借助猪身上的“衣服”蔓延开来，从布面向下走，慢慢将猪身上的脂肪给点燃了。

经过乙醚麻醉的实验用猪，对于身上发生的这一幕完全不知道，不知道是幸运还是不幸地，它依然在实验台上呼呼大睡。

火苗将猪的肚子烧破了，更多的脂肪被点燃。一些没有被直接点燃的脂肪被局部的高温所熔化，慢慢流了出来，浸到了猪身上的“衣服”上。被油脂浸泡过的布料显然是一种很好的引火剂。火苗 “嗵”地一声开始变得大而明亮，从原来微不可辨的一小点变成了一簇明亮的甚至有些耀武扬威的小火焰。这一簇簇的火焰就好像是被关在瓶中已久的恶魔，终于能够从封印中挣脱了出来，于是迫不及待地对这个世界恶狠狠地晃动着自己的拳头，诉说着自己的暴戾。

火越来越旺，而马丁博士曾经预言的情况也无比精准地一个接一个出现。床单并没有被进一步的燃烧掉，火焰烤化的脂肪越来越多地浸到了衣服上，布面上的火苗也更加得意洋洋。一个用布作为烛芯，用猪身上的脂肪作为烛油的“蜡烛”就出现在大家的面前。只不过和平时看到的蜡烛不一样，这根特殊的“蜡烛”是烛心在外，烛油在内。

火苗越来越炽热。大概过了十七八分钟，猪的身躯达到了燃点，猪的身体越来越多的部位在事先没有征兆的情况下自发地着火了，这个身体从内向外开始燃烧。

后来，房间里面出现一点点烟雾，但是很快就散掉了。如果火苗是一个人的话，那么一定是个挑食的家伙，碧利斯忍不住想。看起来它更喜欢的是脂肪，而不是那些比较难以燃烧的布，或者其他东西。

房间里面的温度也开始上升了，控制台上面温度指示仪上的指针不断向上爬着。马丁博士说："以前我们做这个实验的时候，曾经因为房间里面的温度不断积累以致于达到一定的着火点后导致房间中其他的东西突然开始燃烧，另外在房间上方会出现一层很厚的烟雾层。这个和曾经有记载的案例就不符合了，在那些案例中，房间中基本上没有任何火灾的痕迹。但是后来通过仔细研究案例，我们发现，有记载的案例往往都是发生在通风条件非常好的地点。良好的空气流动将烟雾和其他的热量很快带走，所以最后只有受害者的躯体被完全烧毁，而房间中的陈设大部分完好无损。"

实验室中实验用猪身上的火苗继续燃烧着。火苗早已经从表面皮肤烧进了猪的躯体之中。一开始，睡梦中的实验猪还无意识地挣扎一下，到后来，不知道是已经失去了行动能力，还是实验员追加了麻醉剂的剂量，实验猪不再动弹，搭拉着眼睛，一动不动地躺在实验台上，徘徊在生死之间。

火苗继续燃烧，火势开始变得有一点点大，房间里面良好的通风将火苗轻轻抚弄，助长了火苗的势头。不过风并不是非常强烈，至少没有强烈到足以形成一个能够增强火势的涡流，所以火苗也只是慢慢地长大。

不过和小火苗表面上看起来的无害不同的是，此时控制台上的温度计显示，在猪体内的温度已经瞬间达到了一千度。忽然，原来的小小火苗仿佛在一瞬间发出了千千万万的化身，透过实验室内的摄像头放大，碧利斯和安德鲁看到无数个火苗突然从早已被炽烤得非常干燥的实验用猪的身上冒了出来。透过摄像头传来的影像，碧利斯感觉她自己正游走在冒着粉红色烟雾的地狱之中，无数的微小的火苗，非常的微小，微小到以至于不能够燃烧到别的东西，微小到以致于不会冒出特别引人注意的烟火。但是，它们毕竟是火苗，就像狼永远要吃肉，就像鹰一定要飞翔，它们是火苗，它们是鲨鱼一样的火苗，它们是食人鱼一样的火苗，它们就像是一群饥饿贪婪的豺狼，一点一点地将那只可怜的实验用猪不动声色地咬成了一大堆的粉末。

碧利斯觉得有些眩晕，她突然意识到，那个自己从情感上永远拒绝，但是内心却对其怀有很大爱意和感激的父亲，在当日，一定也是经历过这样一种无比痛苦的过程。她甚至可以想象那张她曾经说不上到底是喜欢还是不喜欢，但是确确实实无比亲切的脸，也是在这么一瞬间被从四面涌出的火焰炙烤得扭曲变形。就像他们不知道面前那只已经化为灰烬的实验用猪曾经体验过的是什么感觉一样，碧利斯也不知道皮特在死前经历过什么样的感受。但有一点是肯定的，那一定很痛苦。

碧利斯一直觉得自己是一个很镇定的人，但是不知不觉间，她觉得自己很想抓住什么东西，她的手不由自主地抓住了旁边一个温暖的物件，紧紧握住。

安德鲁想的是另一个问题：根据烛芯效应，火焰是自内而外的，而且火苗如此的小，那么身体上面一些并不是那么容易燃烧的部分或者是离“烛芯”比较远的部分，应该不会燃烧得那么彻底。就像是我们点燃蜡烛一样，在烛台上面总还是会剩下一小堆蜡，而不会是一支蜡被燃烧得干干净净， 变成一只自己把自己吞掉的蛇。

德罗来到了202房间门口，他敲敲门，里面传来一个低沉的男低音："进来。"德罗一愣，这个声音很像他熟悉的一个人，可是那个人应该已经死了啊！德罗一边轻轻打开门，一边在心中想着。

房间里的光线很暗。一个男子背对着德罗坐在办公桌后面，德罗觉得自己忽然紧张起来，没来由地心跳加快。那个男人慢慢转过身来，当德罗看见他的脸的时候，禁不住惊呼出来："华莱特？"

"现在我的名字叫做凯伦，孩子。"那个男人咧开嘴，脸上露出德罗熟悉无比的笑容。

"这些年你都去哪里了？你现在怎么到了NSA？你一直是NSA的人吗？"德罗反身把门带上，亟不可待地将心中的疑问全部都抛了出来。他走近华莱特——现在的凯伦身边，视线越过办公桌，又吃了一惊——凯伦的两条裤腿空空如也。"你的腿怎么了？"

"不要急，孩子，我会告诉你一切的。桌上有雪茄，你自己随便"，凯伦的神情很平静，"事情要从1944年说起，那个时候，我和你父亲一样，都还只是隶属于国防部的年轻军人。当时战争已经到了尾声，纳粹德国在战场上的局势越来越不妙，困兽之斗的他们为了逃避覆灭的命运，疯狂地进行着各种尝试。党卫军头子希姆莱就曾经主导过很多项目，其中绝大部分设想都是异想天开或者根本就是蓄意的欺骗，但是垃圾堆中偶尔也会有钻石。我们在攻下意大利之后，在那不勒斯附近山区的一个修道院中发现了一个德军的秘密基地。里面有一些很神秘的装置，被俘虏的德军守卫部队招供说，这些装置是一些威力巨大的武器。国防部发现了应用这些装置的动物实验记录。里面关于这些武器威力的记录让人瞠目结舌。当时我们已经通过情报网络知道了德军正在快速推进他们的火箭和原子弹项目，所以国防部不敢轻视，马上派出了一个物理专家小组去查看。专家小组到实地检查之后发现，这些装置确实使用了很多我们现在还没有掌握的科技，但是他们发现，这些装置和核裂变没有关系，主要是集中于静电场和生物技术的应用。后来，我们又在其他的地方陆续发现了好几个这样的基地。线索慢慢的多起来，我们吃惊地发现，这些科技居然不是由纳粹科学家弄出来的，而是来自一个神秘教派提供的资料。当时战争正是关键时刻，我们刚刚看见一些曙光。在这个关键时刻，如果让德军掌握了这些武器装备，那么战场局势也许会发生我们不愿意看到的巨变。于是国防部马上组建了一个专门小组来调查那个秘密教派，并不惜一切代价来阻止他们向纳粹继续提供帮助。

“我和你父亲就是那个时候认识的，我们都被抽调进入了那个秘密小组中。当时我们都没有想到，从此之后，我们再也没能从这件事情中脱身。

“随着调查的深入，我们的疑点越来越集中在希特勒身边一个神秘的占卜师身上，没人知道这个占卜师叫什么名字，没有人知道他来自何方，也没有人知道他的背景。我们只知道希特勒在第一次世界大战中曾经受过致命的枪伤，是那个占卜师神秘地出现，救了希特勒的命，然后领导着所有的神秘祭司使用他们称为‘天火’的一种神秘手段为希特勒铲除了众多政敌，同时利用静电精神控制技术对兴登堡等人进行控制，为希特勒登上德国总理的位置立下了汗马功劳。

“战争的进展超过了我们每一个人估计。到了1945年，德军的失败已经是显而易见。在这种情况下，我们的调查目的也发生了转变，我们不再担心这些科技会帮助德国人取得胜利，而是开始考虑能不能将这些科技为我所用，因为如果我们能够掌握这些科技的话，我们就能够保证美国在未来成为这个世界上唯一的和无以伦比的霸主，我们的思想，我们的价值观可以播洒到这个世界的每一个角落。我们一直以来想要带给整个人类社会的自由和民主就能在强有力的军事和经济后盾下推广到整个世界。

“但是，当时，在整个纳粹德国的高层中充斥着大量的人种论和天授神权之类的伪科学、占卜术，各类神棍混迹其中。所以我们对于这些东西越来越见怪不怪，甚至在高层中，纳粹的秘密武器已经成了一个流行的笑话。所以我们这份报告递上去之后没有受到重视，被认为这不过是纳粹德国众多伪科学骗局中的一个。

“奇怪的是，报告递上去不久的一天夜里，贮藏有那些收缴仪器的仓库神秘起火，所有的神秘仪器全部被烧成了灰烬，同一天夜里，被我们抓获的祭司也在所在监狱的越狱暴乱中全部被杀死。于是这个案件不了了之，我们的小组也很快被解散了。后来，我进入了FBI。有一次，我在处理一批由军方移交过来的文件时偶然又看到了我们当年的调查报告，出于一种怀旧的心理，我将这份报告又仔细读了一遍。我越是看这些宗卷，越是觉得当时我们没有将这个案子继续查下去是很正确的。在这个宗卷中成行成篇地充斥着各种神秘主义的故弄玄虚和宗教原教旨主义的歇斯底里。在我们的审讯记录里面，那些祭司供认说他们来自一个差不多和人类的历史一样古老的组织。他们的力量来自月亮，他们的所有科技也都来自月亮上的神人的传授。所以他们的组织也叫做暗月（blackmoon）会。

“这份报告的内容看起来是如此荒诞，所以我终于完全失去了对这个案子的兴趣。

“但是到了1969年，美国登月计划胜利实施。那个时候，已经在FBI中拥有高级权限的我读到了很多让我震惊的东西。我们的宇航员在月球上看到了很多超出我们想象的东西。这些东西对于一般老百姓来说是完全不可能知道的。因为政府做了最大程度的信息封锁。不过，面对这样一个巨大的意外，政府也不可能将一切痕迹都清扫得干干净净，一些蛛丝马迹还是慢慢流了出来。但是一般人就算有疑问，也只是看到一些表面上的东西，比如说那个长达三分钟的语音信号中断。而对于我们知道事情全部过程的人来说，震惊是巨大的。在月球上我们看到了很多明显不是天然形成的物品，而且我们还收到了来自其他文明的警告。最让我感觉震惊的是，阿姆斯特朗从月球返回之后，在一次训练中死于‘天火’。”

“这不可能，阿姆斯特朗明明活得很好，没有任何报道说他已经死了啊。”德罗听到这里，忍不住发问。

“孩子，的确没有任何报道说阿姆斯特朗死于天火。是的，我们都知道阿姆斯特朗居住在内华达空军某秘密基地。‘空军基地’，这几个字就已经说明了很多问题。你们能知道的和阿姆斯特朗有关的任何信息都是通过政府的途径向你们透露出来的。关于他的照片，关于他的生活，关于他的小狗，一切都显得那么真实。但是你不要忘了，我们是FBI，如果需要的话，我们可以在这个世界上，变出一个原来、现在和以后都根本就不存在的人，我们也可以消除一个活生生的人在这个世界上的一切痕迹，让别人认为他根本就没有到这个世界上来过。对于阿姆斯特朗，我们不过是要让一个本来就存在的人按照我们想要的方式在媒体上‘活’上二十年，这根本就不是问题。

“还是回到刚才的话题，阿姆斯特朗死于‘天火’让我一下子就想起了1946年的那个案子。我又一次将布满灰尘的卷宗调了出来，当我读到那些祭司的歇斯底里的话语时，我没有像上一次那样嗤之以鼻，而是尝试着还原那些被岁月和宗教语言扭曲了太多的话语背后隐藏的真相。这一次，我发现，他们没有说谎，完全没有说谎。

“我发现按照暗月会祭司的诠释，人类历史可以从一个完全不同的角度来解读，马其顿王国的征服，埃及史前大起义，罗马的崛起，匈奴入侵，蒙古帝国的建立，阿拉伯的兴起，拿破仑战争，十月革命，每一次世界范围的大动荡的背后都有这个组织的神秘身影。他们不遗余力地在每一个时代寻找或者是干脆创造出一个征服者，他们的目的就是要通过剑与火将整个世界统一成一个大帝国，然后利用整个人类的力量迎接他们口中的‘神’的降临。在以后的岁月中，我利用我可以接触到各种秘密档案的机会，从各种蛛丝马迹中继续调查这件事情和它背后所蕴藏的真相。最后，我发现整个事情完全超过了我的想象，我发现我要调查的东西涉及的范围实在是太过于广阔了，涉及到历史、宗教、民俗、考古、电子、建筑、生物等各个领域，我一个人实在是不可能熟悉这么多的领域。于是我偷偷召集了一些我信任的朋友和我一起来完成这件事情，其中就包括你的父亲。很快，我们就取得了一些进展。那段时间的我们好像是突然发现自己生活在另一个世界。我们原来在学校中学到的历史完全都是表面上的假象，而原来我们以为不过是传说和神话的东西却才是真正的历史。我们借助自己能够调阅美国最大的情报机构中各种资料的权限，还有伙伴们无以伦比的聪明，发现了很多东西。我们找到了一些不为人知的古代典籍。借助那些典籍和我们的猜测，我们做出了以下的推断。德罗，你应该知道有一个叫做神秘大陆的地方吧？就是那片沉没的大陆，仅仅存在于传说中的亚特兰蒂斯。

“在上古时期，绝大多数人类才刚刚度过野兽阶段。这个时候，地球上一共有六块大陆——多出的一块就是亚特兰蒂斯。在那块大陆上，有一个拥有高度文明的国家——亚特兰蒂斯帝国，那个国家的人异常俊美，而且具有一些普通人类不具有的特异能力。他们的文明不知从何而来，他们宣称自己的力量来自月球上的神灵。在那个其他人类还处于幼年时期的时代，他们借助自己压倒性的力量统治着全部的大陆，享受着整个地球。突然有一天，在没有任何征兆的前提下，月球上的神灵突然对他们降下了灾难，先是瘟疫流行，然后一夜之间，亚特兰蒂斯帝国分崩离析，亚特兰蒂斯大陆更是在神掀起的怒涛之下沉没到了海底。没有在灾难中死去的亚特兰蒂斯人被饱受他们压迫的民族杀戮殆尽，少数幸存者怀着复国的念头散落到世界的各个角落，想要让自己的文明得到延续和发扬，同时找出自己文明被摧毁的原因。

“其中的一些故事被同时代的人记录在了宗教的典籍上，如同《创世记》第四章中记载的那样，亚特兰蒂斯的后代拉麦的四个儿女继承了自己文明中的科技，他们广泛研究这个世界，想要探究自然科技的秘密。

“但是四兄妹通过研究已经消亡的亚特兰蒂斯的资料，隐隐猜测到亚特兰蒂斯文明被月球上的非人类文明摧毁的原因是因为亚特兰蒂斯的科学发展得太过迅速，以致于引起了神的猜忌。

“正是因为如此，四兄妹知道自己对自然的探索必然会引起神的惩罚。那些自称宇宙伟大建筑者的停留在月球上的地外文明必将以水火惩罚窥视神之秘密的人类。诺亚方舟不是传说，近年来的气象和地理考古学家已经通过实在的证据考证了那场大洪水的产生，时间就在距今五千年左右。那场洪水没有任何自然的原因，完全是那些亚特兰蒂斯人口中的‘神’通过操控天气而发动的。而拉麦家的四兄妹在洪水来临之际，为了让伟大的学问流传人间，做了三件事情：

“一、他们将知识镌刻在两根石柱之上，其中一根称为‘亚伯’——它不会因火而毁坏，另一根称为‘拉特拉斯’——它不会毁于水中。其中一根石柱终于被赫尔墨斯（Hermes Mercurius Trismegistus）发现，伟大学问向着整个人类流传开来。

“二、他们通知了同样为亚特兰蒂斯后人的诺亚，让他将所有物种的基因都进行了收集和备份，并且准备好了一艘可以抵御洪水的大船。

“三、他们通知了其他的亚特兰蒂斯后裔，在洪水到来之前提早躲到了各个高地。

“然后，就是我们每个人都知道的那场洪水。四兄妹没有能够生还，但是他们的预防措施起到了很大的作用。洪水退去之后，地外文明内部不知发生了什么变乱，他们在一夜之间消失，再也没有神迹，也没有任何他们的消息。好像是一夜间他们就匆匆从月球离开了一样。但是这些都是人们后来的推测，当时幸存的亚特兰蒂斯后裔们还是每天生活在神的阴影之下。亚特兰蒂斯后裔们小心翼翼地想要躲开神的监视，生存下去。因为按照自己习惯需要从铀矿中提炼出高纯度的能源物质为日常研究和生活所用，所以亚特兰蒂斯后裔们很多都被同时代的人类误以为是石匠（Mason）。为了逃脱地外文明的监视，他们索性也就发挥自己在数学和几何方面的知识，通过石匠的身份来掩饰自己。随着研究的深入，亚特兰蒂斯后裔们慢慢也察觉到神的内部可能发生了某种变化，他们开始相互寻找，开始聚会。因为之前的可怕遭遇，他们迫切地想要掌握能够和神对抗的力量。他们通过研究，发现亚特兰蒂斯人是神的‘不完善的复制品’。如果想要提高自己的力量，他们必须要通过自己的努力去掌握各种知识，复兴亚特兰蒂斯文明，然后利用高度集中的智力和财富，趁着神们不知道为什么消声匿迹的这段时期，争取进入地外文明——也就是他们口中的‘神’——的领域，去获取知识，从而促进亚特兰蒂斯人的进化，成为神一样的存在。只有这样，他们才能掌握和神一样的力量，才能安全。

“而神的领域，就是月球。

“经过谨慎的试探后，石匠们确认神确实是离开了。于是石匠们从四面八方聚集到巴比伦，开始建造登月火箭——也就是传说中的巴别塔（Turris Babel）。

“石匠们没有想到，地外文明虽然离开，但是他们在地球上还播下了几颗小小的监控和以亚特兰蒂斯人为敌的种子。面对已经再一次强大的亚特兰蒂斯后人，这些监控力量——也就是‘暗月会’，虽然还没有强大到可以用武力直接进行摧毁。但他们还是藏在暗处，利用石匠们对自己一无所知这个优势，利用月球发出的能量，利用静电控制力对聚集在巴别塔周围的石匠们发起了隐秘的攻击。参加设计和建设的石匠们的智力和精神受到了极大的损害。然后暗月会煽动地球的原住民对石匠们进行了血腥的攻击和屠杀。

“亚特兰蒂斯的后人们第一次知道在这个地球上还有他们的敌人存在，猝不及防之下损失极大。由于幸存的石匠们在暗月会的攻击中生育能力也受到了很大的影响，无奈之下，幸存的石匠们退隐到各地，缓慢地再次积攒力量。至此，石匠们和神之间的斗争演化为石匠们和神在地球的走狗——暗月会的斗争。因为自己的力量受到了极大的打击，而暗月会的力量经过巴别塔一役得到了很大的提高，石匠们开始转入地下活动，他们从此不再将伟大的学问透露出去，他们组成秘密结社‘自由石匠’，采用口令暗号和特殊的握手方式来表示身份，同时区分在团体中的级别和工作中的职务。

“而他们也就有了一个新的半公开的名字——共济会（Freemasonry）。为了躲开他们的敌人，同时能够积蓄力量，共济会扶持并帮助了一个来自木匠家庭的小传教士——耶稣。共济会一方面利用自己的知识来制造神迹，以帮助耶稣传教，另一方面也想把基督教作为自己控制下的力量，来对抗‘暗月会’。请注意，我们通常所说的恶魔的拼写方法：archenemy，这也就是arch——建筑家，石匠，和enemy——敌人的合成。

“同样，因为这些敌人是利用来自月球的能量进行攻击的，所以月光（Luminosity），精神病（Lunacy），撒旦（lucifer），他们的词根源头完全一样。

“是的，自从共济会控制了基督教，他们就利用宗教的力量开始打击自己的敌人，同时悄悄地为自己扩张。这些‘自由石匠’在耶路撒冷建造了所罗门王的神殿，他们在古希腊被称为丢尼修建筑团，他们在中世纪为基督教徒建造教堂和各种大型石造建筑。石匠们严守组织秘密，在建筑工地旁开设的集会所——Lodge——进行聚会，交流知识，他们信奉宇宙的伟大建筑者，通晓宇宙天文、人体解剖学、几何学的浩瀚知识，他们互相称为‘兄弟’，奉行兄弟友爱、同舟共济。1738年出版的《完全的共济会概况》中的版画《石匠作业》，就描绘了建设古代神殿的石匠。为了警示自己的会员时刻要小心来自月球的监视和攻击，他们为自己的会徽选择了一只高悬空中的眼睛。这就是All-Seeing Eye——全视之眼。

“随着时间的变化，亚特兰蒂斯的后人们由于自己人数太少，不得不把入会的门槛放低。他们也开始吸收持有各种宗教信仰的没有残疾的成年男子加入，唯一的条件就是对方必须是有神论者。同时共济会也开始修订自己的教义，他们提出神是一位理性的工匠（理性的人格化），而宇宙是神——宇宙的伟大建筑者——也就是地外文明所创作的手工品，宇宙的秩序来自神赋予的理性，这个外在的宇宙称为大宇宙（Macrocosm）；而每一个人类都是神的复制品‘小宇宙’（Microcosm），然而由于材料的先天性缺陷，这个复制品总是不完美的。然而如果人能够以理性为准绳，以道德为工具，不断地修正自身精神上的缺陷，那么最终人能够凭借自己的努力完善自身，也就是完成了‘内在神殿’的建造，成为完美的‘石匠导师’并且进入神的领域。共济会会员建设‘所罗门神殿’的过程也就象征着人追求理性和自身完善的过程。通过这个理论，亚特兰蒂斯的后人们开始广泛吸收具有进化智慧的人类参与，慢慢地他们不再需要借助基督教来发展，而基督教中的一些人也对共济会产生了敌意。于是共济会从基督教之中脱离出来，开始建立属于自己的庞大势力，并迅速扩散到西欧、中欧，建立起可以和天主教会匹敌的巨大体系。孟德斯鸠、歌德、海顿、萨德侯爵、莫扎特、菲特烈大帝……无数共济会会员的名字如同星光一般闪耀在历史的夜幕之中。由于共济会的力量越来越庞大，天主教对它们猜忌也越来越大。1738年，教皇克莱门斯12世命令禁止天主教徒加入共济会，违反者将被教会开除，在18世纪后半叶教廷更是全力去打压共济会，在这种情况下，共济会决定建立起一个属于自己的世俗政权，正好当时的航海大发现给了他们一个在海外建立独立王国的机会。于是，在北美洲，一个由共济会员建立的国家诞生了。在美国建立之初签署《独立宣言的》五十六人中有五十三名共济会会员。而美国总统中有一半以上都是公开或者不公开的共济会员。他们在自己的货币美元上面画上没有完成的金字塔和全视之眼，暗示着每一位会员要牢记通天塔在来自月球的阻碍力量下功亏一篑的历史。

“1969年，石匠的后人们终于能够再一次修筑成功通天塔，将自己的航天飞机送上了‘全视之眼’——月球。在月球上，很多共济会古老经典上面的记载都得到了验证，美国也得到了很多远远超越其他国家的新的科技。”

“为什么这个时候，暗月会没有出来阻拦呢？”德罗问。

“共济会是一个可以自己发展的组织，而且他很好地融入了人类的社会，所以他的力量是在慢慢增加的。而暗月会一开始借助于神留下的科技和力量，占了上风，但是由于其自身没有发展科技的潜力，所以经过几千年的斗争，共济会慢慢地取得了压倒性的优势。”

“这些都是你们研究得来的结果，这里面到底有多少是你们的推测，又有多少是你们可以肯定的事实呢？”德罗问。

“全部是事实。”凯伦说，“因为后来，我也加入了共济会。我们的研究慢慢引起了共济会的注意，他们来接触了我，考察了我，然后要求我在加入和被毁灭中做一个选择。我当然是选择了前者。从组织中，我知道了刚才我说给你听的一切，而且我还知道暗月会在经过了巨大的挫败之后，从自己的失败中学到了很多东西。他们放弃了自己那些华而不实的宗教仪式，让自己的成员以普通人的身份慢慢地向商界和政界渗透，有一些甚至渗透进了共济会中。很多情报都表明，他们决定在近期开始新的一轮反攻。我们相信，皮特教授死于天火，就和暗月会有直接的关系。”

德罗问：“为什么要我来追查这个案子？”

凯伦说："因为我只相信你，孩子。NSA还有一个名字，石匠之凿。NSA是受共济会直接领导的力量，主要就是负责清除和防御暗月会。但是这几年暗月会的渗透越来越厉害，NSA的内部也变得不安全起来。这次任务非常重要，我必须要选择自己能够完全相信的人，所以，现在我以NSA北美地区主任和我个人的双重名义要求你，去调查皮特的死因，从中发现暗月会冒着引起我们警觉的危险发动这些行动的原因。"

"另外，为了帮助你更好地去调查这个案件，我建议你从天火的作用机制入手。"

这个时候，安德鲁突然感觉碧利斯握着自己的手，他挑着眉毛看去，发觉碧利斯脸色铁青，好像沉浸在某种可怕的回忆或想象之中。安德鲁意识到碧利斯是想起了她父亲的死状。他没有去打断碧利斯，因为他不知道应该对碧利斯说些什么话，于是他任由碧利斯把自己的手紧紧地捏住。

他突然发觉自己面前的这个女人，甚至比看起来更加强健，安德鲁有些龇牙咧嘴地忍受着碧利斯对他所做的揉捏。

不过，安德鲁没有吭声，甚至看都没看碧利斯一眼，还是将自己的注意力和马丁博士一样投向房间里面那只可怜的但是绝对没有白死的猪。

马丁博士指着那只已经被烧成灰烬的猪，对碧利斯和安德鲁说："现在你们可以跟我一起进去了，看看我要为你们揭示的谜底以及这个谜底之后隐藏的更大的疑问。"

碧利斯听到马丁博士的话，从对父亲痛苦的回忆中清醒过来，惊讶地发现自己捏着安德鲁的手，由于太用力，手指已经有些发麻了。她赶紧松开手指，看到安德鲁的手也由于被自己捏得太紧，血液流通不畅，而变成了青白色，间或还有挤压出的红色指印。碧利斯看了安德鲁一眼，发现他的注意力全在实验室里，似乎对此毫无知觉，她心中一暖，嘴角闪过了一丝不易察觉的微笑，把头转向了马丁博士。

碧利斯和安德鲁跟着马丁博士一起进去，看到了那只已经被烧成了灰烬的猪。

碧利斯的观察还是很敏锐的，她问马丁博士："这只猪并没有完全被烧成灰烬，在它的脂肪比较少的地方，比如说某些部位的皮肤还保留着没有被烧的样子，这就是您说的那个用这个理论无法解释的我们所描述的天火现象的地方吗？"

马丁博士点点头说："不错，你的观察很敏锐，如果真的是按照烛芯理论的话，任何燃烧物都是会有残余的，在这些脂肪比较少的地方，永远会留下一些没有烧干净的东西，但是，对于您说的那种情况，用我这种理论实在是无法解释。像您说的那样，整个人被烧成干干净净的灰烬而且还能够保持原来的样子，我觉得只能是瞬间的高温，瞬间的集中的高温才能导致的后果。"

"也许我的实验对你们来说会是一个借鉴，但是我觉得这离你们想要追寻的答案还有一定的距离。"

碧利斯和安德鲁默默看了对方一眼，站起来对马丁博士道谢。

碧利斯说："谢谢您马丁博士，谢谢您能够向我们详细地解释您所发现的内容，不管这是不是我们正在追查的天火的真正原因，我们还是一样的感谢您。如果您在研究中有新的突破，请您及时通知我们，这对我们确实非常重要。"

安德鲁也对马丁博士说："谢谢您马丁博士，这件事情对于我们来说确实是太过于匪夷所思，我们确实是想找任何可能的答案，哪怕看起来再荒谬，我们也会去一试，非常感谢您，谢谢您。"

马丁博士摆摆手说："没有什么，对于我们每一个从事自然科学的人来说，能够揭示自然界的奥秘，本身就是一种最大的幸福，而能够和别人分享这个奥秘，这是我们能够得到这种幸福的主要方式。”

碧利斯和安德鲁跟马丁博士告别之后，慢慢走出实验室，穿过那一块他们这几天已经穿过了无数次的草坪，向自己的车的方向走去。

碧利斯走得不是很快，她突然觉得自己很迷茫，原来抱有最大希望的马丁博士这里，最后证明虽然不是一个骗局，但却比一个骗局更让他们感到迷茫，那就是，他们好像真的无法解释为什么皮特会被烧死在自己的床上，被烧得那么彻底，到底皮特是死于一种很特殊的烛芯效应导致的死亡？还是说皮特有其他的死因？

而这一切和那个黄金少女像又有什么关系？怎么去解开罗伦斯对于黄金少女像巨大的心理恐惧？而天火和罗伦斯的恐惧以及他们的那个冒险经历又有什么样的关系？

碧利斯忽然觉得自己的头脑里面有灵光一闪，但她觉得自己抓不住，无数条线索向她蜂拥而来，但是每一个都不能完整地拼成哪怕是最小的一块完整的图案，在自己的脑袋里面各种碎片搅来搅去，碧利斯觉得自己已经想到了什么，但又觉得自己什么都不知道。

这个时候，他们突然听到后面有人呼喊他们：“等等。”

安德鲁和碧利斯停下脚步，转过身去，看到马丁博士从地下室里面冲了出来。

马丁博士跑到他们面前，对他们说：“如果你们真的觉得你们愿意尝试所有的可能性的话，呃……当然我是说，如果你们是真的愿意的话，我想向你们推荐一个我的朋友，说实话，他的理论可能会让你们觉得非常的匪夷所思，但是，我觉得有可能是真的，他不是一个巧言令色的家伙。虽然他的话可能一开始让你们觉得完全是不可思议的，但是我愿意相信他。之前曾经有别人来问我，我让他们去找过他，但是这些人好像不太相信我这个朋友，所以我也就不再向别人推荐他了，但是我觉得你们有可能会相信，因为他的研究成果和你们遇到的事情，实实在在是太契合了。如果你们愿意相信他的话，也许我可以把他推荐给你们。”

碧利斯说：“呃……我们愿意相信，不过您的朋友到底是提出一个什么样的理论？”

马丁教授说：“球形闪电。”

“球形闪电？”德罗觉得完全不可思议地从自己的位置上站了起来，看着面前的凯伦说，“球形闪电，您说的就是那种来无影去无踪的球形闪电？就是那种在无数的报道之中已经被证明了不具有任何一般闪电特性的那种球形闪电？你是说我们现在遇到的这个天火事件是和球形闪电有关系？”

凯伦对他说：“是的，我手上有充分的证据证明你现在所调查的天火和球形闪电有莫大的关系。”

德罗说：“凯伦，我现在是否有权利对您说出我知道的所有一切吗？”

凯伦说：“是的。”

德罗说：“哪怕是和这个项目没有明确关系的，只是我以前接触到的FBI的绝密文件，你现在也有权利听我向你描述吗？”

凯伦说：“是的，所有，全部，NSA拥有高于FBI的一切权限。你可以像是描述你生平第一次做爱一样详详细细地告诉我。”

德罗说：“好，在你从阿富汗失踪之后，我回到FBI，当时我被调去了一个特殊行动部，这个小组主要是研究一些超自然现象是否存在以及评估它们对国家安全的影响。在这个小组中，因为很偶然的原因我接触到了球形闪电。我们很惊讶地发觉，在这个地球上所曾经发生的球形闪电，并不是自然而然产生的，我们发觉这种球形闪电需要一种特殊的装置将它们生成，而根据我们小组中的考古专家发现这种装置源于古代的印度某一个不知名的王国。这种装置利用我们现在还无法解释的一种方法将大量的静电汇聚成一个静电场，从而使空气之中的负电荷聚合集中，最后形成一个等电离子复合物——这就是所谓的球形闪电。在我们的实验中，曾经一度能模拟出这种球形闪电，我们发觉这种球形闪电不过是这个神奇装置中的一个小小的功能，这种装置可以随心所欲地控制电荷在空气中的形状和空间分布，而我们当时也发觉，这种电荷对于人的精神有某种控制力。如果你觉得天火是由于球形闪电造成的话，那么罗伦斯教授他们对于天火那种莫名其妙的恐惧感是不是也是由于静电而产生的呢？”

凯伦说：“是的，你可以沿着这条线索查下去。天火是一种很可怕的武器，但是我们更担心的是暗月会使用这种武器背后的目的。”

德罗说：“有什么线索可以提供给我？”

凯伦说：“据我所知，当前在美国只有曾经参加过FBI数项秘密行动——可能也是你所见过的那位专家——马克蒂姆博士，那个不世出的怪才在研究这个项目。只有他相信球形闪电是导致天火的原因，也只有他一直在孜孜不倦地研究球形闪电，他已经通过高级别的甄别，是干净的。所以你可以去找他，看看他那边有没有有用的线索。”

德罗说：“在我去见马克蒂姆博士的时候，我可以带上碧利斯和安德鲁吗？”

凯伦说：“这个由你决定，前提是你不能泄露自己的身份和目的。不过，德罗，由于现在我们不知道暗月会在FBI和NSA中间隐藏了多少人，所以你的一切行动都不能得到公开的支援，你能够依靠的只有你自己。”

“好！”

凯伦伸出手来，和德罗握了一握，示意德罗可以出去了。德罗本来想在公事之后问问凯伦这几年的情况，特别是他的腿，但是德罗最后还是忍住没有多问。刚刚走出凯伦的办公室，前台凯伦的秘书对德罗说：

“访客S13092，你好！你的传呼机刚才收到了好几次呼叫，你需要去回复吗？”

进入前德罗就已经被中年男子告知，在NSA总部手机和所有的电子设备都是被屏蔽的，所以一般进来的探员都会将自己最重要的，必须和外界保持联系的工具交到统一的地方管理，由NSA的专职人员对他们进行保管，在有电话的时候通知机主，并指引他们到可以对信号进行跳频伪装的专用电话接听室去接听。

德罗对凯伦的秘书：“好的，谢谢。”

在秘书的指示下，德罗穿过和进入时穿过的那个风格完全一样的走廊，到了一个小小的像会议室一样的房间，里面有一个小隔间，德罗走上前去，将自己的身份卡递了上去，里面的人核实之后将传呼机递给了德罗。

德罗一看，是安德鲁呼了他两次。德罗打了过去 ，一阵铃声响完之后，安德鲁那充满活力的声音又一次在德罗的耳边蹦了出来。

安德鲁说：“德罗，我觉得我们对天火的原因现在有的线索都已经查完了，没有找到令我们信服的解释。不过我们多了一个新的线索，马克蒂姆博士，他认为天火是由球形闪电引起的，我和碧利斯现在想去找他，你有空和我们一起去吗？”

德罗心里微微一笑，真是无巧不成书。

德罗说：“好，我有时间，我和你们一起去，你说个地方吧，我来找你们。”

安德鲁收起电话，对碧利斯说：“我已经通知了德罗，等一下他就会来找我们，然后我们一起去找那个马克蒂姆博士。”

“呃……不过很奇怪，德罗并没有问马克蒂姆博士太多的情况，好像他知道我们要去找他一样，唉！不过谁知道呢，这家伙从来都是这么古怪，我都已经习惯了。”

碧利斯问安德鲁：“你觉得我们这次去成功的可能性有多大？”

安德鲁说：“亲爱的碧利斯，我们这次去发现天火真正原因的可能性是100%或者——0”

碧利斯对着安德鲁一笑：“唉！你这个油嘴滑舌的家伙！我们走吧。”

安德鲁快乐地吹了一声口哨说：“OK！愿意为您效劳。”一说完，将车发动，车在路上摆出一个漂亮的弧线，然后猛地加速向前冲去。

“在我看来，这个世界上没有什么神秘的事情，这个世界上的事情只有两种，第一是我们知道怎么解释的，第二是我们以后会知道怎么解释的。” 马克蒂姆博士对着三个人说 。

一边说一边用自己带来的仪器测量着皮特也就是碧利斯父亲死亡那个房间中的一些参数。马克蒂姆博士很认真地调试那些仪器，他全神贯注地在每一个角落里搜寻着他认为有价值的东西，他是如此认真，以至于连别人对他说话也充耳不闻，只是全神贯注地搜索。

碧利斯、安德鲁和德罗在一旁等待，因为他们也插不上手，所以他们只能无所事事地打发着这一个小时的时光。

所幸，马克蒂姆博士很快地结束了他的勘测。

安德鲁问：“怎么样？”

马克蒂姆博士说：“我可以肯定地说，这个房间之中发生了球形闪电。”

“天哪！不会吧？”碧利斯虽然知道结果可能是这样但还是忍不住惊呼了一声。

“可是这个门和窗户都是关得紧紧的呀？”德罗这个时候提出了自己的疑问。

马克蒂姆博士说：“球形闪电和一般闪电不一样，在平地上可以移动，而它可以改变自己的形状从非常窄的地方，比如说窗户缝里面挤进来。”

“那么这个球形闪电和你提出来的静电理论有关系吗？”安德鲁很冷静地问。

马克蒂姆博士微微一笑：“你说到点子上了，小伙子。根据我的研究调查表明，这种球形闪电恰恰是和我们以前发现的很多球形闪电一样，是属于用某种我们目前还不知道具体原理的仪器通过静电聚集制造出来的球形闪电。”

“可是在这个案子里面我们怎么才能确定它确实是由于静电引起的呢？”

马克蒂姆博士说：“这就没办法了，除非你们能够带我到你们认为有可能设有静电发生装置的地方，比如说神庙。”

碧利斯看了德罗一眼苦笑了一下。

“或者……” 马克蒂姆博士慢条斯理地说：“或者你们能够抓住你们认为跟这个事情有关的嫌犯，然后让我对他进行专业方面的审讯。”

德罗笑笑说：“这个看起来还是很可行的。”

这个时候，安德罗突然想起了什么，问马克蒂姆博士：“您说的那种球形闪电控制装置根据您目前知道的资料来说，有没有可能把球形闪电的输出功率调到非常小，小到不会伤害人的性命而只会对人的脑神经的运动发生某些影响？”

马克蒂姆博士挠挠头：“呃……您问这个问题，说实话我现在还没有明确的答案，但是从我们现在得到的实验数据来看，可以推测这些仪器有可能将静电的聚集控制在一个非常小的规模，而根据我当时在一个联合研究组里面的所见所闻，这种规模的静电足以能够对某些人体产生生理功能影响，呃……神经方面的功能是其中的一条。我曾经亲眼看到一个……嗯……一个‘对象’在经过超小规模静电聚集反应之后出现了认知障碍。我还见到过一个对象……”说道这里，马克蒂姆博士停下来，意味深长地向德罗眨了眨眼睛，“在经历了微静电聚集之后出现了回忆的封闭情况。”

“回忆封闭？”碧利斯和安德鲁有些惊喜，“那么您知道怎么去解释吗？”

马克蒂姆博士说：“我感觉自己现在好像是被一群外星人绑架到了一艘飞船上逼问我所有地球人的秘密一样。亲爱的，关于这个问题……”马克蒂姆博士停了下来，话语含糊不清，带着一丝遗憾之情看着碧利斯和安德鲁。

碧利斯和安德鲁看着这副情景，心中不禁一沉。

“哈！算你们运气好，我恰恰知道，因为当时那台仪器是我操作的。”马克蒂姆博士突然换了一副孩子般狡黠的表情对他们扮了个鬼脸，语气轻快地说。

“真的吗？”碧利斯和安德鲁一听，大喜过望，差一点蹦起来，碧利斯说：“亲爱的马克蒂姆博士，实在是太感谢您了，我希望您能够帮我们一个小小的忙。”

马克蒂姆博士把被激动的碧利斯紧握的手抽了回来，面带微笑地说：“好啊，明天下午五点钟我在实验室等候你们，我会做好一切相关的，帮你‘小小的忙’的准备，我也很好奇，你们让我帮这个小小的忙之后会让我对球形闪电静电聚集这个事情了解多少。”

安德鲁对马克蒂姆博士轻轻一笑，伸出一只手拍了拍他的肩膀：“嘿，伙计，你知不知道你的一只脚已经踏入了一个新的世界。”

第七章 新伙伴

德罗他们三个人一到罗伦斯教授的房间里，德罗就觉得有一点点不对劲。一种若有若无的淡淡香味就像是用红色油漆在墙壁上写着“此地危险”一样醒目。就是那股香味！德罗没有丝毫犹豫地把它认了出来：这就是在老比利遇害的现场他曾经闻到过的香味。这一次的香味比上一次要浓很多，德罗猜测那个家伙离开这个房间一定还不久。

也就是说……德罗心念一动，对碧利斯和安德鲁说：“你们知道比一个人在饥饿的时候看到一块大面包更让人高兴的事情是什么吗？”

碧利斯问：“是什么？”

德罗说：“两块面包。”

德罗对碧利斯说：“等一下我们和罗伦斯教授预约明天去马克蒂姆博士那边的事情，到时候你负责让罗伦斯教授把这个喝下去。”

说着德罗解开自己的风衣，从里面摸出一小瓶药丸。

“这是什么？”

“安眠药。”

碧利斯的大眼睛忽闪忽闪地眨了几下，长长的睫毛下面，美丽的眼睛像湖水般宁静。德罗突然觉得碧利斯在和别人交谈时不用说任何话——她的眼睛可以代替她表达出语言所能够表达的所有意思。

“而你，安德鲁。在我们将罗伦斯摆平以后，你到他家厨房里找一个可以待上一个晚上的地方藏起来。”

“一个晚上？为什么？你疯了？为什么我要在那个发霉的老头屋里待一个晚上？”

德罗说：“今天晚上。如果你们真的想这个案件在短期内有重大突破的话，请你相信我。”

OK，安德鲁顺从地做了一个投降的姿势。

碧利斯说：“您确定这样可以抓到另一个人？”

德罗说：“我没有百分之百的把握，但是请你相信我，有很大的可能性，今天我们能够一箭双雕。”

碧利斯说：“OK，只要你负责在罗伦斯教授醒来之后对他解释这一切发生的原因。”

德罗说：“没问题，我有充分的理由向一个害怕死亡的人去解释我们是怎么通过必须的措施让他摆脱了死亡的威胁。”

碧利斯听完之后仍然一笑说：“好！”

一切就如碧利斯和安德鲁他们设想的一样，罗伦斯教授又一次玩了一番闪烁其词的退缩，最后在死亡威胁下不得不让步答应的把戏后，这个老狐狸终于敲定好，明天下午和他们一起去到马克蒂姆博士那，让马克蒂姆博士来解除他身上所受的静电记忆枷锁。

事情解决之后，碧利斯对罗伦斯教授说：“罗伦斯叔叔，既然您已经同意跟我们过去，那么，我想今天您要先做些准备。”

罗伦斯教授有些狐疑：“做准备？孩子，做什么准备？”

碧利斯掏出了那瓶德罗给她的药丸说："明天下午您去完成解除记忆枷锁之前，今天需要将您体内的一些……呃……电解质，对，电解质……"

这个时候安德鲁凑过来说："对对对，电解质，你想，钠呀，钾呀，他们可以影响你体内的电荷分布，对吧？因为在你体内有很多电荷，而这个时候每个细胞核里面都有一些核聚变，而通过你体内电解质的变化，就可以诱发你的核聚变和增强你的核聚变从而改变你体内的电荷能量。"

一边说，安德鲁一边有点恶作剧地，偷偷地，趁人不注意地冲碧利斯眨了一下眼睛。

碧利斯强忍住自己的笑，一本正经地说："是的，是的，安德鲁说的没有错，罗伦斯叔叔，今天您必须要服用这药丸，然后在二十四小时之内渐渐地，没有伤害地将你体内的电解质调到一个可以适合于明天那项操作的状态，所以说，现在希望您吃下去。"

罗伦斯接过药，有些狐疑地看了看，还把它放在鼻子前闻了闻："呃……你们说的没错，我也不知道这个东西到底是什么，嗯……电解质？核聚变？"

"对对，核聚变。"安德鲁笑容可掬地看着罗伦斯说。

罗伦斯说："那我现在就吃？"

碧利斯说："是的，现在就吃。"

罗伦斯说："这不会是什么安眠药或者麻醉剂一样的东西吧？吃完之后，你们就可以把我像一根木头一样扛到任何地方去做任何事情？"

碧利斯说："罗伦斯叔叔，瞧您说的，您经历过那么多事情，您真的觉得我们会用安眠药这种小儿科来骗您吗？"

"哈哈，"罗伦斯呵呵一笑，"嗯，这倒是。"然后痛痛快快地用自己手中拿的红茶一仰脖子，将那颗药丸吃了下去。

安德鲁向碧利斯使了一个眼色，对德罗招招手说：“德罗，我想我们应该走了。”

碧利斯对罗伦斯说：“罗伦斯叔叔，您觉得我们明天什么时候来找您比较合适？”

罗伦斯埋头看了看自己的手表说：“呃，我一般会午睡，你们大概在下午三……”

说到这里，他突然失去了知觉，“砰”地一声倒在了地上。

安德鲁和碧利斯有些惊讶，回头看德罗，德罗摆摆手，耸耸肩，做出一个很无奈的姿势说：“我忘了告诉你们，这颗药的起效时间是十五秒。”

德罗让安德鲁藏到了事先说好的罗伦斯家后院通往后门的一个房间里面，然后对二人说：“等一下我们三个一起出去。而安德鲁在出去之前将后门打开，待会自己找机会偷偷地从后门遛进去，到那个指定的地方藏好。”

碧利斯说：“那我们怎么办？”

德罗说：“出去之后，你就当成有什么东西忘了一样，返回到罗伦斯的房间里面去，当然，你在返回的时候可能会提一只沉重的手提箱进去。”

碧利斯说：“你是说……”

德罗说：“是的，在我的抽屉里面有一些新玩意儿，也许你会感兴趣。”

碧利斯很快看到了那个德罗称为新玩意儿的东西。

“这是一个看起来并不是很大的手提箱，但这也只不过是看起来而已。实际上这个利用了最先进视觉研究成果的手提箱足以将一个像你这样的女士藏在里面。等一下，就由我扮成你，将你悄悄通过这个手提箱提进去，然后，我躲在里面，你提一个空箱子出来。

碧利斯摇摇头：“你确定我在这个箱子里面待着不会被闷死吗？”

德罗说："这是我们警察局在执行一些特殊任务时专门用来隐藏证人的箱子，它本来就是一个用来隐藏和运输人的东西，所以里面有足够的通气孔，如果你需要的话，我还可以打开里面的呼吸机开关，当然，如果你要在里面待的时间很长的话，这个箱子甚至还有让你喝水和进食的渠道，另外甚至还可以帮你解决一些……呃……排泄方面的问题。"

碧利斯听到这里脸上觉得有点窘，说："OK！我相信你，你不用说了，嗯……但是我怎么进去呢？"

德罗笑了笑说："我示范给你看一下。"

碧利斯说："好啊！"

于是德罗采取了一个碧利斯觉得非常古怪的姿势躺在了那个箱子里面。

然后碧利斯问德罗："那这个箱子应该怎么锁起来呢？"

德罗说："这很简单，你只需要把这个箱子的搭扣搭上，然后把旁边的一个小的，那个，对，就是那个红白相间的小钢钮向顺时针方向拧九十度就可以了。"

"哦，"碧利斯说，"原来是这样！"

说完，碧利斯突然一把将箱子关上，然后很快地将那个红白相间的小钢钮转了九十度。

德罗显然吃了一惊，隔着箱子通过出气孔向外低吼："怎么回事？你要干吗？"

碧利斯说："嘘！亲爱的德罗警官，我想了一下，既然您对这个箱子如此熟悉，还是由我把你运进去，然后等你从里面爬出来之后，我再自己走出来，这样可能会隐蔽一些。"

德罗说："你疯了！我很重的！"

碧利斯说："亲爱的德罗警官，您别忘了，我是老皮特家的姑娘。"

看起来德罗的客人并没有打算要考验德罗的耐心。罗伦斯那具洛可可的精美挂钟刚刚敲过两点后不久，一条不引人注意的黑影就来到了罗伦斯教授家外的围墙边。很显然潜入者是一个老手。干净利落地翻越矮墙，谨慎果断地猫腰穿越空地，潜入者的动作没有一点拖泥带水的味道。这不禁让一边喝着可乐一边舒舒服服坐在厨房角落中守着红外监测仪的安德鲁啧啧赞赏。透过对讲机向德罗的耳机发出轻轻的一长两短猫叫后，安德鲁开始认真地考虑怎么消磨德罗对付潜入者这段无聊的时光，或许无声无息地将罗伦斯这个老家伙储藏的那瓶1883年法国干红来上一杯是一个不错的选择。

动作极其轻微地将窗户捅开后，潜入者后退半步，然后姿势漂亮地一个腾空前滚翻，从打开的窗口鱼跃进入，悄无声息地进入了客厅。很显然，潜入者很高兴没有打破房间中静谧的气氛，德罗也是如此。

罗伦斯披着厚厚的睡衣，垂着头安详地睡在摇椅上。他的脸隐藏在黑暗之中，一缕白发从额头飘下，随着窗口吹来的微风在那张也许正像孩子一般贪婪而安详地享受着睡眠的脸庞前轻轻摆动。对于上了年纪的人来说，不知不觉间坐着睡着是很常见的事情，所以当潜入者听见细细的鼾声从摇椅方向传来时，没有觉得任何异常，一想到自己或许就要轻松达到目的，潜入者心中忍不住冒出一丝喜悦。德罗聚精会神地观察着潜入者，心中充满同样的喜悦。

潜入者在厚厚的地毯上像一只夜间觅食的动物一样谨慎但是快速地接近了罗伦斯。他掏出自己怀中准备好的浸有硫喷妥钠的厚毛巾，突然起身，用迅雷不及掩耳的速度向罗伦斯扑去。在他的脑中，接下来的事情简单明了：麻醉后将罗伦斯严严实实地捆上，然后细细拷问。不过，在接下来的一瞬间，潜入者惊讶地看到原本老态龙钟歪在摇椅上睡觉的罗伦斯突然睁开一双精光四射的眼睛，同时一只有力而粗壮的手闪电般将自己的手狠狠向后扭去，接着他感觉自己的手臂轻轻刺痛了一下，然后他就什么都不知道了。失去意识前，潜入者的脑中闪过三个字：上当了。

德罗将自己手上的戒指顺时针拧了一圈，让戒指内面的麻醉刺针缩回。虽然和很多FBI的同事一样，德罗也对后勤部门的官僚主义和拖拉作风颇多怨言，但是不可否认，FBI向他们提供的这些五花八门的小玩意儿，在很多时候还是很管用的。

做特工的生活并不像好莱坞那些粗制滥造的电影中描绘的一样，香车美女，威力巨大的武器，无所不能的神奇装备。事实上，间谍这个古老的职业几千年来从本质上说并没有太大的改变。以扫将那个可怜的伽南人抓回自己帐篷以获取敌人的情报和德罗现在做的事情没有一丝一毫的区别，甚至就连他手上的那个藏有刺针的戒指都是从十三世纪罗马教廷就开始使用了，唯一的区别也就是刺针上涂的药物，从蛇毒变成了可以“在任何环境下有效使用三千次以上”的强效麻醉剂而已。

德罗轻轻擦去潜入者脸上的油彩，发现自己面对的是一张俊俏的东方男子面孔，一颗朱砂点在潜入者的眉心，暗示着其也许来自印度。德罗没有时间多想，唤来安德鲁将潜入者牢牢捆住塞进一个放杂物的小隔间，然后赶紧再次披上厚睡衣回到摇椅上，将自己的毛茸茸的狼尾巴和手上的麻醉戒指一起藏好，等待着下一个长相绝对不会甜美的“小红帽”。

果不其然，十几分钟以后，德罗的耳机中再次传来两下轻轻的敲击声。德罗心中微微一喜，知道安德鲁是在示意他又一个潜入者进来了。没过几分钟，前厅传来一声很轻的声响，德罗知道又一条鱼向着鱼钩游来了。

后面这个家伙如果和先前的潜入者是一路的，那么他一定会因为潜入者没有给他任何讯号而生疑，如果他和潜入者不是一路的，那么他肯定是安着黄雀在后的心思想要来坐收渔利。不管是哪一种情况，后来这个家伙的注意力一定都是集中在寻找先前潜入者身上，这样德罗就可以毫不费劲地对他发动突然袭击。如果运气不坏的话，德罗可以乘其还摸不着底细的时候发动突然袭击，在安德鲁和碧利斯的帮助下，将这两个讨厌的跟屁虫全部解决。

德罗很快从自己半眯的眼睛中看到一个鬼鬼祟祟的身影在前厅通向书房的通道上一闪而过。德罗还是模仿着罗伦斯的样子，在椅子上一动不动地等待对方因为急躁而犯错误。

果不其然，黑衣男子很显然因为没有看到自己预想中的搏斗或者盗宝场景而感觉怀疑。无论他是不是和先前的潜入者是一伙，他进入房间脑中想象的场景肯定都不会是如此的安静。

又过了半个小时，黑衣男子终于沉不住气了，开始在房间中小心地探索。一步一步地，他进入了假扮罗伦斯的德罗严阵以待的书房。

黑衣男子走进房间以后，觉得有些不对，但是已经晚了，坐在摇椅上的德罗，猛然向前一个虎扑，将他撞倒在地。德罗想故技重施，用自己手上的戒指将黑衣男子拿下。黑衣人曾在德罗手上吃过大亏，加上一时慌张，所以没敢跟德罗纠缠，向后一个翻滚，眼看就要破窗而走，德罗眼疾手快，顺手抄起旁边桌子上的一个花瓶向窗口砸去。

黑衣男子听到风声，连忙向反方向一个连续翻滚窜向了通往厨房方向的通道，德罗步步紧逼，前面又有安德鲁在那防守，所以德罗并没有很着急地向前，而是谨慎地从怀中掏出一支微型电棍——他想生擒这个黑衣男子。

如果是那样的话，在这个案件里面两个神秘人都会被缉拿回来，但这个黑衣男人显然不是一个等闲之辈。他向前急促地穿过厨房，突然一声闷哼，好像结结实实地撞到了什么东西上。随后紧跟的德罗看到眼前的情景，也不禁觉得有些吃惊，他看到在通往后花园的厨房中，那个神秘的男子就像是一只被蜘蛛网粘住的蛾子一样，好像撞在了什么看不见的墙上，拼命挣扎却无法挣脱。

这时候，安德鲁按亮了房间中的灯，笑嘻嘻地从藏身之处走了出来，德罗这才发觉，房间里面不知什么时候被安德鲁挂上了一张很大的渔网，渔网非常结实，上面还有一些锋利的倒钩，任何人只要撞上去，就会被裹得结结实实，无法挣脱。

黑衣男子显然没有想到会遇到这一手，又气又恨地拼命想挣脱，德罗走上前去，用电棍对着黑衣男子的腰部狠狠地捅了两下，二十万伏的高压电之后，黑衣男子浑身抽搐打颤。

德罗问安德鲁：“你是怎么想到这一招的？”

安德鲁笑笑：“我也没想到罗伦斯教授居然会是一个钓鱼爱好者，而且很显然，他在非洲旅行时将这个爱好发扬光大了。”

“瞧瞧！”说着，安德鲁用手指轻轻地弹了弹渔网上的线：“这是我去年从《鱼类知识》上刚看到的，非洲土人用来猎捕鳄鱼的网。”德罗兴致也很高：“看来有一些业余爱好确实能够促进我们的工作效率。”

这一趟的收获是远远超出德罗原先的计划的，德罗和安德鲁从黑衣男子的腰间解下他的皮带，将他的双手和双脚牢牢地捆在了一起，德罗想要去看看第一个被自己击昏的人到底是谁。为了保险，德罗用自己的微型电棍对着渔网中的黑衣男子又补了一家伙，最后和安德罗放心地一起离开。出门前，德罗犹豫了一下，不过还是把厨房的门顺手带上。

德罗刚刚离开，黑暗中原本瘫软在渔网中的黑衣男子忽然睁开眼睛，充满邪恶的眼中满是憎恶和愤恨……

从博士床下把那个倒霉蛋拖出来之后，德罗闻到了一股自己熟悉的香味，果然是他，德罗心中一喜，和安德鲁一起将东方男子牢牢用手铐和皮带捆了起来。然后给警察局打了一个电话，要求对方派支援，同时也给碧利斯打了一个电话，让她不用再警戒，到房间里面来。

正在这时，安德鲁和德罗突然听到厨房的位置传来一阵奇怪的响动，德罗大叫一声不好，抛下还不知发生了什么的安德鲁向厨房冲去。但是已经晚了，他们到达现场时看到地上只剩下一张空空的渔网和一个断成四节的皮带。安德鲁瞠目结舌，说：“这不可能，我曾经试过，除非他是一只大象，而且是一只不怕疼，浑身的皮又光滑又硬的大象，才可能从这个满是倒钩，就像鲨鱼嘴一样的渔网中挣脱出去。”

德罗没有说话，仔细地观察渔网，渔网的倒钩上很多地方都钩有黑色的碎布条，很显然，黑衣人是利用暴力瞬间将渔网撕破，逃了出去，但奇怪的是，渔网上面的众多倒钩上并没有像它原先所设计的功能一样从黑衣人的身上咬下一块一块的机体组织，只是在很少的倒钩上有轻微的血迹，还有就是几根金色的头发。

德罗皱皱眉头，难道这个黑衣男子如此厉害，以至于这个倒钩竟然完全不可能对他发生作用？

地方警局的警察很快就到了。在他们的帮助下仍然处于昏迷当中的神秘印度男子被送到了警局，在医务人员的帮助下很快苏醒了过来。

德罗决定亲自去提审他。隔着一张长长的桌子，身上带有手铐的东方男子和德罗——这两个曾经的死对头终于坐到了同一张桌子上说话。

德罗问他：“你的姓名？”

“索姆。”

“年龄？”

“22岁。”

“职业？”

“金太阳电脑公司资深工程师。”

德罗不由得心里微微一惊：金太阳电脑公司是首屈一指的密码安全公司，能够在里面担任工程师都已经是疏为不易的事，更何况这个只有22岁的年轻人居然是高级工程师。

德罗问他：“你是印度人？”

索姆说："是的。"

德罗又问："你为什么要跟踪我并想要杀我？"

索姆说："我只是跟踪你，并没有想要杀你。"

德罗有些不相信地扬了扬眉毛说："好的，坐在这个桌子前的所有人一开始都告诉我他是无罪的，但是到后来他们就会向我抱怨说是他们请的那个笨律师把他们给害了，你也想走这个套路吗？"

索姆抬起头来看着德罗的双眼没有说话。德罗顺着他的目光看去，发现索姆的眼睛很深，黑色的瞳孔之中仿佛是一个汹涌湍急的湖泊，一个大大的漩涡在里面生成，像是要把一个人的灵魂都拉过去。

德罗忽然感觉到自己的身体已经不再受自己的控制，他看着索姆，索姆的声音清晰地传到了他的脑中，而他看见索姆嘴唇并没有动，同时他发觉索姆额头上的红点好像在发光，这个光强烈但柔和，耀眼却并不刺眼。

这个时候，索姆的声音传到了德罗的心中，索姆说："亲爱的警官，根据我的血统给我带来的天赋，我能够察觉到你并不是一个心怀邪恶之人。"

德罗感觉好像有一股暖流在自己心中探索，它像是一束光一样扫描过德罗脑中的所有区域，最后在一个地方停了下来。

德罗不知道发生了什么，但是他本能地警觉到对方是在用一种自己不了解的方法窥探自己的内心。一种强大的想要倾诉的欲望向德罗袭来，他忍不住就要向对方说出自己的一切。但是长时间受到的严格训练这个时候起了作用。德罗已经变得有些模糊的意识中，一个声音在提醒他，不要开口，不要开口。

但是说实话，在他以前的任何审讯之中，最痛苦的也莫过于电击、拷打，或面对饥饿、死亡等等，他从来没有经历过这种心里上的、精神上的窥视。

那股精神力量在德罗脑中绕动，德罗用尽全力将自己的意识控制住，努力地去想一些不相干的东西。虽然不知道为什么，但是德罗感觉对方已经放弃了让自己开口，转而想直接来窥探自己的意识。德罗努力按照自己在FBI受到的各种训练来做，让自己的心神静下来，牢牢地守护着自己的潜意识，一声不吭，不为外界的一切所动。这时，德罗的眼前闪过五颜六色的图案，德罗的耳中也响起了从帕瓦罗蒂的高山远唱到清晨林间小鸟鸣叫的各种声音。德罗感觉自己好像突然掉进了一个由各种声音，各种颜色，各种图案，各种味道混杂在一起的超级大染缸，一切东西都是呼啸而来，一切又是一闪即走。

德罗心中不禁有些诧异，但是很快他让自己镇定下来，取而代之的是心中的一丝苦笑，这场本来应该由德罗主导的审讯现在反而成了这个索姆对德罗的一场审讯了。

德罗不知道接下来会发生什么，记忆被窃取？意识被控制？然后像X档案一样乖乖地带着这个神秘人离开？或者他还会很慈悲地向自己头上给一枪，然后再消失得无影无踪？德罗无暇多想，尝试着集中自己的精神，对抗自己头脑之中那种强大的压迫和渗透。

索姆的精神力围绕德罗头脑中最关键的记忆部分，试探着发起了渗透。

德罗一声不响，静静地承受着巨大的精神压力。

这时候，坐在审讯室外本来应该看审讯的安德鲁和碧利斯正好去买咖啡了，所以没有人发觉审讯室中的异样，如果其他人从那经过也只会看到德罗的眼睛直钩钩地和索姆的眼睛对视，两个人一言不发地坐在那里，除非这个警员够细心，否则他不会看见德罗的鬓角已经浸出了密密的汗珠，但说实话，就算看见了，他们又怎么能够想象得到德罗正在经历的事情呢。他们唯一能够做出的设想也不过是德罗这家伙又再恐吓犯人罢了。

看着渗透不成，那股精神力好像松懈了一下，德罗感觉自己头脑中的压力一轻，正想调整自己，冲破对方对自己身体的束缚，以便于让其他人进来协助他，但是显然，那股精神力暂时的放松不过是下一次进攻之前必要的调整期，那股精神力突然向德罗的一个记忆点集中起来向里面深深地突了进去。

“黄金少女像？”索姆开始看到了一些他感兴趣的东西。

德罗感觉头脑之中有些刺痛，连忙集中自己的意志力，拼命地将这股汹涌而锐利的精神力向外牢牢地抵挡。

索姆看着德罗微微一笑，德罗感觉自己要抵抗的精神力变得更加强大，苦苦地支撑，黄豆大的汗珠从脸上不断地冒出来，为了竭力使自己清醒，德罗用对身体的最后一丝控制力指挥着自己向嘴唇狠狠地咬了下去。一股剧痛升起，让德罗觉得自己清醒了几分。德罗不知道这种肉体痛苦带来的注意力转移能够让自己支撑多少时间，于是更加用力地顺势咬下去。一股殷红的鲜血顺着德罗的嘴角流淌下来。

也许只是过了短短的几秒钟，但德罗感觉自己肯定是已经硬扛了几个世纪。德罗心里想，如果当时大卫没能够走运地用自己的弹弓将歌里亚打倒，而是被歌里亚抓住然后塞进他的肥屁股狠狠坐将下去，那么大卫的感受估计就跟自己现在一样了。

正在这个时候，安德鲁和碧利斯买了咖啡回来。安德鲁一边看着监视器，一边和碧利斯讲着德罗以前干下的蠢事取乐。说着说着，安德鲁总觉得屏幕上有什么地方不对劲，但又看不出什么明显的问题。安德鲁凑近屏幕又仔细看了看，突然发现德罗的嘴角慢慢流下一丝鲜血。安德鲁叫声不好拔腿就向审讯室跑去。碧利斯不明就里，看着显示屏不知道发生了什么，但是又不方便离开审讯室，于是打开麦克风问德罗：“德罗，你还好吗？”

德罗对她的声音置若罔闻，显示屏上传来的仍然只是两个人呆呆地对视的情景。

安德鲁一路狂奔冲进审讯室，开门之后借着冲力，将被牢牢拷在椅子上的索姆，连人带椅扑倒在地。

索姆被安德鲁扑倒的一瞬间，德罗的眼睛终于摆脱了索姆的视线。德罗感觉原来自己承受的无比巨大的精神压迫力忽然像潮水一样消退得无影无踪。德罗感觉一阵轻松，接着身体一晃，浑身上下，特别是眼睛，感觉像是被千万根烧红了的针狠狠扎过，疼得简直直不起腰。不过让德罗高兴的是，他发觉自己又恢复了对身体的控制能力。

德罗长出一口气，想要站起来，却双腿一软，差一点摔倒在椅子上。德罗这才意识到在刚才那段审讯之中自己已经耗尽了几乎所有的力量，现在浑身近乎虚脱。

安德鲁检查了一下索姆，发现他还是被牢牢地铐在自己的椅子上，手脚根本不能动弹半分。安德鲁有些疑惑地回头来查看德罗的情况，他问德罗：“你怎么回事？”

德罗看着安德鲁，虚弱地抬手擦去自己嘴角的血迹，摇摇头说：“我也不知道，这个家伙有些邪门。”

安德鲁二话没说将德罗扶出了审讯室，临走前，回身将审讯室的大门牢牢地锁了起来。

德罗看着坐在自己对面的索姆，正在想着应该用什么样的开场白来进行第二次审讯。这次索姆并没有被束缚手脚，因为德罗知道肢体的束缚无法阻止索姆的精神力量，也许蒙住他的眼睛更管用点……索姆先开口了：“德罗先生，很抱歉我刚才的举动，请允许我向您致以我诚挚的歉意。我很乐意对你讲出你想要知道的一切，并对我所有的行为作出解释。”

出乎意料，这次索姆的语气显得十分温和，完全没有上一次的警惕和不配合，如果不是审讯室中冰冷的金属桌面和四周墙上来回扫动的摄像头，德罗甚至会错觉自己好像是在阳光明媚的下午和多年好友在自家阳台上喝着啤酒聊天。

索姆看出了德罗的疑惑，优雅地对着德罗一笑，开始讲起来：

“我父亲是印度最古老的婆罗门家族之一的首席长老。从我记事起我就知道自己身上有着一般人没有的特殊能力——我可以集中自己意念的力量去控制和读出其他人的心灵。我告诉自己，我们是一个背负神圣使命的家族，而我身上的特殊能力正是我被神选中去承担神圣家族使命的缘故。

“从印度南部的海德拉巴出发，向着群山深处前进，有一座上古时代保存下来的神庙。在我们的语言中，称它为那巴吉斯，意思是：大蛇之神庙。因为这座神庙坐落在群山环抱中，四周常年都是厚厚的云雾缭绕，所以它也被我们部落以外的人称为‘云雾之神庙’。

“传说中云雾之神庙是祭祀大蛇神阿古斯的地方。大蛇阿古斯在我们族的神话中是主管恐怖和死亡的大神，传说中，五千年以前，它曾经在大陆上横行一时，杀死了千千万万的敌人，但是由于它太过暴力，在杀死敌人的时候也杀死了太多无辜的人，所以它被一名勇士用光明之匕首刺成了重伤。在它就要死去的那一瞬间，主神在它的身边降临，将它收入了一个黄金壶中封住，而除掉它的勇士为了怕它再一次出来危害人间，于是将这个黄金壶和光明之匕首一起带到了人迹罕至的深山，修筑了一座神庙，将黄金壶和光明之匕首封存起来。勇士的后人从此就在神庙周围生活繁衍，同时，担负着看守神庙中黄金匕首这一神器以及看守住被封存在黄金壶中的大蛇阿古斯的使命。

“虽然时间一天一天地过去，印度这一片多灾多难而美丽的大陆经过了战乱、和平、再次的战乱、再次的和平，一切都在纷纷扰扰地前进，但是对于我们这些生活在群山深处的人来说，神庙的神圣从来未曾改变。

“由于我们所在的位置处于云雾缭绕的中心，所以除了偶尔那些当地的猎人在非常偶然的情况下进入之外，其他人都没有办法进来。时间流逝，在群山之外的传说以讹传讹，云雾之神庙被说成了一个仿佛不是在这个地球上存在的一处神圣之地。

“而我们呢？也确实有意无意地在借用这些传说为我们增加一丝保护，因为说实话，现在的社会发展得太快，科技力量过于发达，古老的传统和神话面对现在的科技，就像是烈日照射下的冰块一样，迅速地消融。以前很多神秘的所在，也在从天到地越来越无孔不入的各种神奇仪器的窥探之下无处遁形。但是对于我们来说，虽然有着各种新兴文明的冲击，但我们还是一如既往地坚贞而专一地守护着神庙。不仅仅是因为我们有着光荣的传统和骄傲，更是因为我们知道，大蛇阿古斯是存在的。”

“阿古斯是存在的？”德罗有些惊讶，“你是说，你口中说的那个神是存在的？”

索姆看了看德罗，脸上一副早知道你就会这样想的表情。“对！我认为大蛇阿古斯是存在的！”

德罗翻了一下手上关于索姆的一些资料。

“呃……如果这些资料没有写错的话，您的另外一个身份应该是IT行业的专家，是一个分布式运算的高级资深编程员，也是一个信息密码安全专家。”

索姆点了点头：“您的资料没有错。”

德罗脸上露出了一丝疑惑的表情：“如果真的是这样的话，您应该是一个受过现代高等教育而且对于自然科学……”

“对！”索姆打断德罗的话，“所谓的科学不过是已经证明的，可以自圆其说的东西，但是如果说在这个体系之外的其他东西都是不科学的话，那么这是一种很大的武断！”

德罗心中一动，隐隐约约地知道为什么凯伦会让自己进入到这样一个任务里面来。德罗没有表露出任何他自己心里的活动，继续问到：“您的意思是说，就算是以您的那双经过现代科技熏陶的眼睛去看，您也相信大蛇阿古斯是存在的，而不仅仅是一个古老的风俗或者传说的遗骸？”

索姆说：“对！我相信！也许……虽然我没见过，但是根据我现在对一些前沿学科的了解，我们的神话虽然有很多夸大之处，但它确实是有现实依据的。”

德罗巧妙地控制了谈话，让索姆尽可能地把他所知道的东西全部讲出来。

而索姆不管有没有察觉到德罗的想法，至少他表现出的是敞开心扉知无不言。

从索姆的谈话中，德罗知道，这个群山环抱中的“云雾之神庙”一直没有人能够进入，一直到比利他们的探险队在三十年前借助热气球很偶然地闯了进去。当比利他们的探险队一进入这个神庙，就受到了保护这个神庙的部落的严密监视。但是，因为比利他们并没有做出任何破坏活动，所以这些部落的守护者也没有现身。

但是，由于种种原因，比利他们的探险队最后很狼狈地撤出之后，这些部落的守护者发觉了一件怪事——蛇眼。

德罗问索姆：“蛇眼是什么？”

索姆看着德罗很耐心地解释：“蛇眼是大蛇阿古斯神庙里供奉的一颗红色宝石，大概有鸡蛋那么大。”

“它是干什么用的？”

“蛇眼是一颗与众不同的宝石，在它的中间有一颗类似于瞳孔的内胆，蛇眼是监视大蛇苏醒的标志。漫长的岁月中当这个瞳孔一旦睁开，也就是说蛇眼完全睁开的时候，大蛇阿古斯就会苏醒。”

“呃……”索姆继续说，“在三十年前，老比利他们进入神庙之后的一天，我们部落的长老突然发觉已经沉睡了四千多年的蛇眼居然睁开了一条缝，它并没有继续睁开，但是仅仅是那一条用肉眼难以分辨的缝隙已经让我们整个部落非常紧张，这说明大蛇阿古斯已经被别人所惊动，它很可能会在某一个时刻复活过来。”

“那当时你们为什么没有采取任何措施呢？”德罗问。

“您要知道，作为一个有四千多年传统的部落来说，我们要考虑的问题，绝不会是仅仅像您所说的几句话那么简单。对于我们来说，要生存，谨慎是第一位的，我们谨慎地观察了蛇眼，发觉从那次之后，蛇眼虽然已经开启，但是并没有进一步睁大的倾向。所以我们部落的长老积极地从上古的文献中去寻找解决之道，同时，我们在严密地监视着蛇眼的情况，但是很幸运，蛇眼没有继续睁大，所以我们也就没有急着出来去追寻比利他们。”

“那么现在……？”

“是的，在一年前，蛇眼突然开始越睁越大，现在整个蛇眼已经睁大到了四分之三的程度，所以经过部落里面的商量，决定派我出来，向与开启蛇眼有直接关系的老比利调查这个事情，阻止蛇眼的睁开，阻止凶残的大蛇阿古斯再次降临到这个人间。”

德罗拍拍自己的头，对索姆说：“嗯……对不起，呃……您讲的对我来说一时实在是难以消化，我想下去想一想您说的话，可以吗？”

索姆对德罗挥了挥手，做出一个悉听尊便的手势。

德罗走出了审讯室，来到了控制室，劈头问安德鲁和碧利斯：“他说的话你们都听到了吗？”

安德鲁说："当然，自从我们进入这该死的案件之后，如果哪一天没有一个人在那正儿八经，表情严肃地对我说一些我认为完全是胡说八道，不可思议的事情，那才是奇怪的呢！"

碧利斯为人比较细致，她对德罗说："你为什么不问一下他关于天火的事情呢？要知道，他说的那个什么大蛇阿古斯跟我们其实没有什么关系。我只想知道我父亲是因为什么原因死的，是被谁杀死的，而对于我们所调查的谜团来说，最大的障碍是罗伦斯教授为什么会失去他的记忆，为什么他的心中会出现莫名其妙的恐惧感？既然那个索姆说他们的部落是守护神庙的部落，既然他说他自己是身负神圣使命的人，既然他说他曾经看到过很多也许我们认为是不应该相信的奇迹般的神迹，那么他应该也能对我们所有不解的东西，提出一个合理的科学解释，否则的话，我觉得我们还是不能相信他。"

德罗思忖了一下："我觉得你说的有道理。"德罗对碧利斯点了点头，"我们确实在这个问题上应该问一问他，就算他不能告诉我们完整的答案，至少他应该给我们提供线索。"

安德鲁也点点头："呃……我觉得是这样，这家伙看起来像是神棍一样，不过，要真是能够显示出他神奇的地方的话，我倒也对他没话说。"

德罗再一次走进了审讯室，对索姆点了点头，顺手将一杯刚刚从休息室取来的咖啡放在了索姆手边的桌面上。

"谢谢！"索姆毫不客气地接过咖啡，一饮而尽，"唉！这地方待着真不舒服！"

当索姆在喝咖啡的时候，德罗仔细地饶有趣味地观察他，从他拿杯子的姿势和用一只小勺搅动方糖的动作来看，如果遮住他的脸，或者只从背影看过去，你会以为这是一个土生土长的美国人。

印度？德罗想，为什么总是在这个国家里面，为什么这个事情总是跟这个国家发生联系？

唉！德罗又想着前一段时间在FBI看到的一份内部资料，是关于评估印度的IT行业对于美国国家安全的影响，在那份资料中，对于印度的科技发展给出了让人难以相信的数据，也给了人深刻的印象。

德罗想：这些神秘的东方国家，到底还有多少神奇在等着被世人所了解。我们这些西方人，有时候就像是几个刚刚从乡下来到城里的暴发户，就算那些城里的人因为家道中落而衰败，从家里随便淘出一件东西也比我们大厅里面摆放的俗里俗气的金银珠宝要显得高贵很多。

德罗一边想着，一抬头发觉索姆已经喝完了咖啡，正笑眯眯地看着自己。

德罗突然想起，索姆能够感知周围人的心里活动，暗叫一声"该死！幸好我没有想什么诋毁他的话。"

索姆对德罗说："您不用紧张，德罗先生，我的特殊能力并不是随时随地都可以使用，必须非常集中精神的时候，我才可以知道其他人的心里想什么，所以您在我面前完全不必有束手束脚的感觉。"

德罗点点头，但心里还是觉得有些异样。德罗集中精神，问索姆："我和我的同伴就你说的问题讨论了一下，我们觉得有一个地方希望你能够帮助我们，就是关于天火。"

索姆点点头："嗯，我知道你说的是什么东西，你说的就是亚特兰蒂斯之火吧？"

"亚特兰蒂斯之火？"德罗觉得自己在索姆面前就像是一个笨手笨脚的小学生一样，什么问题都要笨嘴拙舌地复述一遍，然后在对方居高临下的讲解之中再恍然大悟地点一点头，这个感觉，说实话德罗并不是很喜欢。

索姆笑了笑说："亲爱的德罗先生，您大可不必为您对这件事情的背景不熟悉而感觉恼火，毕竟我们之前生活在完全不同的两个世界里面。”

德罗点点头。

索姆继续条理清楚地说了下去：“亚特兰蒂斯之火是我们部落一直守护的一种神迹。”

“神迹？”

“是的，在我们部落里有一个神奇的神器，用它的话，我们可以操控一种红色的火焰，这就是生命火焰，我们可以通过这个神器去控制和改变生命火焰的强度和方向，可以用它做很多事情。我们可以用很强烈的，力量很大的生命火焰去烧毁和攻击入侵的敌人，但是我们也可以用很少很少的一点生命火焰施加在某一个人的身上，作为一种刑法，另外，如果通过部落里面高等级的技师的话，我们可以通过生命火焰来封存人的记忆和对他的大脑进行控制。”

德罗说：“这么神奇？”

索姆笑了笑：“在我小的时候我也觉得很神奇，但是在我接触了西方的科学教育之后，我猜想，这种生命火焰应该是一种非常巧妙的，原理我们并不清楚的静电控制。这种生命火焰之所以成为红色，是因为大量特殊能级的静电聚集的时候会促使空气中部分分子形成特殊的气溶胶，改变空气的折光率，在局部形成“折射晶格区域”，因此呈现出不同于平常的红色光芒。而同时，这些生命火焰所到之处，周围空间里的臭氧被大量和快速地分解，就产生了我们看到的微微带红色的一团火。”

“哦！”德罗点了点头。

索姆继续说：“在我们所读的历史上，四千年的时间之中，一共只使用了三次最大能量的生命火焰来抗击入侵的敌人，呃……对于你们西方人来说，你们很幸运的是我们其中的一次客户。”

德罗有些尴尬地笑了一笑。

索姆继续说道："我还记得1832年，在我们族的历史记载上，西元1832年，那些傲慢的英国人曾经在云雾之神庙外面吃过大亏。"

德罗微笑道："是的，不过这个好像和我们之间的话题没有太大联系。"

索姆说："不，正是因为这一次不愉快的经历，所以我们部落里面对于你们这些西方人有很深的敌意，毕竟像我这样接触过西方高等教育的族人并不是多数，更多的人都是按照我们千百年以来的传统，一直在那个地方勤勤恳恳地守护着我们心中认为神圣不可侵犯的神话。"

德罗觉得自己没什么话好说，于是静静地看着索姆。

果然索姆继续说下去："不过我相信你们，因为文明在进行碰撞的时候出现一些丑恶的和一些短时的现象是正常的，但我们不能因为这个原因，去否认文明交汇和进步的正确性。在开始，很抱歉，没有取得您的同意的情况下，我很冒昧地用我自己与生俱来的精神力查看了您脑中的所有记忆，除了那个您拼命不让我看进去的区域之外。当然，我很佩服，您是第一个我遇到能够抵御我精神力的人，不过，我还是看到了我想要看的足够的东西，我知道你们现在手上正在处理一个案子，而这案子的受害者就是老比利，也就是三十年前闯入云雾之神庙的那支冒险队中的一个人。当年就是那一群人离开之后，蛇眼发生了奇怪的变化。

"那天我到达现场时比利先生已经不幸遇害了，我当时非常震惊，因为凶手居然使用的是天火！这种技能在几千年中只有我们部落能用，但是现在居然在别人的手上被使用了出来。联想到我们部落中一直流传的传说：当天火被邪恶的手点燃时，就是邪神大蛇阿古斯找到了它的仆人之时。而阿古斯的仆人会不惜一切代价来复活它，从而给人间带来莫大的浩劫。这件事情实在是关系太过于重大，所以我必须立即亲自回到部落中向长老们报告这件事情。等我回来时，我没有办法找到你们。但是我猜想凶手的下一个目标，一定是罗伦斯，所以我到了这里，想要抓住他。谁知道我不但没有成功，反而还掉到了你们的陷阱之中。”

德罗问：“你为什么要去调查比利的死？你们那么害怕阿古斯的复活，为什么不将黄金少女像追回到自己的手中？那个黄金少女像对于你们的神庙来说真的非常重要吗？”

“非常重要！你要知道我们部落现在还是一个母系社会，我也不知道为什么，但是在我们部落之中，女性的地位绝对是比男性高的，而黄金少女像就代表着我们部落里面最高等级的也是最虔诚的守护者，它们被藏在大蛇阿古斯的塑像之下，它们所在的位置正好是整个神庙之中机关的枢纽。传说中，如果要想解开大蛇阿古斯的封印，必须借助三只黄金少女像，所以在少女像被盗走之后我们立刻就派出过人手想要追回它们。但是由于我们部落和外界隔绝太久，所以我们的人完全适应不了外面的环境，我们一出现在外面，马上就会引起人们的诧异和警觉。我们对于外面的世界什么都不懂，不会使用交通工具，不会使用先进的电器，要想无声无息地将少女像从大洋的另一端追回，对于我们来说简直就是不可能完成的任务。

“这个时候我们正好又更换了首席长老。因为外面那位碧利斯小姐的母亲在神庙周围做了一件让我们感觉非常意外和感动的事情，我们内部对于怎么处置这些闯入者出现了不同的意见。原本的首席长老在用天火处死了印度向导之后，本想继续处死那些白人，但是一些原本就对于部落千年不变的隔绝状态不满的年轻人团结在比较开明的长老帕米周围，夺取了部落的领导权。顺带说一句，也正是由于当时我们部落发生了短暂的内乱，老比利他们才能够幸运地在我们忙于内乱无暇顾及的时候安安全全地返回了外面。”

“碧利斯的妈妈做了什么事情？”

“具体的事情我不是很清楚，因为当时我和你们一样，还只是一个非常非常小的孩子，我只知道，当时碧利斯的母亲表现出了很大的善念，让我们族里面对于外来人特别是西方人的看法发生了很大的动摇。从而使以帕米为首的势力乘机说服了大家，掌握了部落的控制权。

“帕米当上首席长老之后，针对现实情况，提出了一个包含睿智的提议。她决定打开我们和外面世界联系的大门，派出一些年轻人融入外面的世界。这样我们就能够培养出合适的人选去追回黄金少女像。

“后来，一些像我一样的年轻人已经成功地融入了外面的世界，可以不引人注意地潜入到比利他们的身边了。按理说我们应该可以马上动手夺回少女像，但是这个时候，长老们的想法比原来更加深远，她们觉得我们不需要急于取回黄金少女像，她们也想通过黄金少女像的流出，引发外面世界对于我们这个文明的研究。因为毕竟经过时间的长期的流逝，很多我们经典的教育和一些精妙的传统，我们都只是在盲目地模仿，而并不能真正体会其中的意义。帕米长老是一个非常有远见的人，她认为也许通过这种有控制的文明之间的交汇和碰撞能够帮我们的部落更好地坚持住我们的传统，守护住我们的根，从长远来看，这可以保证我们在以后更长的岁月中更好地完成我们的使命。

“老比利他们对黄金少女像的看护十分严密，这么多年以来，我们虽然知道少女像就在他们的手上，但是也都不能确定具体的保存地点。所以我们觉得黄金少女像虽然不在我们的手边，但是也很安全，不会落入邪恶人的手中。加上蛇眼在老比利他们闯入后虽然睁开了一条缝，但是后来一直没有继续变化，所以我们一边感觉到大蛇复活的威胁，一边也觉得事态还不是很严重。于是我们部落派出的守护者默默地潜伏在老比利他们身边，观察和监视他们，我们希望能够在大蛇阿古斯的仆人完全觉悟之前，通过比利他们借助现代的科技研究，尽可能多地了解黄金少女像的秘密。正是在这个思路的指引之下，有时候我们甚至还会有意识地将一些我们的资料通过各种渠道不引人注意地透露给他们。而老比利他们也不愧是顶极的科学家，他们很好地对这些资料进行了利用。我们的长老根据他们的研究结果，也越来越透彻地理解了我们上古传下来的典籍。可以说在很长一段时间之内，一切都在按照我们的设想进行着，直到最近一年多。在这一年多，蛇眼突然从原来只睁开一条缝隙，变成了睁开到三分之二。而且神庙的外围越来越多地出现了一些陌生人。这些人四处打探关于进入神庙的路径，收集和神庙有关的一切信息，很明显他们来者不善。帕米长老对这种现象非常警惕。于是将我派到外面的世界去调查这件事情。我费尽周折，打探出一个叫亚利安那旨意的组织，这是一个激进的右翼新纳粹组织，他们的头目叫黑鹰。这个组织狂热地信奉第三帝国时期进行过的关于神秘事物的研究。他们想通过重新找到研究成果，并用之重建第三帝国。”

“重建第三帝国？”德罗觉得有点好笑。

“我知道您觉得好笑，但是您要知道，第三帝国由希姆莱主持的针对西藏、印度和埃及古老文明的研究中，除了那些骗钱的，蹩脚的星相家之外，也有一些真正的科学家和一些真正的神学家，根据我们目前搜集的资料来看，当时第三帝国对于超自然力的研究达到了相当高的水平，只是它的覆灭太过于迅速，所以这些研究成果来不及被运用到战场上。它们被遗忘在了档案堆中，长久不见天日。而亚利安那旨意这个组织已经成功地找到了好几处第三帝国灭亡之前的秘密藏宝地。很显然他们得到了一大笔资金和一些神秘的科技，所以这几年他们发展得非常迅速。我怀疑阿古斯的仆人在这个组织的突然兴起中起了很重要的作用。不知道是这个组织想借助阿古斯的仆人来侵入神庙获取更大的力量，还是阿古斯的仆人想这借助这个组织来完成他的使命。反正不管怎么样，这两股邪恶的力量结合在一起，一定就是蛇眼突然发生异变的原因。现在神庙一定非常危险了。”

德罗觉得，如果不是索姆之前给了他很好的印象以及对所有的事情都能给出一个听起来还算合理的解释的话，那么德罗一定以为坐在自己对面这个面目清秀的印度人是在对自己胡说八道。但是他迅速地将索姆说的东西理了一下：一个神秘的部族，可以通过一个叫亚特兰蒂斯之火的东西，来守护一个神庙，一支探险队在三十年前闯入这个神庙，取走了几个至关重要的东西进行研究，但他们的行为，也许使神庙中的某一个地方发生了变化，从而开启了大蛇阿古斯的复活之门；一个极右翼的纳粹组织和大蛇阿古斯的仆人搅在了一起，想要夺取探险家们带回来的黄金少女像，进而入侵神庙，解开其中的秘密和让大蛇阿古斯复活，然后邪恶的势力们各取所需。和凯伦给自己的信息结合起来，那么这个所谓的亚利安那旨意多半也是暗月会的分支机构，至少是外围的小喽啰。

德罗这样分析着，他对索姆说："那么在这个事情里面，你和你的部落应该是我们的盟友了？"

索姆张开嘴巴，露出他一口迷人的牙齿，笑了一下说："您说的没有错，对于你们来说，想要解开碧利斯的父亲死亡之谜，甚至如果有可能的话，能够去报仇，那么你们就必须要去追回那三个黄金少女像，而对于我来说，为了守护神庙，我必须要将神器带回去，必须要得到三个黄金少女像，而在这个过程之中，我们共同的敌人就是那个金色头发的人，是他抢走了本来应该由我带回去的黄金少女像，也是他和碧利斯父亲的死亡有最大的关系。我可以帮你们解除罗伦斯身上的诅咒，让他交出黄金少女像。但是作为交换，我要求你们跟我一起去神庙，阻止大蛇阿古斯的仆人。"

安德鲁说："德罗，听起来不错啊，很公平。"

德罗想了一阵，说："我要向我的上级汇报一下。"

过了大概一个小时，德罗回到了房间，对索姆说："有三个条件：第一，黄金少女像不能带走，而是要先交给我们保管。第二，由于外交上的原因，我们不能派出其他的力量来帮你，目前只有我们这个调查组的人和你一起去。第三，任务完成后，你们必须要协助我们掌握你们手中的科技——不过为了表达我们的诚意，这一条你可以先不答应，我们可以以后再慢慢谈。你觉得怎么样？”

索姆哈哈一笑说：“兵贵精，不在多。我们去就够了，其他条件嘛，很合理。”

第八章 神庙

印度某地。

看着自己面前的入口，索姆已经隐约觉得有很多地方不对劲。其实索姆也不知道为什么会出现这种情况，因为索姆本来是想带着德罗、安德鲁、碧利斯和马克蒂姆一起走一条只有他们族人才知道的地道，但是到了地道面前，他发现自己怎么也无法将地道的入口启动，仔细看去，地道的入口被一种索姆从来没有见识过的力量从内部给破坏了。索姆心中一惊，因为这条地道是他们族人在几千年以来，不停进行维护和加固的。这条地道非常隐秘，以至于基本不可能被别人找到，就算找到了，也不可能轻易被毁坏。首先地道很结实，其次地道的入口有报警装置通向部落最核心的建筑——神的坟墓。一旦索姆的族人察觉到有人试图入侵，部落里面就会启动防御和攻击手段，同时用心灵感应通知每一名不在部落中的族人不要靠近事发地点，以避免不必要的伤亡。

但是现在，地道却在毫无征兆的情况下被破坏了，强大到可以从内部破坏地道的力量不可能不引起部落中长老们的注意，但是索姆却没有得到部落里面对自己的任何警告。

索姆联想到部落已经很久没有和自己有过任何联系，心中不禁有一些着急，他觉得也许群山封闭的神庙区域发生了非常大的变故，甚至他的部落正在危险之中。不过索姆没有对德罗他们说出来，他只是对德罗说：“我认识的捷径被封死了，另一条通道在二百公里山路之外——而且我有预感它也被毁坏了。”

德罗一听，不由得微微皱了皱眉头。二百公里，他们身上的给养和东西是不足以支撑到那个时候的，如果只是索姆或者只有德罗这种经过特殊训练的人应该可以毫无问题地走下来，甚至如果勉强一点的话，也许碧利斯和安德鲁也能够坚持下来，不过马克蒂姆博士那副长期呆在实验室的身材确实让德罗没有任何的信心。但偏偏德罗又不能丢下对他们此行能发挥巨大作用，真正解开天火之谜的这个静电专家。

这个时候，安德鲁还是像以前那样吊儿郎当地跑了过来，也按通常情况下吊儿郎当的方式发表了自己的意见：“唉，兄弟们，我说我们为什么不用老比利教授他们曾经用过的办法呢？”

碧利斯眼睛一动：“你说，热气球？”

“对呀！”安德鲁笑笑。

“现在的印度可和当时的印度不一样了，离这里最近的一个城镇不过三十公里，如果我们动作够快的话，在今天天黑之前就能到达那个地方，呃……而您知道，如果我没有记错的话，这一带正好是属于印度为数不多的富人度假区之一，在这里，高尔夫、滑翔机和热气球都是属于特别时髦的运动，我想如果只要我们包内的钱够用的话，完全可以轻而易举地得到一架非常好的热气球。”

马克蒂博士没有说什么，低头想了想，然后抬起头来对他们说：“嗯，一小时二十分钟，根据我的估计，按照我们走过来的速度，我们在一小时二十分钟之内在这条崎岖的山路上完全可以走一个来回，而如果我们能从当地小镇乘热气球飞过来的话，我们的速度会更快。”

德罗问索姆：“从罗伦斯教授的描述中看来，这片空域有很强的防御力量，除非我们有地图，否则我们不可能安全进入。”

索姆对德罗笑了笑说：“呃……因为我们从小的时候就要背诵大蛇之神庙所有经典，而我作为一个高级黑袍祭司，我知道能够进入大蛇之神庙的任何一条道路，无论是陆地上还是空中。”

德罗双手一拍：“好吧，那就这么定了。”转身带领大家向着邻近城镇的方向走去。

索姆站在原地停了一下，嘴里轻轻说：“我是说以前。”

恐惧就像一条冰冷的蛇一样，缠上了碧利斯的脖子，她感觉非常害怕，因为她不知道在这个黑暗的山洞里面会遇到些什么样的东西，她已经和德罗以及安德鲁走散，现在唯一能够依靠的就只有三样东西，勇气、勇气和勇气。

碧利斯小心地前进，山洞里面应该是长久没有人的到来，各种不知名的生物从她的脚下悉悉索索地爬过，碧利斯竭力不让自己去想象会是些什么样肮脏可怕或是面目可憎的东西正在从自己的脚背上飞快地跑过去，她只知道，自己必须要前进，必须要走到大蛇之神庙，否则她就会死在这个地方，而他们老比利家族多年以来延续的传统绝对不是失败和死亡，他们永远都是得意洋洋地坐在酒吧里的高脚凳上，一边把弄着手里的金币，一边对周围的人吹嘘着自己的冒险经历。

碧利斯给自己打气，你是老比利家的女孩，你不能停下来，你要前进，你要找到那个该死的神庙，把那些该死的黄金少女像放在那该死的位置上，然后，你会活着回去。

碧利斯竭力不去想安德鲁和德罗是否还活着，在气球爆炸的那一瞬间，她听到了安德鲁的大叫，好像也看到了德罗的身影。但那也就是短短的一瞬间，接下来，碧利斯完全顾不上别人。幸运的是山谷中恰好来了一阵上升气流。这股气流托着碧利斯，让她在空中寻机抓住了一根树枝，然后小心地爬到了地面。碧利斯大口地喘着气，庆幸自己没有被摔死在这个地图上没有任何标记的地方，不过碧利斯倒也不是很为德罗他们担心，她认为既然自己这个二把刀的前攀岩运动员都可以活下来，其他的人应该也没有什么问题。而现在，她的问题只有一个，就是怎么去找到那个好像近在咫尺，却绕来绕去总是找不到前往道路的大蛇之神庙。

森林中的道路曲折复杂，不知是道路的开辟者出于防卫上的考虑，还是根本就是想要作弄外来的不速之客。每走上一段道路，经过某个不经意的转角或者是绕过一座土丘之后，大蛇之神庙就会出现在视野中最多一英里开外的地方，碧利斯甚至可以清楚地看到那些布满了美丽花纹的墙壁在阳光下闪闪发光。但接下来的一个小时内，碧利斯必定就会陷入一段漫长艰难看不到一点希望的道路。刚才还离自己好像近在咫尺的神庙一下子又变得无比遥远，这简直让碧利斯几近崩溃。令碧利斯万分吃惊的是，她居然看到有人端着枪在森林中巡逻，这可和进去前他们设想的完全不一样。那些武装人员一定也看到了气球爆炸，所以过来搜索入侵者。碧利斯于是不得不躲躲走走，在暗无天日的森林中摸索前进。

与此同时，在密林中的另一个角落中，被摔得鼻青脸肿的德罗和安德鲁也正在想办法前往神庙。说实话，一直到从气球上掉下来的那一瞬间，安德鲁也不相信他们真的会出事。要知道他们的向导可是守护神庙的黑袍祭司索姆啊。在他们的头脑中跟着索姆前往大蛇之神庙应该就像是回家一样的随意和自然。

事情的发生好像就是在一瞬间，当时，大家安静地被一股平缓的上升气流带进天空中，一团黑色的云气突然开始聚集翻滚，一瞬间后，云气凝集在了一起，一条巨大的黑蛇，在空中陡然出现。这条大蛇和碧利斯家中的那座雕像一模一样，在空中伴随着风的吹过，云雾扰动，大蛇也随之摇摆晃动，好像是活的一样。

大家都惊讶地望着这个突如其来的怪物，安德鲁张大嘴巴呆呆地看过去，口中说道："天啊，罗伦斯那个老家伙还真是没有骗我们，这家伙真是够丑的。"

索姆看到大蛇的映象后就已经感觉事情很不妙了，按照部族的经典记载，这种骇人的大蛇云气是防御用天火被启动后出现的异像，接下来，这尊大蛇云气就会用天火的力量自动攻击任何敢于闯入它身边领域的飞行物，看来确实有人改变了神庙周围地域的防御系统。索姆猛地扭头对德罗说："德罗警官，我们要赶紧返航，不然……"

话音未落，大蛇的眼睛突然发出骇人的红光，然后一阵闪电气势汹汹地向气球扑来。大小不等的电弧就像是刚刚从封印中放出来的妖魔鬼怪一样尖叫着咝咝地击向气球。大家都紧张地收紧了全身肌肉，但却不知道应该躲向何方。只有索姆站了出来，在气球吊篮的中央，双眼紧闭竭力想用自己的精神力来控制闪电的走向。

这时，一个特别猛烈的闪电向气球劈来，碧利斯看见德罗拼命将安德鲁推到一边，然后就感觉自己被一股柔和的气流托着，裹进了森林顶上的雾气之中。

安德鲁一向觉得自己的运气比德罗好很多，所以当他被德罗用凉水浇醒之后，很高兴地看到德罗这个傻瓜正为了自己忙来忙去。旁边躺着三个被捆得结结实实的人，看来这几个家伙本来是想来抓自己和德罗，但是却被德罗抢先下手了。安德鲁一边摸着自己刚刚才落地时被磕昏的头，一边看着好像是一个忠心的仆人一样蹲在自己面前的德罗开心地咧嘴笑笑。

德罗说："安德鲁，我不知道我们为什么会遇到那个该死的闪电，从现在起只能靠我们两个了，幸好黄金少女像没有丢失。"

安德鲁耸耸肩："说实话，虽然一开始我就不喜欢索姆那个拿腔拿调的小子，但是我实在是没有想到他居然会笨到带着我们走进雷电之中。”

德罗说：“这不是索姆的错，他原本是认识路的，一定是什么人在背后暗算我们。”

安德鲁嬉皮笑脸地说：“那也不一定，也许是他记错路了呢，看他那个小白脸的样子就是一个没记性的人。”

德罗说：“这个地方已经被亚利安那旨意的人占据了，到处都是武装分子。

“没有记性？”马克蒂姆博士问索姆，“你是说你们所有的记忆力并不是像我们一样经过学习得来的？而是经过某种录入装置刻进去的？”

索姆看着马克蒂姆博士，点点头，他身上的衣服早已在下落的时候被树枝刮成了条条缕缕。

“是的，所以我觉得很奇怪，为什么我的记忆会出现问题，因为如果是属于背诵的话，那很有可能我自己会有记错的时候，但是我们的所有记忆都是像用天火封闭罗伦斯教授的记忆力一样，通过松果体传导，直接用静电写入我们大脑之中，然后形成各种沟回的。从理论上来说，就像是用刻录机在光盘上刻下纹理一样，哪怕是放上千百遍，也是一丝一毫都不会变的，但是现在，我却偏偏在一个关键的岔路记错了位置，以至于我们没有走上正确的道路反而撞上了大蛇之神庙的保卫装置被雷电所击毁。”

马克蒂姆教授想了一下突然问：“您这种记忆的写入方式是属于可擦写的还是不可擦写的？”

索姆想了想，说：“根据我们的教育来说，我们的记忆是可擦写的，但这只是理论上的可能性。因为对于我们来说，一般情况下我们能够启用的天火装置分为三个等级，第一级是黄色，第二级是灰色，第三级是红色。一般来说，黄色管理着整个神庙周围方圆三十里内的防御体系，它制造出幻象，让前来的人内心产生强烈的恐惧感，也负责就像我们开始遇到的那样，用各种各样的雷电和静电合成装置将入侵者击回；而灰色是属于像我一样的黑袍以上的高级祭司才能使用。它具有攫取人心灵能量的力量，它能够控制人的心灵，让我们想要控制的人疯狂、恐惧、欣喜，我们也是用灰色力量向自己的大脑中刻入各种知识和技艺；最高等级的红色，根据我知道的经典，只有大蛇阿古斯和它直接的仆人才能够启动，这是最最恐怖的力量，它可以改变黄色和灰色天火所设定的一切，它可以随心所欲地改变我们的记忆，也可以在一秒钟之内将岩石烧成灰烬。最可怕的是使用红色天火可以招来上天的神灵，用最残忍的手段惩罚大地上的所有生灵。因为在我们部族的历史上，从来没有出现过大蛇仆人的降临和大蛇阿古斯的复活，所以我们的记忆从来没有被任何人改变过，而这次蛇眼没有完全睁开，大蛇也还没有苏醒啊，怎么会有红色天火的降临呢？”

马克蒂姆似乎来了兴致，他继续问到：“那么你在进入这个大蛇之神庙的道路的时候，有没有过异样的感觉呢？”

索姆想了一想：“有，很奇怪的感觉，在最开始，刚刚看到我们的地道已经被封死的时候，我们刚开始乘热气球升空的那一瞬间，我感到一股强烈的敬畏感，我心理的一个声音在拼命地对我说不要过去，但是我用意志和自己的勇气强行把它压了下去。”

“是啊，我为什么会陷入敬畏呢？”索姆喃喃地说，陷入了沉思。

索姆突然想到了什么：“仆人，对，根据我们的记忆，在大蛇阿古斯苏醒之前是由他的卑微却又无比高贵的仆人来引导它的修行仪式，在这个仪式上，需要用无数的鲜血，无数的生命，而这个仆人会在大蛇阿古斯从睁开眼睛到苏醒之前，拥有操作红色级别的静电之力的能力。”

马克蒂姆教授一把抓住了索姆的手说：“也就是说那个邪恶的大蛇的仆人很可能已经进入了神庙而且正在对我们进行攻击？”

索姆说：“看来我们这次旅程一开始就注定了不会是顺利的。我的精神力已经感觉到这个地区有很多邪恶的意识在游荡，最起码有两三百个武装分子想要抓住我们。亚利安那旨意的人已经进来了。”

碧利斯继续往前走，她觉得有些紧张，因为她闻到一种野兽的气味，一种掺杂着野兽粪便和野兽巢穴里面特有的那种毛发以及温暖潮湿的气味。

碧利斯不知道自己在这个黑暗潮湿的山洞里面会遇到些什么样的东西，当她看到自己手上光线越来越虚弱的电筒，她知道自己必须要前进，必须要穿过去，向前走也许是死，向回走肯定是死，答案显而易见的，她没有任何选择。

正在这个时候，碧利斯突然感到身后有响动，她惊恐地转过头，电筒闪过，看到一个满是斑纹的野兽向自己猛地扑过来。

“当”的一声，电筒掉在地上破了，碧利斯看到黑暗中一双炯炯有神的眼睛盯着自己，毫无疑问，这是一头豹子，只有豹子才会有那种黄色和黑色相掺杂的斑点，只有豹子才能在黑暗中拥有如此的视力，只有豹子才能如此恰到好处地将自己扑倒在地，却能够用厚厚的肉垫保护住自己的肩膀而不被它抓破。

碧利斯不知道这只豹子要怎么对待她，她只是突然悲哀地感觉到，也许自己这辈子都没有机会替自己的父亲报仇了。但她没有想过放弃，她试了试，想要挣脱豹子的爪子，豹子轻轻地呜了一声，像是对他进行恐吓，碧利斯不愿意过早地惊动这个危险的对手，她突然想起自己好像在一些猎人的日记上面曾经看过对付豹子的办法，比如说在豹子就要低头咬断自己的喉管的时候，突然挣脱起来，将手狠狠捅进豹子的喉咙，从食管中穿出抓断它的主动脉，甚至干脆捏碎它的心脏。或者趁豹子不注意的时候，狠狠地瞄着它的要害部位用自己能够抓到的任何尖利东西朝豹子猛烈地攻击，对！戳它的眼睛，这也许是老比利家的碧利斯在这个危险情况下逃生的唯一的办法。碧利斯，不要惊慌，加油。碧利斯一边目不转睛地看着越来越近的猛兽，一边模糊地抱着鱼死网破的想法悄悄地挪动着自己的手腕，想要偷偷摸索自己身上的防身武器。

但是碧利斯很快无可奈何地放弃了自己挣扎的企图——她发现自己面临的这只豹子的力量太强大了，在它那有力的巨爪下碧利斯被死死摁在地上，完全不能动弹。碧利斯觉得大脑一阵空白，各种想法汹涌地向她涌来。她甚至一度走神疑问起为什么豹子不用爪子将自己的肩膀给戳穿，而是要用如此无害温和的方式将自己死死地按在地上？

不过豹子留给她的时间并不多，黑暗中，那双闪现着诡异凶猛和嗜血的眼睛离自己越来越近，越来越近……

碧利斯发觉自己没有力气挣脱豹子的双爪，她绝望地闭上了眼睛，等待着豹子的牙齿将自己的喉咙割破的那一瞬间的到来。

出乎碧利斯的意外，在她闭上眼睛，已经静静地等待自己不幸的命运的时候，她发觉自己面前的那只豹子，并没有将她的喉管狠狠地咬破，相反，这只豹子在就要将她一口撕裂的时候突然奇怪地将身形顿了一顿。豹子仔细地嗅了嗅她身上的味道之后，做出了让她感觉非常奇怪和百思不得其解的动作，这只豹子居然转过身来用自己的头轻轻地在碧利斯的下巴上蹭来蹭去，一边蹭着，一边口中发出类似于小鸟口哨一样的呜呜声。

碧利斯觉得非常奇怪，因为根据她的知识，这种呜呜声是猫科动物在讨人欢心，觉得高兴的时候才会发出的叫声。

剩下的事情，碧利斯觉得自己纯粹是属于在云雾中度过一样，那只豹子轻轻地示意碧利斯跟着它前进，而在惊吓和惊讶双重情绪交织下的碧利斯也没有多想，跟着这只豹子一路轻轻地向前走去，然后她穿越了山洞，她看到那个无数次在别人的口中、传说中以及她的想象中出现过的大蛇之神庙。

短短的几个小时，碧利斯觉得自己已经喜欢上了这个可爱的家伙，她转头向那只豹子看去，从黑暗的山洞之中来到了光明的外面，这只豹子不再有当初出现时那种嗜血的杀气，而是更像一只温顺的大猫一样，黄色的斑点显得分外可爱。豹子呜了一声，抬头又蹭了蹭碧利斯的腰间，然后缓缓地转过身去向洞穴的深处走去。

碧利斯有点舍不得它，但是却也不知道应该怎么去呼唤它，不过碧利斯已经给它取好了一个名字——“呜呜”。就是这只豹子最开始在她身边撒娇时的那种声音，碧利斯对呜呜喊一声：“呜呜，你要丢下我吗？”

豹子缓缓地回过头来，用一双漆黑却分外明亮的眼睛看了她一眼，然后转过头去，慢慢地但是坚定地离开了。

碧利斯不知道这一切为什么会发生，但很快她清醒过来，她知道，自己必须前往大蛇之神庙，至少自己必须马上要和德罗、安德鲁等人汇合，否则单凭她的力量，是无法在这个自己从来没有来过的充满了神圣和杀机的地方久留的。

她蹑手蹑脚地快步向前越过了最后一道灌木丛来到了离神庙不过一百多米的地方。

而这时的德罗和安德鲁也慢慢地靠近了神庙，毕竟德罗有FBI长期训练的底子，而安德鲁也一直就不是一个安心在书房看书的好孩子，一直以来，攀岩、野营、野外生存，从来都是他喜欢的拿手好戏，所以他可以毫不费劲地跟上德罗的速度，当然有一个前提是德罗也在有意识地控制自己的速度不要快到FBI资深探员的水平。

途中，德罗曾经用自己身上携带的秘密通讯工具尝试着和FBI总部联系，但是发觉他无法联系上凯伦，也就是说，在剩下的任务里面他们只能够依靠自己。不过这没有什么，在凯伦从阿富汗失踪的这一段时间里面德罗已经无数次地经历过了类似目前这种困难的时刻，你必须要自己作出判断，并且要对自己的判断负责。

而索姆和马克蒂姆两个人是最顺利的，因为索姆对于这条道路是如此的熟悉，虽然说他从来没有尝试过从云端里面跌落到云雾之神庙周围的屏护山脉之中，但他毕竟是这里长大的，他有一双明亮的眼睛，他有适合在山林里面行走的四肢，也有灵敏的嗅觉和对这片大地仿佛与生俱来的血肉联系。

作为一个科学家来说，马克蒂姆觉得自己完全不能相信在世界上真的有这样一个特殊的人群，他们居然可以和静电场产生如此强烈的相互作用，所以他总是带着一丝好奇去打量索姆。

但索姆最初对马克蒂姆不是特别的友好，因为他无法用自己的读心术去看到马克蒂姆内心的想法。长久以来，索姆已经习惯了在一些关键的时刻对一些关键的人物进行心灵阅读，但不知道是不是马克蒂姆长期接触静电场的关系，索姆发现自己居然不能从马克蒂姆的心中阅读到任何信息。

一开始索姆对马克蒂姆产生了很强的戒备感和警戒心——这就像是人突然被别人蒙上了眼睛，并被要求跟着另一个人在陡峭的山路上行走一样，索姆完全是下意识地感觉不安。但是，在看到马克蒂姆博士在丛林中狼狈不堪地被绊倒好几次却依然哈哈大笑着寻找道路前进之后，索姆慢慢开始相信起自己这个学究气很重的伙伴来。

而且在这个茂密的丛林中，如果想要快点找到德罗他们并尽快到达大蛇之神庙，索姆实在是没有功夫一边将一个笨拙的博士不断地从泥水坑中捞出来，一边在心中对其进行无休无止的戒备和怀疑。

碧利斯很谨慎地躲在出口附近的一棵大树后面，不知道自己接下来应该怎么办，是闯进去呢，还是在这里继续等待？神庙门口几个武装分子围着篝火正在喝酒，他们背上的枪发出幽蓝幽蓝的光。这提示着碧利斯贸然现身绝对不是一个好主意。但如果真的要在这荒郊野外度过一个晚上一直到天亮的话，碧利斯实在想不出那些夜间出没的各种可怕的虫子会怎么对待自己。难道就让这些肮脏的虫子在自己的脚背上、身上、头发上荡来荡去，让那些各种夜间出没的小老鼠、小狐狸、小蛇蚁在自己身边开一个盛大的舞会？碧利斯突然第一次觉得心中很愤怒，她对自己父亲的怨恨又一次涌了上来。为什么你要来这个鬼地方，为什么你会让妈妈死在这个鬼地方？为什么我为了你年轻时候的一次荷尔蒙分泌过剩而不得不和那些自己平时最怕的昆虫们度过整整一个晚上。

望着近在咫尺的神庙，看着越来越晦暗的天色，再看看身边越来越活跃的爬虫，傍晚时分，碧利斯觉得自己几乎忍不住想要冲进神庙里去了：也许我可以将那几个家伙一下子全部打晕，然后偷偷溜进去。武装分子都已经出去搜索自己了，神庙里面应该没有人吧。神庙在这个地方已经矗立了几千年，这么多年都安然无恙地过来了，就算真的有那个丑陋的蛇神，它也会怜悯一个可怜的女子在潮冷的夜里到它的宫殿中去寻求一丁点温暖和光亮的愿望吧。

碧利斯这样想着，慢慢地她的意识开始恍惚起来，好像是不由自主一样，她想从藏身之处走出来。她努力克制自己，但还是一点一点地向神庙前进。越是接近大蛇之神庙她越是觉得自己应该进去，仿佛有一种东西在呼唤着她，吸引着她，危险现在好像成为了一种莫大的诱惑。碧利斯的动作触动了身边的树枝，沙沙的声音惊动了神庙门口的那几个家伙，一个瘦高个站起身来，狐疑地招呼自己的伙伴，端着枪向碧利斯的方向小心地靠近。

正在这时，一条黑影突然从碧利斯身后冒了出来，将她死死压在地上。突然的变化让碧利斯一时有些反应不过来，但近在咫尺的泥土气息让碧利斯一下子明白了自己的处境。片刻之后，她开始了无声而剧烈的挣扎。这时，一个低低的声音从耳边传来：“别乱动，我是德罗。”

碧利斯身体一松，停止了反抗，她回头一看，刚要说话。德罗对她比划了一个“嘘”的手势。然后一扬手扔出一个东西。那东西一落地就飞快地跑起来。武装分子闻声开了枪，追赶着那个东西向前跑去。

碧利斯问：“那是什么？”

德罗说：“我们休息时恰好抓住的一只野兔。”

碧利斯高兴极了，身上的疲倦好像一扫而空：“哦！天呢！你们不知道，我看到你们是多么的高兴！”

安德鲁说：“嗯，我们也很高兴。尤其是我们在某位女士就要不顾一切去做傻事之前能够截住她的情况下。”

碧利斯有些庆幸自己是处在黑暗之中，脸上传来的一阵阵滚烫明白无比地告诉她自己现在的脸有多么的红。

碧利斯甩了甩头发，对安德鲁骄傲地说：“我只不过是想去先你们一步探寻大蛇之神庙的秘密而已。”

安德鲁和德罗微微一笑：“啊，亲爱的碧利斯小姐，你果然和我们想象的一样勇敢。”

等待索姆和马克蒂姆博士的时间也许是他们踏上这段危险的旅程以来最闲暇的一段时光了。安德鲁在一边抓紧时间睡觉。碧利斯靠着一颗树坐下，想着自己遇到的那只豹子。德罗在她旁边坐着。

“你解开密码的时候输入的那些东西是什么意思？”德罗问她。

“你是说B&M&B？”

“对。”

“那是我小时候送给我父亲的一张父亲节卡片上写的字，意思是

‘碧利斯和妈妈和爸爸’，这是我唯一一次写给我爸爸的卡片，后来他们就去了印度，然后我妈妈就死了。”

“我很抱歉。”德罗很真诚地说。

“没关系，我现在已经能够接受这一切了。我一直觉得我和你们一起来追寻我父亲的死因是一件不可思议的事情。我恨我父亲，我恨他害死了我母亲。我以为我听到他死去会很平静，但是在这个案子中我感觉到很多不能让我平静的东西。我觉得其实过去的十几年中我都是在伤害我父亲，其实他很爱我的母亲，失去我的母亲他应该更加伤心吧。我只是在根据自己的想法去伤害他，我实在是太不应该了。从我输入那个密码打开保险柜的那一瞬间，我就进入了我父亲的内心。那个时候，我也才知道我心中其实一直也是爱着我父亲的。所以我父亲是怎么死的，对于我来说并不是最重要的了。到那天为止，我已经得到了我从踏上这段旅程以来最想要得到的东西。毕竟他已经离开，我也不会再有机会能够弥补我对他的伤害。我很思念我的母亲，但是从我打开保险箱那一刻开始，我也无时无刻不在思念我的父亲。所以我现在比任何时候都更想抓住凶手，虽然我不知道应该是恨他夺走了我父亲的生命，还是从某种程度上应该感谢他让我再一次拥有了父亲。”

“你知道吗碧利斯，你和我比起来还是很幸福的了。我很小的时候就成了孤儿。”德罗说。

“那你是和谁一起长大的呢？”碧利斯问。

“我父亲的一名同事收养了我。和他在一起，我从来没有感觉自己没有父母。我从来没有见过我的母亲，她在生我时就死去了。我父亲死去的时候我还小，才三岁。是我养父将我带大。但是在我二十七岁那一年，他也离我而去了。”

“是疾病吗？”

“不，不是疾病。当时我在阿富汗服役，是以特殊身份前往。我养父当时是我的上司。有一天晚上，他突然收到一份命令要他第二天去一个村庄。我们刚刚从那个村庄回来，那里已经被苏联人占领了，再去那个村庄完全是送死。我知道命令后破口大骂上面那些官僚主义的家伙，他们明明知道现实情况已经变化，却还是按照他们预先设计好的计划来机械地下达命令。但是第二天一早我养父还是出发去了那个地方。他说他必须要去，因为那里有他无法逃避的命运和责任。我听不懂他说的话，非要和他一起去。因为我不希望他一个人去送死。但是他一拳狠狠地打在我的胃上，等我爬起来的时候，他已经在迷雾中没有了踪影。而我也被早已经得到他叮嘱的同事在房间中捆得结结实实。从那以后，我就没有见过他，直到最近。我再看到他时，他的两条腿都已经没有了……”

德罗说完，扭头看了一眼听得聚精会神的碧利斯，似乎有些释然地一笑，抬头望向天空，不再言语。月亮已经爬上了山头，银色的光芒温柔的洒了下来。碧利斯将身体慢慢地靠上了德罗的肩膀，觉得一动都不想动。

德罗温柔地叹了一口气，拍了拍碧利斯的肩膀，“我感觉到索姆给我的精神信号了，他们应该快找到我们了。”

不多时，伴随着一阵悉悉索索的声音，早已经通过心灵感应和德罗联系上的索姆扶着一路上吃尽苦头的马克蒂姆钻了出来。

“谢天谢地，我们终于从那片该死的丛林中走出来了。”马克蒂姆博士显然对这里热情得过分的树木枝叶和随处可见，叶片锋利得简直可以做剃须刀的茅草没有任何的好感。

“我们接下来怎么办？”安德鲁问德罗。

德罗拍了拍背包中完好无损的黄金少女像，转身看向索姆。

索姆撇撇嘴冲马克蒂姆甩了一个白眼，对德罗说：“呃，德罗警官，您是想我们现在就进入这个神庙，还是……”

德罗说："神庙周围全部是亚利安那旨意的人，我们这样进去太危险。也许我们应该先去找你的族人，先休息一下，了解一下你走后发生了什么情况，或许对我们的下一步行动更有利。"

索姆有些犹豫，不过，很快抬起头来，对德罗说："行，我带你们去。"

一群人跟着索姆曲曲折折地走向一条山路，好像在一个根本就无法进去的地方，索姆不知道在什么地方拧了一下。顿时，一块看起来和周围的岩石没有任何区别的巨石悄无声息地滑到了一边。

索姆带着德罗他们进入了岩石滑开之后露出的洞穴，岩洞中的道路一开始曲曲折折很难行走，走了大概五百米之后，道路突然变得平整起来。

安德鲁一边走一边轻声地抱怨说："索姆，难道你们就住在这种地方？你们拜老鼠教？"

索姆狠狠地瞪了安德鲁一眼说："你要知道，我这样带你们进入我们部落的禁地，已经冒了很大的风险，你最好给我安静点。"

"啊……"安德鲁还想说什么，不过德罗狠狠地捏了捏他的手，安德鲁也就不吭声了。

当他们从山洞里面钻出来的时候，发觉自己进入了一个豁然开朗的谷底，群山环抱之中，一个规模庞大的村庄静静地躺在月光之下。

温柔的月光洒在身上让人感觉无比美好，特别是在经过那么多艰难险阻之后，能够头上顶着星光走进一片也许为自己准备着温暖和庇护的地域的时候，每个人的心里都不由自主地涌生了一阵对温暖的床铺和可口饭菜的渴望。

这时，碧利斯突然一扯德罗的袖子："天啊，树上全是死人。"

德罗等人放眼望去，果然看见远处的树上全部都是被吊死的人，他们男女老幼都有，表情安详，好像不是被吊死在树上，而是在这里静静地睡觉，整个场面看起来说不出的诡异。

索姆看见这一切，悲痛万分，刚开口想要说什么，碧利斯突然尖叫一声，然后莫名其妙地抱着头倒在地上。

不知过了多久，碧利斯慢慢醒来，她发现自己的头还是一阵阵地发疼，而自己不知何时已经进入一阵浓得化不开的迷雾中。

碧利斯有些惊恐地环顾四周，发现德罗等人不知去向，她不得不压抑着自己内心的畏惧和惊恐，尽力将自己心中的镇定聚集在一起，凭着感觉向前走去。碧利斯觉得这场雾来得很诡异，她觉得自己必须要走出这片雾的领域，因为她的直觉告诉她，这里面也许蕴藏着危险。

这时，碧利斯听见前面有人在用英语说话，碧利斯以为是德罗他们，顿时高兴起来，于是小跑着前进，想要快点和德罗他们会合。但是这片山路实在是太不好走了，碧利斯在急急忙忙前进的时候，被脚下一块不知道从哪里冒出来的石头绊倒，重重地摔了一跤。

等碧利斯呲牙咧嘴地揉着自己的腿爬起来的时候，她发现自己身边的迷雾不知道何时已经散去。她正在一块巨大的岩石后面，面前是一块悬崖边的开阔地，几个白人男女正在那边大声地说着什么，碧利斯本想向他们招手，刚刚想伸手又觉得这样很不妥，于是改为隐藏在岩石后面，小心地露出眼睛偷偷看过去。

她看到几个男子举着火把，他们将一名白人女子围在中间，白人女子的背后是一只受了伤的豹子，碧利斯因为害怕被这几个人发现，所以没有敢太过于靠近。她听不清那些人说话，不过从隐隐约约飘过来的只言片语中来看，那几个人说的是英语。这些人好像正在激烈地争吵，看起来一个白色头发的白人男子很想打死那只豹子，而那个白人女子却紧紧地护着她背后的豹子，不让白发男子得逞；另一名看起来背影很熟悉的黑发男子在努力地想要跑向白人女子，却被另两个男子拦腰抱住。由于隔得太远，所以碧利斯看不清楚这些人的长相。但不知为什么，碧利斯觉得那个白人女子十分亲切，她和碧利斯一样都有一头柔软而迷人的黑色长发。

这时，几个人的争吵越来越厉害。那名白发男子越来越激动，突然他一把操起手中的步枪一拉枪栓，眼看就要向那只豹子开枪，白人女子惊呼一声，不顾一切地扑到豹子身上。枪响了，女子被枪击中，惨叫一声倒在血泊之中。女子身后的豹子见女子中枪大吼着想要挣扎站起身来扑向开枪射击的男子，却因为伤势过重而轰然倒地。

一见女子倒地黑发男子像是疯了一样扑了上去，伤心不已地抱着女子的尸体痛哭……

碧利斯突然想起了什么，感到后背发凉，她的嘴唇颤抖起来，不由自主地念道："不会吧？"

这时，碧利斯觉得自己好像又一次跌进了云雾之中，她眼前飞快地闪过一幅幅画面：

黑发男子在宿营地和白发男子激烈地争吵，其他两个白人男子满头大汗地劝架。

黑发男子和白发男子扭打在一起，被另外两个人死命拉开。

突然，碧利斯眼前的画面又一次慢了下来，这次显现在碧利斯面前的是一面山壁。碧利斯在第一个场景中间见到的另外两名白人男子站在山壁上端的悬崖上看护着绳子。黑发男子正在山壁上借着一根绳子向下攀爬，他的旁边，白发男子也借着一根绳子向下爬着，他们的目标好像是山壁上的一个山洞。白发男子和黑发男子都爬得不快，好像两个人在互相戒备一样，都不愿意爬到对方的下面去。虽然速度不快，但是两个人还是慢慢接近了洞口。这时白发男子突然从怀中掏出一柄匕首，向黑发男子捅去。黑发男子没有防范，一下子被扎到了腿，他急忙向旁边避过去，但却因为动作太急而被绳子缠住了脚，身体倒挂着在山壁上来回晃荡。上面的两个人隔得太远，看不清楚下面的情况，连忙向黑发男子大声呼喊，问他发生了什么情况。白发男子一看黑发男子被缠在绳子上动弹不得，安下心来，扬扬得意地快速下滑，准备进入山洞。这时，被绳索缠住的黑发男子却突然脚上发力，霍地一声恢复了身体的正常姿势。原来刚才黑发男子是装成自己被困的样子，来引诱白发男子向下爬去。黑发男子将手一舒，揽过白发男子的绳子，接着飞快地掏出一把雪亮的匕首，三下两下就将白发男子系着的绳索割断。

这时白发男子没有一点防备，正在专心尝试着进入狭小的山洞，等到他发现时已经来不及阻止黑发男子，绳索被割断，白发男子惨叫着跌下了悬崖。

但不知为什么，碧利斯却看到白发男子在跌下山谷的时候，虽然惨叫不已，脸上却没有一丝惊恐的表情，相反他的嘴角还露出了一丝捉摸不透的狞笑。

这时下跌中的白发男子突然抬起头，恶狠狠向碧利斯的方向看了一眼。碧利斯突然觉得自己被他发现了。她想要躲闪，却又无能为力，她觉得自己全身透凉，在白发男子恶毒的目光下一动也不能动。碧利斯觉得自己就像是一只被毒蛇盯上的青蛙一样，令人无法抵挡的恐惧向自己心头袭来，她浑身颤抖，呼吸越来越急促，心脏在巨大的压力之下咚咚直跳，好像在下一秒钟就要迸裂开来，碧利斯觉得一阵眩晕，再一次失去了知觉……

“碧利斯！碧利斯……”碧利斯被一阵呼唤叫醒。她慢慢睁开眼睛，发现自己正被安德鲁拼命摇晃着，其他人正焦急地从安德鲁背后看着自己。

碧利斯挣扎着坐起来，不解地问大家：“我是怎么了？”

安德鲁说：“你刚才突然晕倒了，可把我们给吓坏了。”

碧利斯回想起自己在晕倒时看到的场景，隐隐约约明白了什么，她歪着头想了一小下，对众人说：“不，我没有晕倒，我刚才是被一种神秘的力量控制了我的心智。”

这个时候，在一边难过的索姆突然双手一张，示意大家不要说话。大家不知道发生了什么，正想问索姆的时候，却发觉自己的头部一阵突如其来的眩晕，而索姆的痛楚看起来比所有人都要明显，他紧紧地用双手护着自己的头，好像正在经受莫大的痛苦，他时而站起来，时而拼命地将自己的头撞向地面，时而用自己的手狠狠地捏住自己的大腿。

德罗虽然感觉有些眩晕，但还是努力控制着自己不要倒下。

安德鲁、碧利斯毫无例外，都感觉到一阵眩晕，好像自己的耳朵正在被某种神秘的咒语所围绕，自己的心灵正在被一只看不见的手引向某个危险而强大的所在。

只有马克蒂姆博士站在一边，睁大眼睛带着一丝惊讶地看着他们，马克蒂姆博士问："你们怎么了？"

索姆狠狠地用自己的手捶着地，嘴里艰难地说道："这是红色级别静电的攻击，哦，天哪，不知道是谁改变的命令！这种静电攻击想要夺走我所有的自主意识和我对身体的控制，哦，天哪，你们快走！如果我一旦被控制会变得非常危险。"

德罗毕竟是受过FBI的专业训练，自己的身体反应和精神抵抗能力都比其他人要强得多。他顾不得多想，一边忍着那种令人头晕目眩的感觉，一边招呼着安德鲁和马克蒂姆，想把索姆强行拖走，离开这个在一刻钟之前他们还认为是安全的，现在却变得无比危险的地方。

马克蒂姆博士手忙脚乱地帮德罗和安德鲁把索姆强行拖向山谷入口，但他脸上的表情却完全像是心不在焉，好像在苦苦思索着别的什么。突然，他抛下索姆，叫了起来："哦，等等，让我来试试这个。"马克蒂姆博士一边自言自语，一边飞快地在自己的口袋中搜索。安德鲁大声地斥责马克蒂姆博士："你这个该死的科学爬虫到底在发什么疯，还不快点将索姆抬出去，难道是想我们等一下被这个妖里妖气的印度猴子打成连一堆臭狗屎都不愿意闻的臭狗屎吗？"

“就好，就好。”马克蒂姆博士丝毫不理会安德鲁的咒骂，一刻不停地继续在自己的口袋里摸索。“对了，就是它！”马克蒂姆博士掏出了几个核桃大小，系着一根带子的金属小牌。

马克蒂姆博士对德罗说：“呃，德罗警官，我有个办法也许能够让索姆好起来。”

德罗这个时候根本顾不上听他说什么，一把扯住博士的衣领，狠狠地说：“博士，我现在顾不上管你那些稀奇古怪的玩意，你现在能够做，而且必须要做的就是跟我一起把索姆带出这个危险的地方，否则我们都要完蛋。快点回到你的岗位上去！”

马克蒂姆博士紧紧地握住德罗的手说：“相信我，相信我，只需要把这个小牌戴到他的额头上，他就能摆脱正在遭受的静电攻击。”

德罗吼道：“那也要先把他抬走再说！”这时，索姆突然身体一直，然后开始剧烈地挣扎起来，他的眼睛已经变得血红，口中发出类似野兽一样的吼叫声。

这个时候安德鲁也是强忍着眩晕对德罗说：“哦，别管那么多，我们先试试再说。”

于是三个人手忙脚乱地把索姆按在地上，同时给他戴上那个金属屏蔽牌。刚刚戴上金属屏蔽牌，索姆猛地安静下来，他脸色蜡黄，布满了汗水，他的身体好像刚刚经过了非常惨烈的挣扎，这个时候突然一下子松弛下来，浑身无力地躺在地上。

一看自己的金属屏蔽牌起了作用，马克蒂姆就显得有些兴奋，从口袋里面又掏出了几个递给德罗、安德鲁和碧利斯，他们三个赶紧戴在自己的额头上，将自己保护起来，戴好之后，三个人抬起头看着对方那副怪模怪样的样子，不禁相视一笑。

安德鲁说：“马克蒂姆博士，你这是什么东西？”

马克蒂姆博士张开嘴，哈哈一笑：“啊，算你们运气好，你要知道，在我们研究静电的时候，很早就发现过某些特殊频率的静电会对我们的精神产生影响，所以我们就做了这几个小玩意，很简单，静电屏蔽原理，任何一本高中物理书上都可以找到，我们把它戴在自己的额头上来保护自己不会受到那些跳来跳去的不知所踪的电磁波的影响。

碧利斯问：“那你为什么不用戴呢？”

马克蒂姆博士说：“哈哈，亲爱的碧利斯小姐，你觉得像我这样经常和静电打交道人，如果到现在还没有产生一点点耐受力的话，那才是不科学的事情。”

索姆慢慢缓过来，抬起头一句话也不说，盘起腿来在地上用看起来很奇怪的姿势打起坐来。

片刻之后，索姆长长地出了一口气，对马克蒂姆说：“谢谢你，博士，对不起，之前我对您的怀疑是多余的，看来你确实是属于经常接触静电，所以能够对我的心灵探测力产生先天的免疫。”

马克蒂姆还是像以前一样咧着嘴怪模怪样地一笑，手一挥对索姆说：“不用说这些，我的朋友，你完全不用说这些，索姆先生，要知道就算是在我的心中，如果没有这种静电改变造成的影响的话，你一样是看不出我内心的，因为说实话，我并不认为对于你来说，可以很轻易地判断我头脑里面在全世界不会有超过十个人能够理解的各种物理公式和原理，而除此之外，我的脑子里估计也没有什么别的东西了。”

“谢谢。”索姆还是有些虚弱，不过微微一笑。

这个时候德罗凑上前来说：“索姆，你能告诉我们到底发生了什么事情吗？”

索姆的表情一下子暗淡起来，对大家说：“我们的部落遭到了劫难，我刚刚到达村子时感觉到一阵很强烈的静电控制波，我的族人已经按照这阵静电波中的要求全部上吊自杀，如果不是你们救了我，我也会这样死掉了。”

德罗说：“那你觉得会是谁呢？”

索姆说：“我不知道，不过我知道这个人肯定跟大蛇，邪恶蛇神的复苏有莫大的关系。”

碧利斯也陷入了沉思，不知道自己刚才莫名晕倒后看到的一系列情景，是不是也是因为自己受到了静电攻击的缘故。

碧利斯甩了甩头问德罗：“我们下一步该怎么办？”

德罗说：“索姆，从现在的情形来看，我们必须要尽快找到那个叫黑鹰的家伙。”

索姆想了一想说：“我的族人全部都被杀害了，现在这个地方到处都是亚利安那旨意的人。我们贸然出去是很不明智的事情。不过我们不用和外面这些小喽啰硬拼。控制装置的入口不在神庙之中，而是在神庙旁边的一个山谷里面，从那里才能进入神庙最核心的部位，传说中唤醒大蛇阿古斯的祭坛也在那附近，如果黑鹰是大蛇阿古斯的仆人，那他也应该在那个地方，我们去到那儿，十有八九能够抓住他。但是，那里面很危险，大蛇阿古斯在那里进行看守。”

“啊？”大家不由得吃惊起来。

碧利斯说：“难道传说中的大蛇阿古斯是真的吗？”

索姆看了她一眼，说：“我不清楚是不是真的，但对于我们每一个族人来说，我们都相信它确实是存在的。”

碧利斯、安德鲁、德罗、马克蒂姆飞快地整理了一下自己身上的装备，然后紧紧跟着索姆向偏离神庙的一条小路走去。

索姆说：“这个神奇的地方是我们从来不允许进入的，就算是我也是到达高级祭司的阶段之后在出发前进入过这个神庙一次，平时这个神庙只能由族里面最神圣的长老和他最亲密无间的两个助手才能进入。”

碧利斯有些好奇：“难道你们从来就没有人偷偷地进去看过一眼么？”

索姆头也没回地说：“有。”

碧利斯说：“那他们看到了什么？”

索姆说：“没有人知道他们看到了什么，因为他们出来的时候都不再是活着的。”

碧利斯有点惊讶地闭上了嘴。

这时候，马克蒂姆说：“呃……索姆先生，你的意思是说我们这一次的进入可能会遇到一些危险？”

索姆说：“是的。”

马克蒂姆摇了摇手说：“呃……您知道我只是一个科学家，一个科学家……”

安德鲁知道马克蒂姆想说什么，有点轻蔑地拍了拍马克蒂姆的肩膀说：“嗨，哥们儿，我们不会让你在前面冒险的，你放心。”

马克蒂姆有些不好意思，将手掌一摊，然后喃喃地说：“呃，您知道我不是这个意思。”

安德鲁说：“不用说了，我们是一个团队，不过我们绝对不会让没有冒险能力的人去冒险。”

那条神秘的小道非常曲折，也许是由于长期没有人走过。两旁布满了各种植物。

德罗他们从植物遮掩的小径中艰难地走过，时间不长，一棵样子非常奇怪的树横在众人面前挡住了去路。

这时候，索姆对大家摆了摆手，示意大家停下：“你们等等，我虽然不确定，但也许我的祭司身份还有一定的用处。”

说着，索姆走上前去，在树上一个并不引人注意的部位拧了一下。一块树皮轻快地滑开，露出树干上一个深深的凹槽，里面是一台通体锃亮的仪器。

索姆俯身上前将自己的眼睛凑了过去，机器发出发出一阵类似鸟叫的轻快响声，树上一颗原来毫不起眼的果子亮了起来，片刻之后一闪一闪地发出了红光。

索姆转过身来，对大家双手一摊，说："我没有办法了，我的进入权限已经被取消。"

安德鲁在后面说："这是什么？瞳孔识别器吗？你们怎么会有这么先进的东西？"

索姆看了看安德罗说："我不知道，这或许是一个瞳孔识别器，但是它能够识别的不仅仅是瞳孔。"

马克蒂姆博士凑上前来说："哦，不，这个不是瞳孔识别器。让我试试，我也许会有一些办法。"

索姆有些怀疑地看着马克蒂姆说："您可是第一次接触这个东西，而我使用这个东西已经二十多年了。"

马克蒂姆博士对他说："这个不一样，对于有天赋的人来说，每一秒钟的时间都不是一样的。"

马克蒂姆博士将手指向长方形裂隙上方的一个不引人注意的小树芽说："您看，这并不是什么瞳孔识别系统，这是一个静电波长识别器，想想，索姆这个很神奇的部落种族所有的科技都是建立在静电上面的，对吗？"

索姆想了想说："是的。"

马克蒂姆博士说："所以这个装置我认为也是通过静电来发生反应的，它们通过静电来影响你们族人那些和一般人完全不一样的，甚至是有些怪异的松果体。在这种情况下，我认为这个装置真正的核心部分并不是在你眼睛看过去的地方。首先，你能告诉我你将头凑近这台仪器的时候，眼前看到了什么东西吗？”

索姆说：“每次当我一看进去的时候，就会发现里面有两个红色的点，而根据我们族的教育来说，这是先知进入你内心的道路。那两个红色的点，你必须用眼睛牢牢地盯住它，直到它们合二为一。然后，先知就会从你的内心里面去探究你进入这个洞穴的原因，如果你是善意而神圣的，那么你就有可能通过，如果你是抱着恶意或者说没有得到授权的，那么你就会看到树上的那颗果子变成红色，而红色意味着洞里面充满了危险，神拒绝你的进入。”

马克蒂姆有些得意地说：“是的，我们都可以看到，在很多神话之中，所有的瘟疫，所有的灾难，一切的一切，其实往往都是一个表象，而我们真正需要注意的东西总是那么毫不引人注意地躲在历史的角落里面，除非你有一双足够明亮的眼睛去把他找出来，否则你永远都只会误入歧途。这个装置也一样，你们的眼睛看到的那两个红点并不是获得你们内心信息的接收器，而只不过是一个姿态定位装置。”

“姿态定位装置？”安德鲁忍不住插了一句嘴。

“是的。Position fix assemblage ，PFA。”

“PFA？”

“啊，是的！我知道，亲爱的，这个单词对你来说显得过于复杂了一点，PFA是一个常用于医学影像学的词语，意思就是姿势固定装置，这是因为我们在进行CT扫描或者其他操作的时候，必须要把一个人的身体按照某种特定的姿势固定好，这样我们才有可能每一次都达到同样的扫描效果。而对于索姆他们来说，这个装置最核心的部分在于扫描他们的松果体，而松果体的偏差和他头部的角度会直接影响到里面可能出现的电磁波的扫描，所以索姆看到的小红点只是为了让他的头能够保持一个最好的姿势，然后推算出他松果体的位置，之后这棵看起来好像是树一样的识别装置，就会从这个看起来并不起眼的部位对他发出一阵静电而确定来者的身份。”

索姆有些不相信。

马克蒂姆博士耸耸肩对索姆说：“你别忘了，美国是一个无恶不作、经常欺凌其他国家的超级大国，如果我们没有一些先进科技作为后盾的话，我们会在一夜之间被那些伊拉克人或者朝鲜人给炸成平地，所以对于我们这些拿了政府的钱，成天无所事事的人来说，有时在捣鼓一些小玩意的时候也许就会偶然地派上一些大用场，而很不幸，或者说很幸运的，我恰好也是这样一个类似身份识别器的研究者，我们在五年之中研发出了三十个型号的这种仪器，当然，巧合的是，由于我的专业领域，我使用的也恰恰是电磁波。”

安德鲁说：“马克蒂姆博士，我们的时间并不多。”

“哦，当然！当然！”马克蒂姆博士收起了一谈起学术问题就表现出的喋喋不休，从自己的随身背包里面掏出了一个小玩意，对着大家说：“看，幸好我随身还带了这个东西。”

“这是什么？”

马克蒂姆博士说：“嗯……静电场模拟发生器。它可以模拟出各种各样的电磁场，呃，也许我们可以通过它来欺骗这个机器。”

安德鲁说：“不过你只知道索姆一个人的松果体静电频率，而且他还是没有入门许可的。要是这台不知道是原始社会哪个猴子造的机器也像指纹识别器一样，任何一个微小的改变就会引起这个机器的不运作，那你怎么办呢？”

马克蒂姆博士说：“嘿，哥们儿，您要知道，在我们美国国徽上是一只握着橄榄和箭的鹰，这个机器除了可以很温和地抓住一支橄榄枝之外，它的另外一只爪子也像我们的国徽一样抓住的是一只锋利的箭镞，换句话说，用这个机器我可不是为了好心地查出它本身识别的静电场，我要做的很简单，就是将这个装置捣毁，让它失灵，从而自动开启大门，让我们毫发无损地进去，不过这个大门可就会被我给破坏了。”

索姆说：“好！那你快点，坏了就坏了，我希望能够快点救出我的族人。”

马克蒂姆摆摆手，做了一个稍安毋躁的姿势，有条不紊地将自己的那个奇怪的小机器在树上进行定位，寻找和试探，最后，大概过了五分钟，也许过了十分钟，大家都不知道过了多长时间，每个人都觉得自己已经等得不耐烦的时候，终于听到机器发出嘟的一声，树上那颗果实从黄色变成了绿色。

索姆裂开嘴，有点苦涩地一笑：“你成功了。”

马克蒂姆博士把机器收起来说：“是的，说实话，有时候我并不认为你们这些所谓四千年的智慧真的可以胜过我们这些卑微、可怜的后来人类在一千年之中取得的进展，看，这就是个例子。”

进入静电场控制中心的道路比大家想象的要容易得多，这里面既没有任何的曲折，也没有那种潮湿阴暗的味道，相反，这是一条宽敞明亮的通道，四面墙上燃着明亮的火炬，漂亮的花纹不厌其烦地装饰着石制甬道的每一寸表面。

他们走了进去，然后在一个岔路口停了下来。

德罗问索姆说：“我们应该走哪一边？”

索姆说：“我不知道。”

“你不知道？”安德鲁有些不相信，“你可是你们的自己人啊，你会不知道？”

索姆说：“这个甬道两边的通路是随机的，每次进来的时候，在我们在门口进行静电场扫描的时候，那棵树除了能放我们进来之外，还会在我们脑子里面给出一个指示，让我们决定在面对这条歧路的时候应该往哪个方向走，如果我们走对了就可以直接到达控制中心，而如果我们走错的话，就会进入那条被九头蛇所守护的道路。”

“九头蛇？”碧利斯有些惊讶地问。

“呃，是的，大蛇阿古斯的分身在人间是多头蛇的形式，虽然我从来没见过那条九头蛇，但是从我们族的典籍及其他长老的只言片语中我知道它确实是存在的。”

“天哪！”安德鲁说，“可是我们现在应该往哪个方向走呢？”

索姆抬头看看德罗说：“我确实不知道。”

德罗笑了笑，把自己手上的柯尔特手枪拍了拍说：“没关系，不管哪一边，这就是我们最好的路标。”

马克蒂姆博士听到九头蛇之后脸色就有些发白，他对大家说：“我有个提议，或许我可以和某些女士，啊……对，需要照顾的女士在这里等着你们回来，而不需要……”

碧利斯一口拒绝他的“好意”，说：“我不需要，谢谢，亲爱的马克蒂姆博士，我想进去。”

索姆这个时候说：“一旦我们进入两个洞穴其中之一，外面就会自动充满一种杀伤性的气体，这种气体会封闭我们进入的所有道路，直到我们从里面再次出来。”

安德鲁说：“这可真是一个变态的设计。”

德罗说：“这很正常，在很多秘密机构里面为了防止有人跟随偷偷进入，都会有某种装置，无差别地杀伤所有可能进入的人。”

“好吧。”马克蒂姆博士无可奈何地摇摇头。

德罗想了想，还是凭自己的直觉选择了通往右边的道路，四个人跟在德罗周围，位置拉得不远不近，既不会被突如其来的，他们也不知道的什么危险所袭击，也不至于聚在一起太近，而一旦有什么变故的话大家来不及散开。他们一步一步向前走，一步一步向前走，这个时候，甬道两旁的设置慢慢地开始变化，两旁雕有精美石刻的石板不见了，代之以一个一个的铁笼，就像是动物园一样，铁笼之中还间隔着，有一些高大的，透明的，大约两米高的圆形玻璃容器。

安德鲁忍不住用自己的枪把轻轻地敲了一下，玻璃容器发出非常厚实低沉的砰砰声，说明这个容器的壁非常厚。

碧利斯看到这些容器，忍不住想起了自己实验室中那些培养生物的大型培养容器。

碧利斯心里想，如果这些容器里面再加上一些氧气接口和营养液入口的话，那真是像我们在实验室中体外培育某些物种的装置。

这样想着，碧利斯忍不住，伸手在这个容器后面摸了一下，出乎她的意料，这后面真的有那种就像她在实验室中使用的生命培养容器一样所拥有的两根管道。

碧利斯想：真是见鬼了，在这个四千年前修建的洞穴之中居然有一些和现在实验室中最先进的仪器一模一样的装置，难道他们真的是在用这个装置培育什么生物？

碧利斯一边想着，一边在为自己马上就要面对危险时还会有这些奇奇怪怪的想法而感到有一点不好意思。

两边的甬道越来越宽，这时候，他们听到一声低低的兽吼从前面传来。

德罗把枪握得更紧，马克蒂姆博士紧紧地凑到了碧利斯身边，而安德鲁和索姆一左一右闪在德罗两边，随时准备应对可能出现的危险。

那种兽吼声越来越近，同时还传来一阵撞击笼子的声音。

德罗小心翼翼地向前走去，发现在前面的通道中，两边的笼子已经不再是空荡荡的，而是有了各种各样的动物，一些非常奇怪的动物。

一开始大家并没有看出来奇怪在什么地方，但后来，安德鲁忍不住说了一句：“哦，天哪！这简直就像是上帝在玩橡皮泥。”但他一下反应过来，这些动物看起来让他们奇怪的原因是在于这些动物每一只都像是他们平时经常见到的，狮子、老虎、猴子、河马等等，但是每一只动物又绝对和他们平时所熟悉的完全不一样。比如说那只狮子，在它的头上长出了两只像兔子一样的耳朵；而那只河马，身上居然会有一些像豹子一样的斑点，那只老虎就更说不上是一只老虎了，除了它的虎头上有一个王字，脸像老虎之外，它的身体居然看起来既像是豹子，又像是一匹马，健壮的肌肉将它的身材撑得威风凛凛，而它的尾巴却分外的长，上面甚至还有一根刺，看起来就像一只蝎子一样。

这个时候，安德鲁拿着自己的手电筒凑近看了看，对大家说：“嘿，这是一只狮子吧？”明明长着一只狮子的脑袋，但它的身体却显得非常的瘦小和扁，就像是一只矫捷的豹子一样。它的尾巴也像蝎子的尾巴一样高高卷起，在最顶端，一根闪亮的毒刺发出朱红色的光。这只狮子恶狠狠地看着笼子外的人，拼命地想把自己的尾巴甩出来抓住大家。但是那些看起来好像非常粗糙的笼子却原来是通电的，每一只狮子的尾巴快要甩到笼子边的时候，一股强大的电流就从两根看起来很粗实的栅栏之间狠狠地发出来将这只狮子打到一边，不过这只狮子看起来是属于性格非常暴烈的那种，被强大的电流打倒之后，一个翻身再次爬起来，虽然不敢再次上前，但也呲牙咧嘴地冲着笼子外的人吼叫。

安德鲁一点都不为狮子的吼叫所动，反而嬉皮笑脸地靠上前去，仔细地打量起这只狮子来。一边看，一边挑衅地瞪着狮子的眼睛。

这只狮子在笼子里面更加愤怒，它既冲不出来，也无法伤到外面藐视自己的人，于是在笼子里面气哄哄地开始打转。

这时候，安德鲁突然吹了一声口哨说：“嘿，看啊，这只狮子莫非就是传说中的狮鹫？”

马克蒂姆博士也凑了过来，他看到在狮子肩胛骨的位置有两个肉团的突起，看起来就像是刚刚长出来还没有发育的翅膀一样。

他说：“天哪，这真神奇！

德罗没有说话，他不知道这个地方为什么会出现这么多奇奇怪怪的动物，但是他想到自己从NSA领受任务的时候，凯伦对自己说过的一句话：“你这次的任务里面需要的不仅是勇气，还有想象力，因为你可能遇到的所有东西都是你原来曾经认为不可能的东西。”

只有索姆脸上没有任何惊讶的表情，毕竟他曾经来过这里，索姆说：“是的，这些笼子里面孵育的都是我们族在远古时期，从神那里得到的各种各样的守护兽，我们可以用意念控制它们。这些守护兽和大蛇阿古斯一样，每隔一段时间就会从自己身体中分裂出一个新的小守护兽，然后老的守护兽会自己死去。所以虽然已经过了几千年，这些守护兽都还是在这里。”

安德鲁问索姆：“我们到中心控制室还有多长时间？”

索姆说：“也许还有五分钟，也许永远到不了。”

碧利斯说：“为什么？”

索姆说：“因为我们走上了一条错误的道路，从我看到这只狮鹫，我就知道我们走的道路是通往阿古斯分身的地方。”

大家一听，顿时紧张起来，就连一向吊儿郎当的安德鲁也表情严肃起来。

德罗说：“我们有可能回去重新选路吗？”

索姆说：“不可能，一旦我们进来之后有毒的气体就会将我们后面的道路封闭，而且会在五分钟之内将我们走过的路全部覆盖，一直到这个房间，也就是说我们现在没有任何退路，我们必须向前走，而前面的房间就是九头蛇的所在之地。”

第九章 大蛇的分身

小心翼翼地推开下一个房间的门，高度戒备的德罗他们却没有遇到任何危险。出乎每个人的意料，大厅中没有任何恐怖和血腥的气息。整个房间风格朴素，呈正圆形，直径约有一百米。严格地说起来，这并不是一个房间，而更像是一个室内的大水池。一条可以供两三个人同时并肩走过的石桥，平平地横在水面上，直通向前方的出口。

索姆说："我对神庙的知识也就到此为止了。我只知道只要走过石桥，就是神庙最核心的部分了，根据族里的经典，蛇眼也在这个房间中。这是我们族最神圣的禁地。除了在非常重大的祭祀时刻，就连我们的长老也不能进入这片禁地。我觉得我们要找的能够控制静电的系统，一定也在里面。"

安德鲁有点担心："但是那条大蛇呢？那条被你们说得神乎其神的大蛇难道不也正是躲在这个附近某个又脏又臭的角落中吗？或者在下一个房间，或者在我们身后，甚至或者就在这片平静的水面之下？要是我们从桥上走过去的时候，那个丑陋的家伙突然从某个地方冒出来给我们来上一家伙，那我们就算同时得到圣母玛丽亚、释迦摩尼和真主的保佑，我看咱们也只能成为那个怪物的点心。"

德罗想了一下说：“你们待在这里，我先过去探探路。”

碧利斯说：“不行，我不同意。你这是在拿自己冒险。”

德罗做了个满不在乎的表情笑了笑：“碧利斯，这是我的职责。”没等碧利斯来得及再说什么，德罗已经抽出了柯尔特手枪，机警而又动作敏捷地向石桥上跨去。

“等一等。”马克蒂姆博士突然窜到德罗的前面，张开双手拦住了德罗的去路。

“让我去吧。”马克蒂姆博士语气平静地对德罗说，但他的内心其实还是有些紧张——从他不停地扶自己的眼镜就可以看出来，“你是唯一能够带我们从这个地方安全离开的人。如果你有什么意外我们肯定都得死。还是让我去吧，我是这个队伍中最没有用处的人，就算我遇到什么危险，至少还能够得到你们的救援。”

德罗默默想了一下，从自己的腿上抽出一把锋利的匕首递给马克蒂姆博士：“小心，要是觉得有什么不对劲的地方，赶紧向我们这边跑。”

马克蒂姆博士推开了德罗递过来的匕首：“不用了，这个玩意儿只会让我跑不快。”说完马克蒂姆博士大步向前走去。

三十米，五十米，随着他走的距离越来越远，大家的心情也越来越紧张。七十米，八十米，九十米，马克蒂姆博士居然就这样有惊无险地走到了对面。他显然有些兴奋，将手举起来对大家高高地扬了几下，意思是没有危险，快过来吧。

安德鲁第一个冲上石桥，一边走一边说：“哈哈，我说什么来着，都几千年过去了。就算这里原来有蛇，现在也早就死掉发霉身上长蘑菇了。”

碧利斯和索姆虽然还是有些不放心，但还是跟着安德鲁快步上了石桥，向马克蒂姆博士跑去。

德罗走在最后，他丝毫没有放松警惕，目光警觉地扫视四周，身体自然向前略倾，肩部放松，手臂绷直，枪口斜向侧下方——这是FBI特工标准的持枪姿势之一，专门用于可能会突然遭遇敌人的情况。这种姿势的好处在于，一旦持枪者遇到什么风吹草动，他可以不用瞄准，第一时间抬手开枪，而这时手枪的自然瞄准部位正好是一个正常高矮成年白人的心脏区域。

不知为什么，自从来到这个房间，德罗就觉得有一种强烈的不安感——这是阿富汗战场留给他的礼物之一——每次他要遇到危险之前就会有这种感觉。

然而，这次德罗错了。一直到大家都踏踏实实地站到了房间的出口处，他们也没有遇到任何危险——连一直蚂蚁也没有遇到，虽然没有一个人说话，但是大家都感觉气氛为之一松。

“那我们……”德罗正想招呼大家一起研究下一步怎么办，突然被脚下一阵突如其来的晃动带了一个踉跄，差一点跌倒。索姆反应很快，马上紧紧闭目感受，然后突然睁开眼睛，大叫一声：“不好，我感觉到了很强烈的静电波，一个带有强烈杀戮气息的物体在向我们靠近。”

德罗正想奔向出口，突然，房间中一阵“嘎嘎”乱响，石壁中突然冒出又厚又重的石板，将房间的入口和出口都封得死死的。五个人迅速掏出自己的武器，背靠背站成一个圆圈紧张地戒备。与此同时，从水池中升起了十六道石制轨道，以房间的中心为圆心展开，像车轮的辐条一样从四周聚集过来。然后，看起来无比结实的石壁居然裂开了，每一条轨道上都对应着一块巨大厚重的石块。从石壁中分裂出来的厚重石板沿着石制轨道从旁边向中间滑动过来，房间里面的空间越来越小。

德罗他们最开始站的位置早已经没法再继续待下去，五个人一步步地后退到石桥的中心，安德鲁喊了起来：“我们要是不想办法阻止这些破石头的话，就会被活活挤死了。”

碧利斯说：“不会的，这些石板的运动都是同步的，没有先后之分，所以它们一定会在某一个时间点上因为相互卡在一起而不能继续前进。我已经估计过这些石板的宽度，它们最多到离我们还有十米的地方就会停下。”

德罗说：“碧利斯说的对，这些石板不过是前奏，目的是将我们的躲避空间压缩。马上一定会有真正的危险出现，大家一定要集中精神。”

石板继续向房间的中心滑动过来，五个人不敢怠慢，一时间除了德罗和索姆之外，每个人都感觉自己的额头上不知什么时候已经是冷汗一片。碧利斯的估计没有错，在离众人大概十米的地方，石板果然因为彼此挤压，齐齐停了下来，形成一道密不透风的石墙，将众人囚禁其中。

一直在苦苦思索的索姆终于想起了什么，对大家说：“我想起来，我们身边这些石墙叫做献祭之墙，在人们祭祀大蛇阿古斯的时候，会把黑色的小牛驱赶到这个房间中。然后石墙机关就会自动发作，将小牛围在我们现在站的地方。然后大蛇阿古斯的化身九头巨蟒就会出来享用它的祭品。”

安德鲁咔嚓一下将自己手上的枪上了膛，撇了撇嘴说：“不管来的是条什么样的蚯蚓，今天它都只有吃我安德鲁给它做的5.56毫米大餐了。”

这时，石墙又一次发出了令人心悸的“嘎嘎”声，响动过后石墙上出现了九个洞口。

德罗沉声吼了一声：“小心，来了。”话音未落，索姆正对面的洞穴突然传出一股非常强烈的腥臭味，同时一个巨大的黑影凌空飞出。

索姆不及多想，一个侧滚躲开，接着顺势操起手中的枪狠狠地就是一梭子。黑影被击中后身形为之一滞，但冲出时的凶猛势头却并没有停下来，反而径直冲到索姆刚刚站立的位置。接下来五个人听到一声为之牙酸的巨大声响，索姆刚才站着的石桥被这个怪物活生生地咬下了一大块。这个时候，大家才看清楚黑影的真面目——一个五六米长，丑陋无比的巨蟒头，正在瞪着两只血红的眼睛狠狠地看着他们。

德罗没有多想，抄起自己的手枪对准蛇眼击发，虽然大蛇身上厚厚的鳞片和青苔好像是一层天然的防弹衣，将子弹的威力减到了最小。但由于德罗使用的是特制的大口径手枪，所以巨蟒也不禁在巨大的冲击力下被打得连连翻滚。虽然没有受到实质性的伤害，但从巨蟒嘴中发出的连声愤怒和痛苦的嚎叫看来，它对这些自己从来没有受到过的打击还是有些吃不住劲。这时其他人也纷纷操起自己手中的武器对着巨蟒猛烈开火。巨蟒暴怒万分，但还是不得不缩回了洞穴。

碧利斯一边警惕地盯着自己眼前的洞口，一边伸出一只手将索姆扶了起来。

索姆说：“我没事，大家小心，这条巨蟒作为大蛇阿古斯的化身，从这个神庙建设之初就已经在这里了，这么多年过去，一定非比寻常。”

话音未落，那条像鬼魅一样出没无常的大蛇又从安德鲁那一侧狠狠地扑了过来，幸好大家这个时候已经有了一些经验，一闻到那种浓重的腥臭味，马上就会提高警惕，所以大蛇再一次扑了个空后被大家用密集的射击顶了回去。恼羞成怒的大蛇，改变了战术，不再随便出击，而是躲在石壁后面等待时机。巨蟒的口中不时发出低音的嘶嘶声，让大家感觉阵阵烦闷。

德罗说：“索姆，你们的典籍上有没有讲怎么对付这条蛇？这样下去不是办法，一旦我们的子弹打光就麻烦了。”

索姆快速向枪里填着子弹，想了一下说：“这条蛇只有一个弱点，就是在它的喉咙里面有一颗红色的宝石，这是这条蛇赖以生存的能量来源，如果将这颗宝石毁掉的话，它马上就会死去。”

碧利斯说：“可是怎么才能瞄准它的喉咙呢？除非被它吞下去。”

德罗说：“不用被它吞下去，在它张开嘴要吞人的那一瞬间开枪就可以了。”

安德鲁说：“你不是认真的吧？万一躲闪不及，被这只蛇吞下去了呢？”

马克蒂姆博士说：“我也觉得这个办法太冒险。”

德罗说：“这样拖下去我们必然是死。你们相信我，我有信心能够做到这一点。”

碧利斯说：“不，德罗，太危险了。”

德罗说：“碧利斯，这个世界上没有什么事情是可以不冒风险做成的。”

这时让大家恐惧的腥臭味又一次从一个洞口中传了出来。

德罗大吼一声：“快趴下。”然后拔枪对准洞口做好了射击准备，几乎在德罗摆好姿势的同时，大蛇的黑影再一次汹涌地出现在了众人面前。

时间在这一瞬间几乎定格，碧利斯他们看见大蛇在德罗面前狠狠地张开自己的嘴巴，几乎马上就要将德罗咬成两半，碧利斯和安德鲁忍不住惊呼一声。随着一声枪响，巨蟒口中发出巨大的哀号，很显然德罗并没有能够击中宝石，巨蟒没有死去，但它一定是受了很重的伤。巨蟒痛苦地挣扎着，狂乱地将自己的头在石桥上四处乱砸。混乱中，德罗被巨蟒的头拦腰一撞，狠狠撞落到水池之中。与此同时一股污血从大蛇的口中喷了出来，让桥上的四人满身腥臭。随后，巨蟒再次缩进了自己藏身的石墙之中。

碧利斯不顾自己安危，对着水池喊道：“德罗，你没事吧？”

安德鲁也急得大叫，想要跳下水去救德罗。

索姆一把抓住了安德鲁和碧利斯说：“德罗没有事，我看见他刚才并没有受伤，只是被大蛇击到水中而已。”

这时，德罗从自己落水的地方猛地露出了头对大家喊：“我没事，你们小心。”

这时候大家闻到了那股熟悉的腥臭味又一次从一个洞口漂了出来，受伤后的大蛇无比凶狠，这一次，也许他们真的是在劫难逃了。

碧利斯不顾索姆和安德鲁的拉扯，推开他们，使劲站了起来，面向大蛇就要冒出来的方向，对德罗喊：“德罗，快把你的枪扔给我。”

马克蒂姆博士伏在地面上喊叫着：“碧利斯，危险!快躲开。”

腥臭味越来越浓，一个黑影已经隐隐出现在了洞口，千钧一发之际，来不及多想，德罗扬起手臂，奋力地将自己的手枪向碧利斯的方向扔了过去。

几乎就在同一时刻，巨蟒的头也又一次狠狠地冲了出来。它的动作比德罗扔来的枪快上那么一点。一张腥臭的嘴已经将碧利斯裹了进去，眼看碧利斯就要命丧蛇口。

安德鲁在地上痛苦地闭上眼睛，他仿佛已经看到在下一个瞬间，大蛇的嘴就会狠狠地合上，用它尖利的牙齿深深戳进碧利斯的身体，然后拖着碧利斯回到那个肮脏可怕的洞穴里面，再用想起来就让人内心战栗的方式将碧利斯慢条斯理地撕成一块一块的肉块吞下去。

但是，就在这一瞬间。所有人都看见了不可思议的一幕。碧利斯在危急关头表现出了让人难以置信的镇定和运动天赋，她突然鱼跃而起，顺手在空中一抄，稳稳接住德罗的手枪，然后顺势瞄准大蛇张开的嘴巴，瞄准，击发，几个动作如电光火石一般，一气呵成。

时间仿佛在这一刻定格，碧利斯的身体还在空中飞动，巨蟒的嘴终于还是没有能够合上。

一声脆响从大蛇的喉咙深处传了出来。巨蟒的眼睛睁得更大了，血红的眼睛好像是两颗炽热燃烧的煤球一样，又红又亮，它没有再攻击任何人，长嘶一声，用恶狠狠的眼神最后一次看了看周围的人，然后一头砸在了石桥上。巨大的冲击力下，巨蟒重重地反弹起来，然后再一次重重地落下去。池水顿时被大蛇口中涌出的血液染得鲜红。

大家长长地松了一口气。

德罗这个时候已经爬上了房间中心的那个小平台。安德鲁操起了自己的手枪对大蛇又狠狠地补了几枪。大蛇还是一动不动地倒在地上，看样子确实是已经死掉了。

这时候，合拢的墙壁向后面滑退回去，房间又慢慢地恢复了最开始德罗他们进入时的大小。这时，碧利斯一屁股坐了下去，她大口地喘着气，好像刚刚意识到自己身上的精力已经完全在刚才的生死搏斗中耗尽了。安德鲁、索姆和马克蒂姆也突然感觉到自己的精疲力竭，一下子松懈下来。

德罗还是保持一副机警的姿势，半蹲在地上，好像随时都会用自己手中的柯尔特手枪再次向他周围有危险的地方进行击发。

休息了几分钟，德罗催促说："我们还是赶紧上路吧，这条大蛇被引出来，说不定我们的敌人已经知道我们的潜入了。"听到此言，大家顾不得身上的疲倦，纷纷爬了起来，向出口方向走去。

很快，他们到达了传说中的神圣之坟墓，也就是这个山谷中最为核心的所在。

第十章 决战

这是一个不大的房间，房间内的装饰也异常简单。一根圆圆粗粗的柱子耸立在房间之中，旁边有一个巨大的石台，柱子和石台上都镶有五颜六色的宝石，发出各种各样奇异的光，一个金头发的人正背对着他们，低头看着石台上的什么东西，由于石门的滑开毫无声息，所以那个金头发的人完全没有被惊动。

德罗端起手枪，对金发男子喝道："举起手来！"

金发男子一愣，然后慢慢转过身来。一张德罗、碧利斯和安德鲁终生难忘的脸又一次出现在了三人的面前。

海德里希•荷根，金发男子的资料在德罗的脑中清晰地呈现出来。虽然那一夜金发男子侥幸逃脱，但德罗他们通过金发男子残留在渔网上的血液和毛发，提取出了金发男子的DNA，并通过这条线索，从国际刑警组织的资料库中查明了金发男子的身份：海德里希•荷根，德国人，新纳粹分子。他曾经策划多起针对外国人和民主人士的袭击，在德国是臭名昭著的极右翼分子，他的父亲曾是党卫军军官，在二战中战死。他自己组建了亚利安那旨意的组织，网罗了一些臭味相投的年轻人，梦想着要恢复第三帝国的荣耀。这个组织一开始只是限于发发传单，写写标语，打打架这些小打小闹。但是在三年之前，荷根不知怎么回事，竟然将自己的头目位置让给了另一个叫黑鹰的人，自己甘居次席。而从这以后，这个组织的实力突然开始大增，而且内部组织开始变得严密，在短短时间内就策划了多起恶性事件，迅速上了国际刑警组织的黑名单。没想到这个家伙居然和暗月会搅到一起去了。不过到了这个时候，德罗对于荷根出现在这个地方并不觉得意外。

在第三帝国兴盛的时期，党卫军的头子希姆莱和海德里希都曾经对古代的很多神秘现象非常着迷，他们组织大量的专家到西藏和南美洲的一些文明遗址区去考古，因为他们觉得这里面可能隐藏着能够超越整个人类智慧的科技和财富。在纳粹高层中，这种充满神秘主义的话题永远都是最好的谈资。

暗月会一定是利用了荷根他们想要复兴第三帝国的狂热梦想，将他们收编到了旗下。之前在密道中遇到荷根，以及在公路上被人伏击的事情也就可以很好地解释了，亚利安那旨意的人一定是在暗月会的帮助下，到了美国。

荷根对着德罗一笑："警官先生，你们的动作很慢啊，我已经等了你们半天了。"

"都不要动，谁动我就打死谁。"一声低喝从背后传来。接着，一队枪手从德罗身后的墙壁中推开一扇活门，鱼贯冲了出来。他们将德罗等人团团围住，训练有素地用枪口指着德罗他们的头。走在最后的，是一个黑衣男子，白头发，瘦高个子，额头突出，表情冷酷，一双小眼睛闪动着恶毒的光芒。

"大家好，首先请允许我做一下自我介绍，我是亚利安那旨意的最高领袖黑鹰。我亲爱的客人们，你们能够到达这个地方果然没有让我失望。我正在想方设法收集三个黄金女神像，而你们恰好就给我送来了，看来我接下来唯一需要考虑的事情就是应该用什么样的盛大仪式来迎接你们了，嘿嘿……”

碧利斯突然打了一个冷战，她发觉这个说话的男人正是她刚才在昏迷的时候于梦境中看见的那个白发男子，也就是那个在她梦里面掉下悬崖的男子，他果然没有死，而且真的有这样一个人存在。

黑鹰好像感应到碧利斯心中所想一样，目光炯炯，一下将碧利斯锁定。

“碧利斯小姐！碧利斯小姐！您不要躲，您是躲不过的，宿命的轮回就像我们伟大的神阿古斯一样，必然会再一次降临人间。常言说‘正义也许迟到，但永远不会缺席’，哈哈哈……”一阵让人毛骨悚然像夜枭一样的笑声，传进了每个人的耳中。

“碧利斯小姐，说实话，我认为您必须为你父亲做下的一切事情而付出代价。”

“我父亲？”碧利斯不由自主地感到很惊讶。

“是的，你父亲！三十年前，我和你父亲曾经是多么要好的朋友，我们一起来这里考古，我不过就是在用枪打那只愚蠢的豹子的时候，意外地将你的母亲打死了，而你父亲那个傻瓜居然就一直对我怀恨在心，为了防止他在关键时候坏我的好事，我先下手为强，给他狠狠地来了一下。”白发男子突然停了一下，狠狠地舔了舔嘴唇，“不过，你父亲也真是够厉害的，居然假装自己被困，在我进入山洞拿到黄金少女像之前将我的绳子割断，让我掉进了山谷。”

迎着黑鹰阴冷的目光，碧利斯突然想起了自己在昏迷时的梦境中看到的所有场景，她一下子全明白了。这个黑衣男子就是三十年前和自己父母一起探险的兰斯•佩顿。她母亲为了保护那只豹子而被兰斯•佩顿打死，她的父亲想要报仇，却在山崖上被兰斯•佩顿先下手为强，但是碧利斯的父亲用计反戈一击，反而让他掉下了山崖。

难怪罗伦斯他们要和我父亲决裂，原来他们不清楚真相，以为是父亲在山崖上暗算了兰斯•佩顿。

但是为什么他从那么高的山崖摔下去没有死？为什么他在这么多年之后又再次出现？而自己的父亲却遭到了可怕的厄运。碧利斯的脑海中一时涌过各种各样的想法。

“荷根，去下了他们的枪。把他们身上的黄金少女像搜过来。”兰斯•佩顿命令道。

“是，我的主人。”荷根有些得意地将德罗等人的枪械全部卸下。然后面含讥诮地从德罗身上搜出了黄金少女像，走到了兰斯•佩顿的身边。

索姆对兰斯•佩顿吼了起来：“你是什么人？你怎么敢擅自改变我们族的静电控制系统？你知不知道你这样做的后果，你会遭到我们族最严厉的惩罚。我们会派出我们族所有的精英战士去找到你，杀死你。你在这个世界上剩下的日子不会长了。”

“不会长？”兰斯•佩顿一脸不屑地对索姆吼了一声，“你懂什么？我告诉你，我所得到的是永生，我要得到的是永生，知道吗？你知道我是谁吗？我是唤醒大蛇阿古斯的神仆！”

索姆大吃一惊：“你就是阿古斯的仆人？”

安德鲁说：“阿古斯的仆人，这只是传说而已，你这个没脑子、变态的、疯狂的家伙才会相信这些东西，你快点放了我，否则……”

“否则怎么样呢？”兰斯•佩顿接过安德鲁的话头，“否则你要向我开枪吗？好啊，你对我开枪啊！来吧，用你的手枪向我打过来，看看我的身上到底是会留下弹坑还是在你的眉心出现一道可怕的伤痕。就算我手上没有枪，我也一样可以像踩死一只蚂蚁一样杀掉你们。”说着，兰斯•佩顿的双眼突然一寒，德罗等人顿时觉得自己的意识受到一阵无比强大的力量的攻击。他们头痛欲裂，无法忍受的巨大痛楚让德罗等人不由自主地倒在地上，痛苦地抱着头滚来滚去。

"哈哈哈，你们这些蠢家伙知道我的厉害了吧？"兰斯•佩顿得意地冷笑。

碧利斯跪在地上，抬起头来，直勾勾地看着兰斯•佩顿，一字一顿地说："你这个残忍的家伙，你居然还没死！真是老天无眼，你为什么要杀我父亲？为什么？为什么？"

"因为他该死！你知道吗，在我们到达这个神庙的瞬间，所有人都应该死去，哈哈哈……我想罗伦斯那个不忠的老家伙一定告诉了你们关于我的往事吧？"

德罗心中一动，也许可以诱使他说出很多其他的东西。

德罗有意识地开始使用诱供手段："罗伦斯讲的东西？你不可能知道罗伦斯跟我们讲过什么东西。"

"不可能知道？哈哈哈……"兰斯•佩顿看起来确实是得意忘形了。他那张从来没有笑过的脸上僵硬地抽搐了几下，表示他内心的无比的得意和无比的高兴。

"罗伦斯肯定跟你们讲过什么东西，因为我感觉到我在他身上布下的静电记忆屏障，已经被解锁，罗伦斯那个蠢货一定给你讲了当年我们到这个神庙来的所有经历，我没猜错吧？"

德罗故意做出一副好像你怎么知道的表情："你怎么知道？"

"哈哈哈！我怎么知道？我问你，你们还记得那张地图吗？"

"地图？"安德鲁说，"就是那张引发一切过程的古代神秘地图？"

"对，那张地图是我给他们的，是我拿出来的，懂吗？那张地图是我给那个意大利佬的，兜了一个大圈子，就是为了能够让他们不起疑心地帮我进入这个地方。"

"可是，你为什么要陷害我的父母？你们不是好朋友吗？"

"好朋友？我和他们什么时候成为过好朋友？一个人能够和神成为好

朋友吗？我很早之前就已经知道我是神的后裔，我怎么可能和这些凡夫俗子成为朋友。不，您错了碧利斯小姐，他们不过是我手中的棋子，不过是我的工具，不过是让我在这个肮脏平庸的世界生存的一个掩护而已。对于我们这个经过太多磨难的种族来说已经忍受得够多了，我们眼睁睁地看着自己的家园被你们所占据，我们已经被你们从地球上赶走，我们经过了几千年的努力想要恢复往日的荣光和统治却只是遭到一次又一次的失败。你们知道这个山谷是什么地方吗？这个山谷是神在这个世界上的降临地点之一。暗月会找到了这个地方，他们也找到了我，他们帮助我改造了身体，让我的身体比一般人的身体要强健百倍。所以我从山崖上滑落下去，根本就不会有任何的损害。相反，为了完全完成我身体的改造，我本来就需要一个安静的地方等上三十年时间。所以我将计就计，让那群蠢货以为我已经死去，而我利用这段时间完成了从人到神的转变。现在我已经完成了最后的改造，我将拿回那些家伙帮我保管的黄金少女像，复活大蛇阿古斯，去摧毁这个世界上的旧秩序，让我成为暗月会的领袖。”

“你被骗了。”索姆突然大声地对兰斯•佩顿喊道。

“你说什么？”兰斯•佩顿恶狠狠地喊道。

“我说你被骗了，傻瓜。你根本就不是什么神的后代，你只不过是一个被暗月会利用的傻瓜。我们部族的经典上面有记载，你这样的家伙根本就不是神，你是暗月会用他们特有的生物技术改造后的产品，你不过是暗月会的奴仆。”

德罗也对兰斯•佩顿说：“暗月会是神的奴仆，如果你真的是神的后裔的话，暗月会又怎么会不把你当成王子一样高高供起来，反而让你像最下等的仆人一样为他们来回奔走。”

兰斯•佩顿脸上露出不屑的表情：“你们这些渺小的人，不过是在临死前胡说八道罢了，就凭你们几句话，我就会相信你们吗？”

索姆说：“你以为我是骗你吗？你这个最低等的被改造的仆人。你知道你强壮的原因吗？就像是外面的那些守护兽一样，你身体中的每一个细胞都被植入了一些新的基因，这些基因一开始确实会带给你比一般人强健的身体。但是这些基因最后会将你的身体控制住，让你的身体发生变异，让你成为一个人不人、鬼不鬼的家伙。暗月会仗着自己从神那里学来的不成熟的生物技术，在你的身上做实验，你却还蠢到相信他们的话，你这个傻瓜。”

索姆继续说：“你本来只不过是一个普通人，就是因为内心的贪婪和野心，被暗月会挑中了。你这个愚蠢的家伙，你被别人利用了，却还在那里沾沾自喜。你的身体是不是会越来越不受你的控制，你是不是越来越喜欢吃带血的肉，你是不是脚趾已经开始了疼痛？告诉你，这是因为你的身体中被植入了新的基因以后，不属于你身体的细胞在驱赶和吞噬你原来作为人类的细胞。这些新的细胞在繁殖的过程中，需要大量的核酸和蛋白质，所以你越来越想要吃生肉，因为那里面有你身体中这些新细胞需要的营养，但是你知不知道，过多摄入的嘌呤类物质会聚集在你的脚趾，形成结石，让你疼痛不已。你这个傻瓜，你好好的人不做，却送上门去被别人改造成了一个得痛风病的牲口，你这个大傻瓜。”

兰斯•佩顿的脸色一阵红一阵青，越来越难看。索姆言之凿凿的样子让荷根和其他的亚利安那旨意的成员产生了疑心，怀疑自己的首领是不是像索姆说的那样，不是什么神的后裔，而只是被人骗得改造身体的傻瓜。再一看兰斯•佩顿的样了，他们不由得也信了三分，有个别的还偷偷地向边上挪了几步。

兰斯•佩顿终于忍不住了，他对着索姆暴跳如雷地吼叫起来：“住口，你这个卑微的人，本来我还想让你们多活一会儿，等我复活阿古斯大神后，再将你们作为祭品献上。现在看来你们实在是不配。我现在就要杀了你们。你们不是说我不是神吗，我偏就要用神的力量来杀死你们！”

第十一章 永生的囚笼

兰斯•佩顿在说话的同时，将身上的斗篷猛地一扯，德罗等人见了不禁倒吸了一口冷气——在兰斯•佩顿的身上赫然长有无数个触手，这些触手脱离了斗篷的约束后，好像是有着自己的生命一样，自行在空中上下飞舞，看起来十分骇人。

荷根和其他的亚利安那旨意成员见了，也吓了一大跳。兰斯•佩顿见状大怒："你们这些傻瓜，你们真的相信那个家伙的鬼话吗？我是神，你们为什么还不对我顶礼膜拜。难道你们也觉得我成为了一个怪物了吗？"

碧利斯在一边不失时机地开口喊："快对他开枪，你们看到了他的真身，肯定会被他灭口的，快开枪打死他，不然他会将我们全部杀死。"趁着枪手们一愣神的功夫，德罗、安德鲁和索姆心有灵犀地一跃而起，将身边枪手打倒在地，夺过了枪。场面一时大乱，枪手们想要开枪，却又怕伤到自己人，犹豫之间又被德罗他们打倒了好几个。碧利斯和马克蒂姆也乘乱躲到了安全的角落。

兰斯•佩顿暴跳如雷，对碧利斯咆哮到："我第一个就要杀你。"说着，他身上的一根触手突然变长，向着碧利斯直直地刺去。碧利斯反应很快，一扭身闪过，她身边的一名亚利安那旨意成员躲闪不及，被触手直直穿过。那名武装分子惊恐万分，大声地呼救，但兰斯•佩顿毫不理睬。触手密布着微小的吸盘，几秒钟就将那名武装分子身上的血液瞬间全部吸干。其他人看到这一幕，都吓得动弹不得，一时惊呆了。

这时候，碧利斯又喊起来："看啊，这个怪物已经向你们下手了，还不快和我们一起将他打死。"兰斯•佩顿闻言更加恼怒，看着有几个亚利安那旨意的成员居然真的在惊恐中将枪口指向自己，他狂吼一声，大踏步冲了过去，将一名武装分子一把捏着衣领举了起来，身上的无数触手像是无数条小蛇一样向那个人的胸口涌去，只听得"扑哧"一声，触手竟然将那个人的心脏活生生地掏了出来。看到如此骇人的场面，几个亚利安那旨意的成员怪叫一声，扔下手中的枪转身向外跑去。兰斯•佩顿反应很快，立刻弹出触手将那几名枪手捅死。兰斯•佩顿口中狂喊着："你们这些卑贱的狗，不准跑，把这几个入侵者给我用最残酷的方法杀掉，不然我将你们全部像狗一样杀死。"

其他的亚利安那旨意成员见到兰斯•佩顿杀人的样子早已经被吓得两腿发软，连忙举起枪呼呼嘭嘭地对着德罗等人扫射起来，荷根也反应过来，对手下喊道："快点听从首领的命令，开枪打死他们。"安德鲁和德罗配合密切，安德鲁几个扫射，将亚利安那旨意成员打得抬不起头，德罗对着兰斯•佩顿一顿猛射，强大的火力打得兰斯•佩顿不停发出狂啸，他的身体在枪弹的冲击下大幅度摇摆起来。但枪声过后，众人皆是一愣，惊讶地发现兰斯•佩顿并没有像大家期望的那样倒下，尖啸的子弹在他的身上穿出无数个创口，但这些创口马上就被快速生长的机体组织填满。兰斯•佩顿身上的伤口以肉眼可见的速度快速愈合着。不过，幸好枪弹巨大的冲力给他造成了不小的麻烦，兰斯•佩顿一时之间也无法靠近众人。

德罗急忙向索姆问道："你们伟大的经典上有没有告诉我们怎么把

这样的怪物杀死？”索姆大声回应道：“让我想想。”说话间，兰斯·佩顿已经基本恢复，一扬触手向离他最近的索姆抽去。索姆连忙向后鱼跃，躲过了这一击。安德鲁冲了上来，对着兰斯·佩顿连开几枪，掩护索姆退到了安全地带，安德鲁冲索姆大吼：“你最好快点想，再这么下去我们的子弹就打光了。凭我们手中的枪没法弄死他，他的恢复力太强了！”

碧利斯在身后喊：“集中火力！把他打成一堆碎片，他就没法再生了！”德罗等人闻言，大叫一声：“好！”随后一边在神殿中四处穿行躲闪，一面灵活异常地抓住一切机会开火，将兰斯·佩顿身上的触手一根根打掉，击碎成小块。德罗等人枪法很好，很快地面上就满是一小块一小块的触手碎片。不过兰斯·佩顿的还击也十分凶猛，冲在前面的德罗、安德鲁对兰斯·佩顿灵活无比的触手防不胜防，好几次都是在千钧一发之际躲过。

碧利斯先躲在远处兴奋地大声喊好，但很快就和其他人一样叫不出来了。众人惊恐地看到地上的触手片段慢慢蠕动着集结到了一起，然后融合生长成为完整的触手，随后仿佛被一股看不见的磁力吸引一样，飞到兰斯·佩顿身上，成为兰斯·佩顿身体的一部分。重新恢复的触手和兰斯·佩顿身体的其他部分愈合得完美无缺，就仿佛从来没有受伤一样。众人心中顿时一沉，兰斯·佩顿这个怪物，原来具有如此恐怖的无限再生能力。

不行，这样下去我们就真的全完了，安德鲁心想。然后，他猛地回头对索姆大吼到：“回忆起了吗？”

“我想起来了，在古老的经典中有记载，神的仆人是无法被杀死的，他会无数次地重生。”

“那怎么办，我们岂不是只有等死？”碧利斯绝望地大呼。

“不，有办法，经典中说虽然神仆不能杀死，但却可以用永生的囚笼将他囚禁。”

“什么是永生的囚笼？”安德鲁问。

“我不知道，经典中没有说明！”

这时，大厅的外面突然跌跌撞撞跑进来几个满面惊恐的亚利安那旨意的成员，他们显然没有想到大厅中会是这个样子，进来之后不禁一愣。荷根看见，正想斥骂，突然一道黑影从大厅的大门处蹿出，将他扑倒在地。荷根反应很快，没等豹子下口，一个翻滚就钻入了人堆中。碧利斯一见豹子，兴奋地叫起来：“豹子，是豹子来帮我们了。”豹子身手灵活，很快就扑倒了好几个亚利安那旨意的枪手。枪手们和兰斯•佩顿的注意力都集中到了豹子的身上，无奈豹子身形矫健，在人群中穿梭自如，形如闪电，根本就不给对方碰到自己一根毫毛的机会。

五个人且战且退，回到石墙的入口处。德罗和安德鲁在门口掩护，碧利斯、马克蒂姆、索姆一个接一个地钻了进去。德罗和安德鲁端起枪一阵猛射后也转进了通道，他们刚想把门关上，碧利斯突然扑过来喊：“等一下，豹子还没有进来。”大厅中的枪手和兰斯•佩顿也发现五个人躲进了通道，于是火力又一次从豹子身上转移到五个人这边来。激战中德罗被一颗流弹擦到了额头，顿时血流满面。安德鲁将碧利斯向通道中一推：“管不了豹子了，快点回去关上门，不然我们都要死在这里。”碧利斯喊道：“不！”德罗一边埋头还击，一边对安德鲁喊：“你快和碧利斯进去，我在这里掩护豹子。”碧利斯对着豹子大声呼喊：“快过来，呜呜。”豹子向碧利斯他们这边作势奔了几步，却一拧身向大厅外窜了出去，逃之夭夭。枪手和兰斯•佩顿本来已经准备在豹子奔向碧利斯的途中将它截杀，却没有料到豹子玩了这样一手，全都扑了个空。

但是谁都没有注意，荷根早已经偷偷站到了门口，他举起枪刚要射击。豹子突然一下子窜到了侧墙上，然后像一根弹簧一样射到了荷根的身前。荷根虽然身手敏捷，在豹子的这一下袭击面前却也来不及做出任何反应，惨叫一声，双手捂住鲜血淋漓的喉咙，直直地倒了下去。

德罗一见，心中暗暗赞叹一声豹子的敏捷，然后一个翻滚就进入了通道。安德鲁眼疾手快，将通道大门狠狠关上。但是在大门马上就要关上的时候，兰斯•佩顿的一根触手挤了进来，将大门死死地抵开一条缝。德罗等人反应很快，抢上前去和安德鲁一起将石门狠狠地向外顶，与兰斯•佩顿的触手形成了对峙之势。

嘿，伙计，镇定，集中注意力，想想怎么打败越来越近的那个丑陋的家伙。虽然手上动作没有丝毫放松，德罗在心中却已经转过了千百个念头。永生的囚笼，什么是永生的囚笼，该死，没有一点线索，就凭这句没头没脑的话，怎么可能想得出来打败这个该死的怪物的办法。德罗脸色依然平静，尽力压制自己内心绝望的感觉。

“要真是被这个怪物给弄死那可太恶心了，我真是讨厌这个鬼地方，永远不死的怪动物和永远打不死的恶心怪物。”安德鲁想来是不甘心就这么结束，大声吼叫着又加上了一把力气。

德罗心念一动，好像从安德鲁的话中捕捉到了什么，但脑中的念头就像是一尾灵巧的鱼一样，一划而过，让德罗完全把握不住。

“我宁愿跌入山崖被摔成碎片也不愿意死在这个怪物的手上。”死亡的威胁下，碧利斯也开始有一些情绪激动。

碎片！德罗感觉自己又捕捉到了什么。等等，永远不死的动物，碎片，永远不死的怪物……永远不死的动物，碎片，永远不死的怪物……

“我知道了！”德罗高兴地大喊了一声，他对索姆大声说道，“索姆，你不是说可以控制那些奇特的永远不死的守护兽吗？快点把它们召唤过来对付兰斯。”

“可是兰斯•佩顿是不死的，就算守护兽来了也起不到什么作用啊？”索姆绝望地喊道。

“不，有用，有用！它们就是永生的囚笼！”德罗大吼道。索姆等人一听，皆是一愣，然后都露出恍然大悟的表情。

大家本已绝望，现在突然有了生的希望，顿时精神一振，一拥而上，用尽全力和安德鲁一起，将大门拼命地顶住。这时候，外面的枪手们也涌了过来，用尽力气想要把大门顶开。索姆退进一个角落，盘腿静坐，开始用自己的精神力驱动守护兽。索姆额头上汗珠不停地向下掉，显然这是一项非常耗费精神和体力的活儿。

德罗、安德鲁都是身强力壮之人，加上碧利斯和马克蒂姆处于生死关头，也迸发出惊人的力气。外面的枪手虽然很多，但是石门外的空间有限，来顶门的枪手又不如德罗等人处于生死关头那么竭尽全力。于是一时之间，石门不但没有被顶开，反而好像还被关上了一些。

这个时候，德罗等人听到自己身后的守护兽们开始了咆哮。它们的声音由小变大，后来简直如雷鸣一般在甬道中回响。大家心中一喜，知道索姆一定快要成功了，手上的力气不由得又多了三分。这个时候，原本被夹在门缝中的那根触手却突然动了起来，向着靠得最近的安德鲁狠狠地就是一戳。因为长度有限，加上兰斯•佩顿看不见安德鲁的具体位置。安德鲁没有被戳到要害，只被戳到手臂。但就是这样，安德鲁也不禁疼得一声闷哼，眼见手臂被活生生扯下了一块血肉。安德鲁手臂受伤，力气一下子小了很多。石门顿时被顶开了一个一英寸长的缝隙。无数触手顿时涌了进来，向安德鲁身上抓去。安德鲁情急之下对其他人喊快撤，同时一个鱼跃，向后跳开。德罗几乎在同一时刻扯着碧利斯和马克蒂姆向后滚去，触手扑了个空，狠狠地戳到了石门上，石门上顿时出现了几个小洞。

蜂拥而至的枪手将石门一下子推开。德罗等人紧紧地站在一起，用自己的身体护住了背后坐在地上的索姆。走道两边守护兽的吼叫声一声比一声急迫，好像马上就要破笼而出。安德鲁不由得一声骂：“该死的索姆，你到底还要多久！”

这时，涌入的枪手突然退到了两边，给中间让出了一条道。然后，兰斯•佩顿面容狰狞地走了进来。他咬牙切齿地说：“想不到你们几个还有些本事，不过游戏到此为止了，碧利斯小姐，再见了。”兰斯•佩顿身上的触手嘶嘶鸣叫着，全部向前伸直，却不急于刺过来，好像想在最后的时刻再戏耍他们一下。碧利斯不由得两眼一闭，等待着自己的心脏被活活挖出的时刻的到来。这时，她感觉自己被身旁的德罗和安德鲁轻轻一挤，挡到了他们身后。她知道德罗和安德鲁是希望能够最后再给她争取一点时间，给她一线逃生的机会。她不由得紧紧握住德罗和安德鲁的手，心中充满感激。

兰斯•佩顿说：“再见了。”话音刚落，蓄势已久的触手飞快地刺向德罗等人的身体。就在触手马上就要刺到德罗身体的时候，索姆在德罗等人背后大喊一声：“完成了！”与此同时，伴着山摇地动的吼叫，一道道闪电一样的身影从甬道中飞奔而出，然后猛地一跨，越过德罗等人的头顶向兰斯•佩顿和枪手们射了过去。

兰斯•佩顿被一只狮鹫撞得飞了起来，摔倒在十几米开外，接着一只有着超大利爪的猛虎冲上前去，对着他的手臂就是狠狠一巴掌，顿时将手臂扯离了身体。数只守护兽先后扑上，瞬间就将兰斯•佩顿拆成了一堆血肉模糊的碎片，然后吞入肚中。

永生的囚笼是什么，永生的囚笼就是这些守护兽。可以不断再生，而且能够自动聚集恢复的兰斯•佩顿的身体碎片被守护兽吞入肚中后，碎片以可怕的速度拼命生长恢复，疯狂地破坏着守护兽的身体，以便重生并聚集。但守护兽和兰斯•佩顿是类似的生物——它们也是永生的生物，所以守护兽们身体内的细胞也以疯狂的速度恢复着，并对碎片们进行了有力的攻击，将碎片紧紧夹住。二者形成了绝妙的平衡，相互角力，谁也没有办法将对方压倒。

没错，兰斯•佩顿不会死，因为他的每一片身体都还在；但兰斯•佩顿从精神上已经死了，因为他的身体的每个碎片都已经被守护兽永远地囚禁在了体内。世上再无兰斯•佩顿。

碧利斯一声轻呼：“得救了！”

尾声

要离开了，被德罗呼叫来的直升机已经到达神庙。索姆微笑着站在旁边看着大家登上飞机。德罗是最后一个上机的，他走到直升机面前，停了一下，有些不甘地返身走到索姆面前：“你真的不跟我们走了？”

“不了，我的朋友。我要留下来，重建自己的部落，我是属于这块土地的。但不管在任何地方，不管隔着多远的距离，不管有多危险，只要你们需要，我就会立刻出发，和你们再一次站到一起！”索姆真诚地说。

“保重！”德罗给了索姆一个紧紧的拥抱，然后头也不回地踏入了直升机，留下一句硬邦邦的话：“我们会再见面的！”

图书在版编目（CIP）数据
暗月传奇之天火降临 / 穆沙著. -- 北京 : 新星出版社, 2012.6
ISBN 978-7-5133-0660-7
Ⅰ. ①暗… Ⅱ. ①穆… Ⅲ. ①长篇小说－中国－当代
Ⅳ. ①I247.5
中国版本图书馆CIP数据核字(2012)第063307号

暗月传奇之天火降临
穆沙 著

责任编辑：东 洋
责任印制：韦 舰
装帧设计：阳光图文工作室

出版发行：新星出版社
出 版 人：谢 刚
社　　址：北京市西城区车公庄大街丙3号楼 100044
网　　址：www.newstarpress.com
电　　话：010-88310888
传　　真：010-65270449
法律顾问：北京市大成律师事务所

读者服务：010-88310800 service@newstarpress.com
邮购地址：北京市西城区车公庄大街丙3号楼 100044

印　　刷：北京市雅迪彩色印刷有限公司
开　　本：880mm×1230mm 1/32
印　　张：7
字　　数：180千字
版　　次：2012年6月第一版 2012年6月第一次印刷
书　　号：ISBN 978-7-5133-0660-7
定　　价：25.00元